Fantasy

Herausgegeben von Wolfgang Jeschke

Aus der SAGA VON DRAY PRESCOT erschienen in der Reihe HEYNE SCIENCE FICTION & FANTASY:

1. Roman: Transit nach Scorpio · 06/3459
2. Roman: Die Sonnen von Scorpio · 06/3476
3. Roman: Der Schwertkämpfer von Scorpio · 06/3488
4. Roman: Die Armada von Scorpio · 06/3496
5. Roman: Der Prinz von Scorpio · 06/3504
6. Roman: Die Menschenjäger von Antares · 06/3512
7. Roman: In der Arena von Antares · 06/3534
8. Roman: Die Flieger von Antares · 06/3547
9. Roman: Die Waffenbrüder von Antares · 06/3567
10. Roman: Der Rächer von Antares · 06/3585
11. Roman: Die fliegenden Städte von Antares · 06/3607
12. Roman: Die Gezeiten von Kregen · 06/3634
13. Roman: Die Abtrünnigen von Kregen · 06/3661
14. Roman: Krozair von Kregen · 06/3697
15. Roman: Geheimnisvolles Scorpio · 06/3746
16. Roman: Wildes Scorpio · 06/3788
17. Roman: Dayra von Scorpio · 06/3861
18. Roman: Goldenes Scorpio · 06/4296
19. Roman: Ein Leben für Kregen · 06/4297
20. Roman: Ein Schwert für Kregen · 06/4298
21. Roman: Ein Schicksal für Kregen · 06/4357
22. Roman: Ein Sieg für Kregen · 06/4358
23. Roman: Die Bestien von Antares · 06/4359
24. Roman: Der Rebell von Antares · 06/4394
25. Roman: Die Legionen von Antares · 06/4395
26. Roman: Die Verbündeten von Antares · 06/4396

Weitere Bände in Vorbereitung

ALAN BURT AKERS

Die Menschenjäger von Antares

Sechster Roman
der Saga
von Dray Prescot

Fantasy

Neuauflage

WILHELM HEYNE VERLAG
MÜNCHEN

HEYNE SCIENCE FICTION & FANTASY
Band 06/3512

Titel der amerikanischen Originalausgabe
MANHOUNDS OF ANTARES
Deutsche Übersetzung von Thomas Schlück
Das Umschlagbild schuf Boris Vallejo
Die Karte zeichnete Erhard Ringer

Umschlaggestaltung mit einem Motiv
von Vicente Segrelles/Norma
durch Atelier Ingrid Schütz, München

Redaktion: Friedel Wahren

Printed in Germany 1987
Satz: Schaber, Wels
Druck und Bindung: Ebner Ulm

ISBN 3-456-30402-0

ANMERKUNG ZUM HAVILFAR-ZYKLUS

Mit diesem Band wird Dray Prescot kopfüber in eine neue Serie von Abenteuern auf dem Planeten Kregen gestürzt, auf jener herrlichen, geheimnisvollen und schrecklichen Welt unter den Sonnen Scorpios, die vierhundert Lichtjahre von unserer Erde entfernt sind.

Dray Prescot ist ein gut mittelgroßer Mann mit glattem braunem Haar und braunen Augen, die gleichmütig und seltsam zwingend sind. Seine Schultern sind ungewöhnlich breit, und ihn umgibt eine Atmosphäre kompromißloser Ehrlichkeit und ungebrochenen Mutes. Er bewegt sich leise und gefährlich wie eine riesige Raubkatze. 1775 geboren und von den unmenschlich grausamen Zuständen in der Marine des späten achtzehnten Jahrhunderts geprägt, zeichnet er ein Bild von sich, das mit zunehmender Tiefe nicht weniger rätselhaft wird.

Durch den Einfluß der Herren der Sterne und der Savanti nal Aphrasöe, der sterblichen, doch übermenschlichen Wesen, die sich der Hilfe an der Menschheit verschrieben haben, ist er oft wiederholt auf den Planeten Kregen versetzt worden. Zu Beginn seiner Abenteuer wurde er Zorcander bei den Klansleuten von Segesthes, dann Lord von Strombor in Zenicce, darauf wurde er Mitglied des geheimnisvollen und kriegerischen Ordens der Krozairs von Zy. Gegen größte Widerstände erkämpfte sich Prescot sein höchstes Ziel auf dieser Welt und errang im unvergeßlichen Kampf bei den Drachenknochen seine Delia, Delia von Delphond, Delia von den Blauen Bergen. Und Delia forderte von ihrem Vater, dem gefürchteten Herrscher von Vallia, die Ehe mit Dray, und im lauten Jubelgeschrei von Prescots Männern und Kameraden wurden sie einander versprochen.

Als Prinz Majister kehrte Prescot an Bord des herrschaftlichen Flugboots in die Hauptstadt Vallias, Vondium, zurück, und vor seinem inneren Auge stand die Pracht, die ihn erwartete – und er braucht uns nicht zu erzählen, daß er nun all seine Träume verwirklicht sah. Unter seiner alten rotgelben Flagge begleitete ihn Delia, die Prinzessin Majestrix des mächtigen Reiches.

So endete der Delia-Zyklus. Mit diesem Band, *Menschenjäger von Antares*, wird der ›Havilfar-Zyklus‹ eröffnet, und wie Sie auf den folgenden Seiten feststellen werden, beginnt für Dray Prescot ein neues Leben auf Kregen unter den Sonnen Scorpios; ein Leben, das sich allerdings grausam von dem unterscheidet, was er erwartet und sich erträumt hatte, ein Leben, das ihn in zahlreiche neue Abenteuer und Gefahren stürzt.

Alan Burt Akers

1

Delia und ich hielten Hochzeit.

Delia aus Delphond, Delia aus den Blauen Bergen, Prinzessin Majestrix von Vallia, und ich, Dray Prescot, heirateten.

Wenn sich das für Sie nach dem Ende einer Geschichte anhört, dann irren Sie sich jetzt ebensosehr wie ich mich damals geirrt habe. Oh, wie viele törichte junge Liebespaare haben sich auf Kregen wie auf der Erde schon eingebildet, der helle Klang der Hochzeitsglocken bedeute das glückliche Ende ihrer Abenteuer!

Gewiß, ich wußte, daß sich die Herren der Sterne jederzeit wieder in der Form eines mächtigen rotgoldenen Raubvogels, des Gdoinye, manifestieren konnten, auch mochten die Savanti beschließen, sich meiner Dienste wieder zu bedienen. Doch diese Überlegungen gehörten in das Reich des Möglichen. Wer denkt an die Zukunft, wenn er liebt und frisch verheiratet ist und ganz Kregen sich einladend vor ihm ausbreitet?

Doch ehe wir an die Hochzeit denken konnten, gab es noch ein Problem. Auf dem Rückflug in die Hauptstadt beherrschte mich das Gefühl, daß ich in eine neue Epoche meines Lebens eintrat. Daß dieser Eindruck richtig war – wenn auch nicht im erwarteten Sinne –, davon werden Sie bald erfahren.

Nachdem wir von dem legendären Kampf bei den Drachenknochen zurückgekehrt waren und das Leben seine neue Wendung nahm, glaubte ich mich zum erstenmal seit langer Zeit entspannen zu können. Dieser Gedanke mag Ihnen seltsam erscheinen. Doch zuweilen vermag ich die Sorgen der Welt für einige Zeit zu vergessen und meinen inneren Neigungen zu frönen. Mein Verhältnis zum Herrscher war noch immer etwas gespannt, und ich wußte, daß er trotz seines jähzornigen Hochmuts ein wenig Angst vor mir hatte, obwohl er nach wie vor von Männern seiner Wahl umgeben war.

Wir landeten auf dem Platz vor dem Palast des Herrschers. Er hatte es so eilig gehabt zurückzukehren, daß sein Flugboot den anderen weit vorausgeeilt war. Ich sprang auf das heiße Pflaster des Hofs hinab und sah mich um, etwas überrascht, weil weit und breit niemand zu sehen war – an einem Ort, wo normalerweise lebhaftes Treiben herrschte – plaudernde Bürger, Koters, die ihren Geschäften nachgingen, eintreffende oder aufbrechende Calsany-Karawanen, Zorcawagen mit blitzenden Rädern, all das bunte Durcheinander des Alltagslebens in Vondium.

Im nächsten Augenblick kam eine Gruppe Männer durch die Torbogen gestürmt, die zu den äußeren Palasthöfen führten.

Sie trugen hellgrüne und purpurne Rosetten an den weiten Ledertuniken, und an den breitkrempigen vallianischen Hüten wippten lange Federn in denselben Farben.

Fluchend zog ich Rapier und Dolch und stellte mich vor Delia. Doch sie schob mich zur Seite und baute sich mutig neben mir auf.

»Männer von der Dritten Partei!« sagte sie. »Es gibt also doch noch welche!«

»Aye, mein Schatz«, sagte ich. »Und ihr geht jetzt wieder an Bord des Flugboots und steigt auf – du und dein Vater.«

»Wenn du dir einbildest, daß ich mich von dir herumkommandieren lasse, nur weil wir beschlossen haben zu heiraten, irrst du dich gewaltig! Ich soll dich in der Gefahr allein lassen . . .?«

»Delia!«

»Komm, Tochter! Sollen doch die Krieger kämpfen . . .«

»Jawohl, mein Vater, Dray ist ein Krieger, der nie die Flucht ergreifen würde – und ich lasse ihn nicht im Stich!«

Nun, so ist nun mal meine Delia. Ich hatte keine Zeit, mich mit ihr auf Diskussionen einzulassen. Die Männer der Dritten Partei, die insgeheim die anderen politischen Parteien Vallias unterwandert und versucht hatten, den Herrscher zu stürzen, stürmten auf uns zu.

Mit lautem Gebrüll – ich wollte ihre Aufmerksamkeit auf mich lenken – sprang ich vor und hob meine Waffen. Der Leser, der meine Geschichte bisher verfolgt hat, weiß, daß ich beim Kämpfen selten einen Laut von mir gebe und sonst auch nicht unnütz mit Waffen herumfuchtle. Aber hier wußte ich, daß ich die Männer von Anfang an von Delia fernhalten mußte, bis die übrigen Flugboote eintrafen und meine Männer aus Felschraung und Longuelm und aus Strombor sowie Delias Gesellen der Blauen Berge brachten.

Schritte und das Klirren von Waffen in meinem Rücken verrieten mir, daß die Mannschaft unseres Flugboots ebenfalls zum Kampf antrat.

Das verbesserte die Chancen ein wenig zu unseren Gunsten – wenn es auch immer noch etwa hundert zu zwanzig stand.

Welch Unglück, daß wir jetzt zum Schluß noch in einen solchen Kampf verwickelt wurden! Wir hatten gesiegt, wir hatten die Verschwörung der Dritten Partei niedergeschlagen, und Naghan Furtway, Kov von Falinur, und sein Neffe Jenbar, der es auf Delias Hand abgesehen hatte, mußten längst außer Landes sein. Und jetzt dies! Ich verfluchte die sinnlose Gefahr, in die Delia hier vor dem Tor ihres eigenen Palastes gestürzt wurde.

Mit kreischenden Klingen trafen die beiden Gruppen aufeinander. Ich kämpfte wie ein Berserker. Ich hatte schon viele Burs gekämpft und war auch verwundet worden – allerdings nur leicht –, so daß ich müde war. Doch Feinde versuchten mir meine Delia zu nehmen, und die Schwere meines Rapierarms und die Erschöpfung meiner Dolchhand und die Schwäche meiner Knie waren vergessen. Ich kämpfte, mein Rapier zuckte, und meine Main-Gauche wob ein schützendes Silbernetz. So hielt ich die vordere Gruppe der herandrängenden Männer in Schach und versuchte die Sache schnell zu Ende zu bringen. Die Mannschaft des Flugboots schaltete sich ein und vermochte den wilden Ansturm eine Zeitlang aufzuhalten. Aber ich wußte, daß wir uns nicht mehr lange halten konnten.

Unsere Angreifer trugen außer den grünpurpurnen Farben breite Bänder an den Ärmeln, die gelb und blau gehalten waren. Blau ist eine sehr ungewöhnliche vallianische Wappenfarbe, denn Blau ist die Farbe der pandahemischen Nationen, die Vallia seit vielen Jahrhunderten nicht gewogen waren.

Ich wußte, daß die gelbblauen Farben dem Kov von Zamra gehörten – Ortyg Larghos, einem Verwandten Nath Larghos', der mich zum Eintritt in die Dritte Partei hatte überreden wollen und dem ich später mit einem Stein das Auge ausgeschlagen hatte.

Ich sah Ortyg Larghos hinter seinen Männern herumhüpfen. Er war ein dicker, kurzatmiger Mann mit düsterem Gesicht, Glatze und schmalem Haarkranz.

Seine Männer schienen Söldner zu sein, die um des Geldes willen kämpften. Ich bemerkte Rapas und Ochs, einen Brokelsh und sogar einen Womox, während Chuliks nicht zu sehen waren, was mich doch etwas froher stimmte, denn es hieß, daß Chuliks, die zu den teuersten Söldnern gehören, in der Auswahl ihrer Herren sehr wählerisch sind.

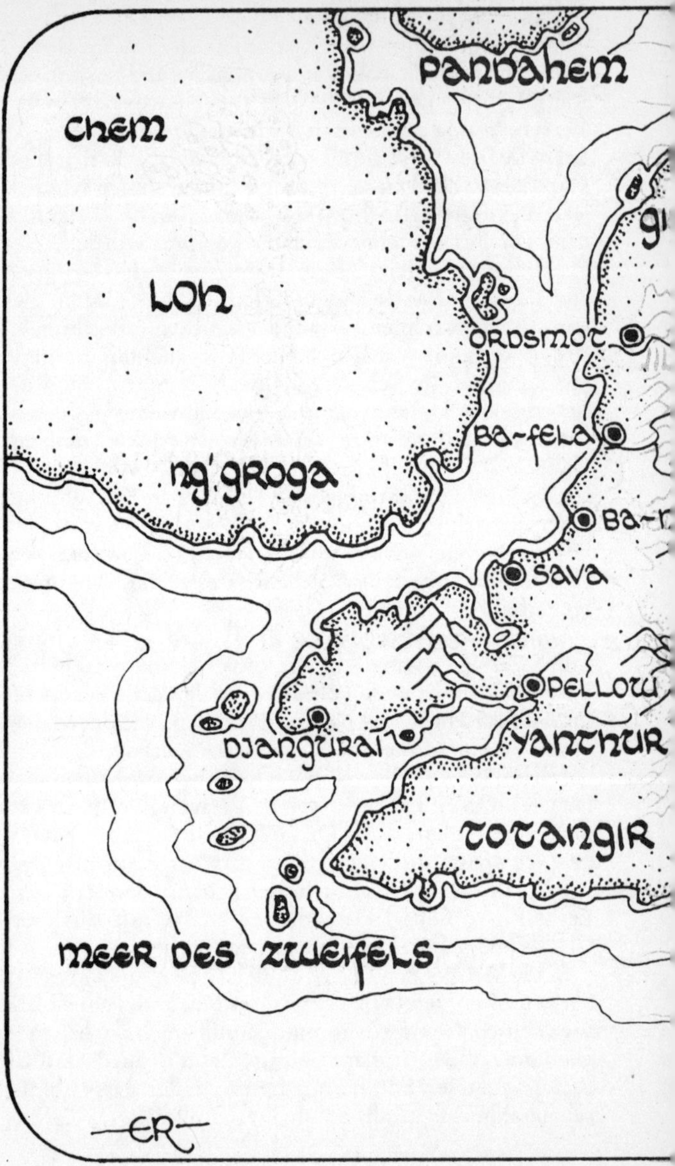
PANDAHEM
CHEM
LOH
ORDSMOT
BA-FELA
NG'GROGA
SAVA
PELLOW
DJANGURAI
YANTHUR
TOTANGIR
MEER DES ZWEIFELS
ER

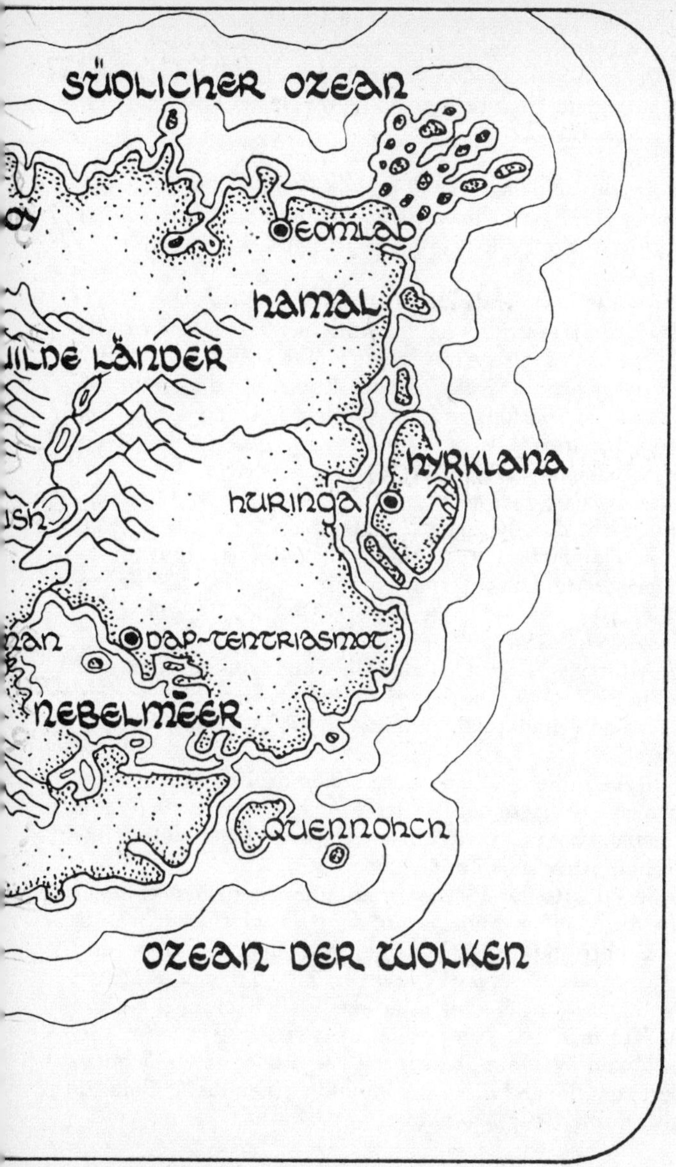
SÜDLICHER OZEAN
EOMLAD
NAMAL
WILDE LÄNDER
HYRKLANA
HURINGA
DAP-TENTRIASMOT
NEBELMEER
QUENNOHCH
OZEAN DER WOLKEN

Ein Schrei ließ mich herumfahren. Eine Gruppe von Gegnern hatte die Leibwache des Herrschers niedergekämpft und schleppte Delias Vater davon. Vergeblich hielt ich nach Delia Ausschau, und mein Herz begann so heftig zu schlagen, daß ich nach Luft schnappte.

Nein! Nicht das!

Aber dann sah ich Delia am Flugboot stehen. Sie hielt ein Schwert in der Hand, und ein Rapa wand sich blutüberströmt zu ihren Füßen; sein Kopf mit dem Vogelschnabel war unnatürlich verdreht.

»Vater! – Dray – sie entführen meinen Vater!«

»Bleib hier, Delia!« brüllte ich ihr mit einer Heftigkeit zu, die ihren Fuß stocken ließ, als sie mir folgen wollte. »Zurück!« Hinter ihr sah ich – was für ein willkommener Anblick! – die Flotte der anderen Flugboote, die zur Landung auf dem Platz ansetzte. »Da kommen Seg und Inch! Du mußt ihnen sagen, was geschehen ist – im Interesse deines Vaters!«

Sie wußte, was ich meinte.

Ich meinte nicht, daß sie zu den Flugbooten eilen sollte, um Seg und Inch und Hap Loder und Varden und Vomanus zu holen, damit ihr Vater gerettet wurde – sondern mir lag daran, daß sie um unseretwillen zu den Flugbooten lief.

Aber darauf wollte sie nicht eingehen.

Auch Kov Ortygs Männer hatten die Flugboote gesehen und ergriffen nun die Flucht. Die Gruppe mit dem Herrscher verließ hastig das Palastgrundstück, gefolgt von Ortyg Larghos.

Ich rannte los.

Die Müdigkeit, die mich zu übermannen drohte, durfte nicht siegen. Ich liebte Delia, und Delia liebte mich, aber wenn ihr Vater jetzt ums Leben kam und mein Einsatz umsonst blieb, würde immer ein Schatten zwischen uns stehen.

Das heiße Pflaster des Platzes brannte unter meinen Füßen.

Ich holte die Männer mühelos ein, denn der Herrscher wehrte sich. Er war noch immer ein kräftiger, gutgenährter Mann und ganz von der Majestät seiner Position erfüllt, so daß er es seinen Entführern nicht leicht machte. Und das wilde Gerangel weckte ungeahnte Kräfte in ihm. Noch nie war man so grob mit ihm umgesprungen, und in seiner Entrüstung schaffte er es tatsächlich, ein Schwert vom Boden hochzureißen und sich an meine Seite zu stellen, als ich die Gruppe einholte.

Als Schwertkämpfer war er keine große Leuchte, was er aber durch seinen Einsatz wettmachte. »Vallia!« brüllte er. »Vallia! Bei den Unsichtbaren Zwillingen!« Und er hieb wild um sich.

Kov Larghos feuerte seine Leute vergeblich an. Ich wußte, was ihn bewegte. Er hatte von den Plänen gewußt, die Nath Larghos, der Trylon der Schwarzen Berge, ausgeheckt hatte, und vermutlich hatte ihm Naghan Furtway den Posten des Pallan von Vondium versprochen. Ohne zu wissen, daß die Dritte Partei bereits besiegt worden war, versuchte er den Herrscher nun gefangenzunehmen, um ihn als Geisel in der Hand zu haben.

»Halte dich hinter mir, Majister«, sagte ich. »Sonst spieße ich dich versehentlich mit auf!«

»Ziemlich anstrengend, Dray Prescot . . .« Er hieb auf einen Och ein, und der kleine vierarmige Halbmensch hob seinen Schild. Das Rapier prallte klirrend ab. Der Och stieß mit dem unteren rechten Arm zu, der einen Speer hielt, und ich mußte mir Mühe geben, dem Schwerthieb auszuweichen, den er gleichzeitig mit dem oberen rechten Arm führte. Im nächsten Augenblick ging das Wesen kreischend zu Boden.

»Beim Schwarzen Chunkrah!« sagte ich. »Komm zurück – sonst zerre ich dich an deinem schwarzen Haar!«

»Bei Vox!« brüllte er und holte mit dem Schwert aus. »Ich habe mich seit Jahren nicht mehr so vergnügt!«

Er hatte keine Ahnung, wie oft er knapp dem Tode entging. Hätte ich ihm nicht beigestanden, wäre er nach wenigen Sekunden von Rapieren durchbohrt gewesen. Ich wehrte einen neuen Angriff ab, hob die linke Hand und schob mir blitzschnell den blutigen Dolch zwischen die Zähne, packte den Herrscher am Haarschopf und zerrte ihn mit einem Ruck zurück.

Er schrie auf – vor Schmerz und verletztem Stolz – und taumelte zur Seite, woraufhin ich mich vor ihn schob, den Dolch wieder ins Spiel brachte und einen neuen Gegenangriff einleitete. Mein Rapier zuckte hin und her wie die Zungen von Risslaca.

Der Herrscher begann sich aufzuregen.

»Du bist auch nicht anders als meine Pallans, Dray Prescot!« rief er hinter mir. »Ihr alle gönnt mir auch nicht den kleinsten Spaß!«

Ich hatte gerade noch Zeit, ihm zuzubrüllen: »Wenn du Kämpfen und Töten für einen Spaß hältst, bist du ein Kind!«

Ortyg Larghos, Kov von Zamra, unternahm einen neuen Vorstoß, um den Herrscher in seine Gewalt zu bringen. Eine Formation seiner Männer eilte auf mich zu. Ich mußte meinen Jiktar und Hikdar mit aller Geschicklichkeit einsetzen, um sie abzuwehren. Zwei Rapas eilten den anderen voraus – ihre raubvogelhaften Schnäbel schienen einen spöttischen Zug zu haben. Sie waren nicht so leicht zu überwinden wie manche andere, die sich bereits am Boden wanden.

Während ich mit diesen beiden beschäftigt war, sah ich den Herrscher mit erhobenem Rapier von der Seite angreifen. In diesem Augenblick hatte er große Ähnlichkeit mit Delia.

Larghos sah seine Chance. »Packt ihn!« brüllte er.

Grünpurpurne Federn umringten den Herrscher. Gelbblau geschmückte Arme griffen zu.

Die Rapas vor mir bewegten geschickt ihre Rapiers und zwangen mich, ihnen mit Können und Konzentration zu begegnen, und ich spürte, wie meine Kräfte schwanden.

»Tötet ihn, Rapas!« brüllte Ortyg Larghos.

Ich wehrte einen Angriff mit meiner Main-Gauche ab, probierte einen Paß, fing das andere Rapier etwas zu tief ab und mußte zurückweichen und mich krümmen, um die Klinge an mir vorbeizischen zu lassen. Ich zog die Hand herum, um neu anzugreifen, doch in diesem Augenblick bohrte sich ein langer Pfeil mit Stahlspitze in den Vogelhals des Rapas. Sein Begleiter hatte keine Zeit mehr, darauf zu reagieren, denn er wurde im nächsten Augenblick ebenfalls von einem Pfeil getroffen.

Ohne mich umzudrehen, stürzte ich mich auf die Gruppe, die den Herrscher umringte. Dabei brüllte ich nur ein Wort: *»Seg!«*

Und nun folgte ein meisterlicher Angriff mit dem Bogen, wie man ihn selten erlebt. Während ich gegen die verbleibenden Kämpfer der Dritten Partei vorging, streckte Seg einen nach dem anderen nieder. Seine Pfeile sirrten über meine Schulter und bohrten sich in die Brust meiner Gegner. Gegen seinen flüsternden Tod konnten sie nichts ausrichten, und sie ergriffen die Flucht – doch ihrem Schicksal entgingen sie nicht, denn jetzt begannen sich auch die kürzeren Pfeile von den Bögen meiner Klansleute bemerkbar zu machen.

Ortyg Larghos, gespickt mit Pfeilen, sank vor seinem Herrscher zu Boden.

Dieser wandte sich nach mir um und sagte tadelnd: »Du hast mich am Haar gezogen, Dray Prescot!«

»Aye!« erwiderte ich heftig. »Und ich tue es wieder, wenn du dich noch einmal in einen so gefährlichen Kampf stürzt!«

Er starrte mich mürrisch an. »Ich bin der Herrscher«, sagte er – doch nicht prahlerisch, sondern eher resigniert. Die Ereignisse der letzten Tage schienen ihn doch mitgenommen zu haben. »Nie läßt man mir meinen Spaß«, grollte er. »Was immer ich tun will – es ist entweder unpassend, nicht gut für die Politik oder zu gefährlich.«

Ohne zu lächeln, wandte ich mich von ihm ab; ich wollte ihm zeigen, daß ich von seinen Worten nicht beeindruckt war.

Dann begrüßte ich meine Leute.

»Wenn du das noch einmal tust, Dray Prescot, könnte ich Witwe sein, ehe wir geheiratet haben!« tadelte mich Delia.

Ich umfaßte sie mit dem linken Arm und drehte mich um, und zusammen schritten wir durch den Haupteingang des Herrscherpalastes in Vondium, der Hauptstadt von Vallia.

»Für dich würde ich alles tun, Delia«, sagte ich. »Alles.«

Auf Kregen gibt es verschiedene Formen der Hochzeit. Als das Bokkertu für unsere Verlobung und Heirat vorbereitet wurde, wählten Delia und ich, ohne darüber sprechen zu müssen, die Form der Ehe, die Mann und Frau am engsten zusammenführt. Es gab drei separate Feiern. Die ersten beiden Feiern, die religiöse und die weltliche, waren im wesentlichen privater Natur. Ich möchte nicht weiter darauf eingehen und nur die Tatsache erwähnen, daß ich sehr beeindruckt davon war. Sie dauerten eine kregische Woche – eine Sennacht. Nach diesen beiden Zeremonien waren wir Mann und Frau.

Die dritte Feier, das öffentliche Fest mit der Prozession durch die Hauptstadt, gefiel mir dagegen nicht so sehr.

»Was für ein Glück, daß das vallianische Volk mich liebt! Und dich wird es auch lieben! Es will uns glücklich sehen, es will sehen, wie wir in der Prozession zu allen Tempeln und heiligen Orten der verschiedenen Stadtbezirke fahren. Du wirst . . .«

»Ich werde mich schon daran gewöhnen. Aber Prinz Majister zu sein – das hatte ich mir eigentlich anders vorgestellt«, unterbrach ich mürrisch ihre schwärmerischen Ergüsse.

»Oh, du wirst es schon noch lernen!«

Nach dem gescheiterten Staatsstreich waren umfangreiche Aufräumungsarbeiten erforderlich. Im Zuge seiner Umsturzpläne hatte Kov Furtway einen Landesbezirk gegen den anderen aufgestachelt, was teilweise sogar zu blutigen Zusammenstößen geführt hatte. Ich hatte erst Ruhe, als ich von Tharu ti Valkanium erfuhr, daß es in meinem Stromnat Valka keine besonderen Vorkommnisse gegeben hatte. Unter der Führung meiner alten Freiheitskämpfer hatte man den heimtückischen Angriff von der im Westen liegenden Insel Can-thirda abgewehrt und die stachelschweinähnlichen Bewohner Can-thirdas, die Qua'voils, zurückgeschlagen. Tharu meldete, man sei nach dem ersten Sieg in Can-thirda einmarschiert, um dort im Norden einer Kolonie von Relts beizustehen, die dem Herrscher treu geblieben waren. Ich sagte dem Herrscher, Can-thirda müsse richtig besiedelt werden, woraufhin er zu meinem Erstaunen antwortete: »Dann besiedle die Insel, Dray.«

Später schalt mich Delia liebevoll einen Dummkopf.

»Wieso?«

»Aber so sind die großen Herren immer mit meinem Vater umgesprungen. Da du jetzt ein mächtiger Lord in Vallia bist – immerhin Prinz Majister! –, nahm mein Vater an, daß du Can-thirda deinen Besitzungen einverleiben wolltest. Er hat dir die Insel überlassen.«

»Kann er denn das so einfach tun?«

»Warum nicht? Er ist der Herrscher.«

»Hmm«, sagte ich und machte mich daran, einige weitere Dinge geradezubiegen, die mich ärgerten. So bei Seg Segutorio, einem Waffenkameraden, wie man ihn sich auf zwei Welten nicht besser wünschen konnte, der zum Hikdar der Roten Bogenschützen aus Loh gemacht worden war.

Aber das genügte mir nicht.

Der Herrscher fand langsam wieder zu sich selbst, und ich wußte, daß ich schnell handeln mußte, ehe er die Zügel wieder fest in der Hand hatte und womöglich auf die Idee kam, all seine Zusagen zu widerrufen und mich, den Fremden, den Barbaren, womöglich doch noch umzubringen, wie er es schon einmal befohlen hatte. Auf Seg und Inch konnte ich mich absolut verlassen; Hap Loder und meine Klansleute und Gloag mit den Männern aus Strombor mußten allerdings bald nach Hause zurückkehren; sie blieben nur noch in der Stadt, um die Feiern abzuwarten. Zunächst war ich also noch sicher.

Aber ich traute Königen und anderen absoluten Herrschern

prinzipiell nicht – und da wollte ich auch jetzt keine Ausnahme machen, und wenn dieser Mann tausendmal der Vater Delias war!

»Hör mal«, sagte ich zu ihm. »Wer ist dir bei den Drachenknochen treu geblieben? Wer hat für dich gekämpft? Wer erschoß Kov Zamras Leute, als sie dir auf den Leib rückten? Seg Segutorio!«

»Was willst du von mir?«

»Die Hälfte deiner persönlichen Leibwache, der Roten Bogenschützen aus Loh, hat dich verraten, angeführt von ihrem Chuktar. Die andere Hälfte hat bis zuletzt für dich gekämpft, und einige wenige Überlebende dienen dir auch jetzt noch . . .«

»Ich habe aus Loh neue Bogenschützen angefordert!«

»Gut und schön. Aber wer soll sie anführen?«

»Ich habe mich nach einem gewissen Chuktar Wong-si-tuogan erkundigt. Wie man hört, handelt es sich um einen ausgezeichneten Offizier!«

Wir saßen in einem Privatzimmer des Palasts und tranken guten vallianischen Wein.

»Wenn du es für richtig hältst, bitte«, sagte ich. »Aber ich hätte mir gedacht, daß Seg Segutorio, der meisterliche Bogenschütze, als Kandidat für den Chuktarposten in deiner Leibwache ohne Konkurrenz ist.«

Der Herrscher trank. Morgen würden Delia und ich in einem bunt geschmückten Zorcawagen durch die Stadt fahren, Kapellen würden spielen, die Doppelsonne würde ihren Opalglanz über uns ergießen, und die Stadt würde voller Fröhlichkeit und Gelächter sein.

»Öffne deine Deldars!« sagte der Herrscher – ein Ausdruck, der nur mit den irdischen Worten: »Leg die Karten auf den Tisch« zu übersetzen ist.

Gehorsam öffnete ich meine Deldars.

»Du solltest Seg zum Chuktar deiner persönlichen Leibwache machen. Er ist dir und Delia ungemein treu ergeben. Du solltest ihn und Inch außerdem belohnen – und ich schlage vor, daß du ihnen die Titel und Besitztümer von Männern überläßt, die dich im Stich gelassen und verraten haben. Für die anderen Männer, die dir deinen Thron – und auch das Leben – gerettet haben, wirst du sicher andere passende Geschenke finden.«

»Und du selbst?«

»Außer Delia brauche ich nichts. Und anscheinend habe ich ja schon Can-thirda geerbt. Ich werde dieser Insel einen neuen Namen geben, denn der alte Name ist den Valkanern unheimlich.«

»Sonst nichts?«

»Wir reden hier von anderen . . .«

»Von deinen Freunden.«

Er war der mächtigste Mann in diesem Teil Kregens, darüber war ich mir im klaren. Meine Macht bei ihm führte über seine Tochter. Was ich für ihn persönlich getan hatte, zählte bei ihm nicht – für ihn war es die Pflicht jedes Bürgers, das Leben des Herrschers zu schützen. Aber er war dennoch ruhiger geworden, er hatte etwas von seiner Nervosität verloren. Seine Position war gefestigter denn je.

»Aye, meine Freunde.«

»Und sie werden mächtig sein. Und bleiben dir treu. Ich dagegen . . .«

»Glaubst du wirklich, ich könnte einen Plan schmieden – oder durchführen –, der dir schadet? Du bist Delias Vater! Nein, Majister, vor mir bist du so sicher wie in einer Rüstung, die nicht einmal eine große Varter durchschlagen könnte.«

Im Rückblick bilde ich mir ein, daß er mir glaubte.

Da er aber ein vorsichtiger Mensch war, würde er einem anderen Mann niemals trauen. Ich selbst halte mich für klug und vorsichtig, doch ich habe oft die Dummheit begangen, mich gutgläubig in die Hand von anderen Menschen zu geben. Manchmal mußte ich für dieses Vertrauen teuer bezahlen, oft fand es aber auch seine Berechtigung – so bei Seg und Inch, bei Gloag und Varden, bei Hap Loder und auch bei Korf Aighos, den man nur nicht in Versuchung führen durfte. Und wenn ich diesen Männern vertraute, verließ ich mich zugleich auch auf die Männer unter ihrem Kommando. In gleicher Weise vertraute ich auf Valka.

Und nachdem ich nun wußte, daß Vomanus Delias Halbbruder war, konnte ich mich auch auf ihn wieder verlassen.

»Ich glaube dir, Dray«, sagte der Herrscher, der seine Entscheidung schon getroffen hatte. »Ich mache Seg Segutorio zum Chuktar der Roten Bogenschützen aus Loh. Außerdem werde ich Seg die beschlagnahmten Besitztümer von Kov Furtway übereignen und ihn zum Kov von Falinur ernennen.«

»Das ist wirklich großzügig . . .«, begann ich. Er hob die Hand.

»Und da dein langer Freund Inch die Blauen Berge für uns mobilisiert hat und die Schwarzen Berge nach Nath Larghos' Verrat ohne Anführer sind, mache ich Inch zum Trylon der Schwarzen Berge!«

Das war sorgfältig zu bedenken. Es gibt im vallianischen Adel zwar viele Titel, aber ihre Rangabstufung ist nicht schwer zu begreifen, sobald man erst einmal die Hackordnung begriffen hat. Ein Kov entspricht etwa einem Herzog, wie ich wohl schon erwähnt habe, während ein Strom einem Grafen gleichzusetzen ist. Dazwischen gibt es in Vallia eine Reihe von weiteren Abstufungen – zum Beispiel Vad und Trylon. Mir gefiel nicht recht, daß Seg und Inch unterschiedliche Titel erhalten sollten.

»Kov von den Schwarzen Bergen würde besser klingen.«

Der Herrscher lachte leise und schenkte Wein nach. »Du wirst feststellen, daß man in Vallia sehr um Titel ringt – obwohl sie eigentlich wenig bedeuten. Wichtig ist allein der Grundbesitz! Land! Kanäle, Korn, Vieh, Wein, Holz, Erze! Von mir aus kannst du Inch auch zum Kov ernennen, wenn es dir gefällt.«

»Auf jeden Fall wird es Seg gefallen.«

Der Herrscher wischte sich über die Lippen. Dann neigte er den Kopf und fuhr fort: »Was dich angeht, Dray Prescot, so hat sich meine Tochter mit dir einen ziemlich wilden Burschen eingefangen. Du herrschst bereits über Valka und Can-thirda. Der Dummkopf Larghos von Zamra wollte Pallan von Vondium werden. Nun ist er tot. Also soll auch Zamra dir gehören – und der Titel Kov, wenn du Wert darauf legst, Prinz Majister!«

Der alte Knabe konnte tatsächlich sarkastisch sein, wenn er wollte.

Ich dankte ihm, diesmal ohne Überraschung zu zeigen. Ich schaute in die Zukunft.

»Für all die Titel, die du vor und hinter deinem Namen inzwischen angehäuft hast, Dray Prescot, brauchen wir nun wohl eine Extra-Seite im Ehevertrag!«

»Ich habe nur den Wunsch, Delias Mann zu sein«, sagte ich mit ausdruckslosem Gesicht. Sein Spott wurmte mich. Ich zog mich zurück. Morgen war der große Tag.

2

Der große Tag begann. Heute sollte unsere Hochzeit ihren krönenden Abschluß finden.

Als ich Zim und Genodras am Himmel über Vondium aufsteigen sah, hatte ich Mühe, meine Gefühle zu deuten. Wie lange hatte ich für diesen Tag gekämpft! Ich hatte auf Kregen unzählige Dwaburs zurückgelegt. Ich hatte gegen Menschen und Halbmenschen, gegen Halbtiere und Ungeheuer gekämpft. Ich war Sklave gewesen, ich hatte riesige Ländereien besessen, und zahlreiche Männer hatten mich zum Anführer gewählt. Viel hatte ich gesehen und erlebt – und eigentlich war alles auf dieses Ziel ausgerichtet gewesen.

Viel gibt es über diesen Tag zu berichten.

An einiges erinnere ich mich mit jener Klarheit, die jede Sekunde genießt; andere Perioden liegen mehr im Schatten. Auf der fernen Erde legen die Chinesen weiße Kleidung an, wenn sie trauern, während weiß in meiner Heimat als Farbe der Reinheit und des Brautglücks gilt, als Farbe der Jungfräulichkeit. Die Vallianer haben die gleiche Sitte, die die Braut für mein Gefühl besonders strahlend erscheinen läßt – ein Widerschein ihres besonderen Glücks.

Als ich Delia in ihrem weißen Kleid erblickte, mit weißen Schuhen, einem weißen Schleier, nur da und dort einem winzigen Farbtupfer – konnte ich sie zunächst nur wortlos anstarren.

Mich hatte man in eine fantastische Uniform voller Goldborten, Brillanten, Federn, Seidenschärpen und Satinbesätze stecken wollen – und als ich mich im Spiegel betrachtete, mußte ich an das prunkvolle Gewand denken, das ich im Opalpalast Zenicces getragen hatte, als Prinzessin Natema mich zu umgarnen versuchte.

Die Erinnerung an Natema, die jetzt mit meinem Freund Prinz Varden glücklich verheiratet war, ließ mich an die anderen großartigen Frauen denken, die ich auf Kregen kennengelernt hatte: Prinzessin Susheeng, Sosie na Arkasson, Königin Lilah, die schöne Tilda, die Piratin Viridia, auch Katrin Rashumin, die sich als Kovneva von Rahartdrin in der bunten Menge befinden würde, die meiner Hochzeit beiwohnte. Ich dachte an Mayfwy, die Witwe meines Ruderkameraden Zorg von Felteraz, und seufzte – denn ich hätte mir sehr gewünscht, daß Mayfwy und Delia Freundinnen wären. Vor dem Spiegel stehend, hatte ich die bunte glitzernde Prachtuniform schnell wieder ausgezogen. Ich wollte nicht als herausgeputzter Hoftrottel einherstolzieren. Ich wickelte mich in ein langes Stück roter Seide und legte die einfache braune Tunika eines vallianischen Koter an, breit an der Schulter, schmal an der Hüfte und in einem weiten Rock auslaufend. Dazu trug ich lange schwarze Stiefel und einen breitkrempigen Hut. Am Hut leuchteten die rotweißen Farben Valkas. Meine Ärmel bestanden aus weißer pandahemischer Seide, denn trotz der erbitterten Rivalität zwischen den Inseln ist Vallia nicht so dumm, auf die vorzüglichen pandahemischen Stoffe zu verzichten.

Aus Valka waren meine Würdenträger und engen Freunde gekommen, an deren Seite ich die Insel von den Aragorn und den Sklavenherren gesäubert hatte. Sie brachten mein großartiges Aphrasöe-Schwert mit, das einmal Alex Hunter gehört hatte. Mich erfüllte eine seltsame Erregung, als ich diese Waffe umgürtete. Mit dem herrlichen Savantischwert konnte ich unbesorgt gegen Rapier, Langschwert, Breitschwert oder Kurzschwert kämpfen, die Klinge wurde allen Gegnern gerecht. Selbst in diesem Augenblick konnte ich meine Waffenbegeisterung nicht verleugnen, ich gebe es zu, selbst in diesem Augenblick sehnte ich mich nach einem Langschwert der Krozairs.

Aber dieser Wunsch ließ sich leider nicht erfüllen, wie ich auch nicht meine beiden Ruderkameraden und guten Freunde Nath und Zolta bei mir haben konnte.

Was sie – und auch Mayfwy – wohl sagen würden, wenn sie erfuhren, daß ich geheiratet hatte, ohne daß sie auf meiner Hochzeit tanzen durften! Ich wollte lieber nicht daran denken.

Als ich einmal unauffällig angedeutet hatte – wobei ich darauf bedacht war, den Herrscher nicht zu erregen –, daß man vielleicht ein Flugboot nach Tomboram schicken könnte, hatte er so aufgebracht reagiert, daß ich nicht weiter nachzuhaken wagte. Seine Wut galt allerdings nicht mir, denn ich verstehe mich durchaus auf diese Art diplomatische Gesprächstaktik, sondern den Nationen der Insel Pandahem. Ich sprach mit Inch und Seg darüber, daß ich mir gewünscht hätte, die Schöne Tilda und ihren Sohn Pando, Kov von Bormark, zu meiner Hochzeit zu bitten, ebenso wie die Piratin Viridia, wenn man sie noch rechtzeitig fand. Aber auch die beiden Freunde waren der Meinung, daß sich das wohl nicht verwirklichen ließ.

Erst in dieser Woche war ein brutaler Überfall durch pandahemische Schiffe auf eine vallianische Hafenkolonie bekannt geworden. Ich konnte mir die Gefühle vorstellen, die nun im Lande herrschten – und die Situation stimmte mich traurig. Aber ich wollte an meinem Hochzeitstag nicht traurig sein. Ich trank einen letzten Schluck vom besten Jholaix-Wein und ging zum wartenden Zorcawagen.

Delia sah hinreißend aus – und näher möchte ich sie an dieser Stelle nicht beschreiben, denn ich könnte ihr nicht gerecht werden. Wir nahmen im Wagen Platz, und der alte Kutscher Starkey trieb die acht Zorcas an, die sich ins Geschirr legten. Unsere Hochzeitsprozession hatte begonnen.

Die Roten Bogenschützen aus Loh, deren Chuktar Seg geworden war, eskortierten uns. Ebenso ritt in unserer Begleitung eine Ehrengarde valkanischer Bogenschützen – wofür ich beim Herrscher sehr hatte kämpfen müssen. Ich hatte auch mit Seg darüber gesprochen, der von Bogenschützen anderer Disziplinen nichts hielt – aber er hatte sich für mich eingesetzt.

In der Prozession ritten auch alle Edelleute des Landes, die zur Zeit in der Gnade des Herrschers standen. Ich sah auch Hap Loder und meine Klansleute, gefolgt von Inch, dem neuen Kov der Schwarzen Berge, der sich angeregt mit Korf Aighos unterhielt – und da dachte ich an meine Abenteuer mit dem Gesellen der Blauen Berge.

Ich beugte mich zu Delia hinüber und sagte lächelnd: »Wir müssen die Hochzeitsgeschenke im Auge behalten, mein Schatz. Korf hat ein seltsames Funkeln in den Augen. Und Nath der Dieb aus Zenicce ist auch in der Menge!«

Hochzeitsgeschenke waren in Vallia von großer Bedeutung. Delia hatte sie bisher dazu benutzt, nicht gegen ihren Willen verheiratet zu werden. Die Geschenke des früheren Ehekandidaten Kov Vektor waren von den Gesellen der Blauen Berge beiseitegeschafft worden, wodurch die Hochzeit verhindert wurde. Ich hatte es natürlich abgelehnt, die Geschenke eines abgeschlagenen Rivalen zu verwenden, und mich statt dessen in Valka umgesehen – und es hatte mich verblüfft, was für kostbare und schöne Gaben in diesem kleinen Land zu finden waren. Man hatte uralte Schätze ausgegraben, die vor den Aragorn in Sicherheit gebracht worden waren – und voller Liebe hatte man diese Geschenke für Delia aufbereitet.

In feierlicher Prozession fuhren wir durch die breiten Straßen Vondiums. Die Koter und Kotera waren zu Tausenden gekommen und jubelten und winkten uns zu. Vondium ist bei weitem nicht so groß wie Zenicce, das eine Bevölkerung von über einer Million haben muß – doch ich hatte den Eindruck, daß an diesem Tage nur wenige zu Hause geblieben waren.

Delia hatte ihre Hand in die meine geschoben, und ab und zu drückte sie mir beruhigend die Finger. Sie winkte der Menschenmenge zu. Blütenblätter regneten von Balkonen auf uns herab, die mit bunten Stoffbahnen und Bannern geschmückt waren. Der Lärm war ohrenbetäubend.

»Ich habe mit Seg gesprochen«, sagte Delia. »Er will alle Sklaven in seiner Provinz befreien. Keine leichte Aufgabe . . .«

»Aye, mein Schatz, es wird nicht leicht sein. Doch meine Männer sind bereits in Can-thirda tätig. Und dann wird auch Zamra von dem Übel befreit. Und eines Tages gibt es vielleicht noch viel mehr freie Koter und Kotera, die uns zujubeln!«

Delia schob den schimmernden Schleier vor ihrem Gesicht zurecht. Sie betrachtete das Volk von Vallia mit ehrlicher Zuneigung, und auf ihren Wangen stand ein rosiger Schimmer, der mich bezauberte. Und ihr Haar! Das herrliche kastanienbraune Haar mit dem unvergleichlichen rötlichen Glanz – ihr Haar funkelte förmlich neben dem weißen Hauch des Schleiers.

»Bist du glücklich, Delia?«

»O ja, Dray! O ja!«

Wir hielten an den heiligen Orten der Stadt die vorgeschriebenen Riten ein und fuhren im Schrittempo weiter. Ringsum sah ich Blumen und Bänder, Flaggen und Banner. Die Sonnen von Scorpio umfluteten uns mit ihrem herrlichen Licht. Im Jubel der Volksmassen zweifelte ich nicht mehr daran, daß ich endlich zu einem echten Kreger geworden war.

Auf meine Bitte hin – die Delia mit einer kurzen Kopfbewegung sofort in einen Befehl umwandelte – fuhren wir am Großen Nordkanal und an der *Rose von Valka* vorbei. In dieser Schänke hatte ich großartige Stunden verbracht und manchen fröhlichen Spaß erlebt. Hier sah ich meine alten Freunde aus Valka, die sich begeistert brüllend und winkend aus den Fenstern lehnten, und dann begann jemand – der junge Bargom! – das Lied *Die Eroberung von Drak na Valka,* und alle sangen aus vollem Hals mit, als wir vorbeifuhren. Ich wußte, daß sie weitersingen und auch tüchtig trinken würden, bis der Morgen graute; so sind die Valkaner nun mal.

Wie es sich gehörte, sollten wir unsere Rundfahrt durch die Stadt in einem schmalen Boot beenden.

Das Wasser schimmerte, als wir den Zorcawagen verließen und an Bord einer eleganten Kanalbarke gingen, die dermaßen mit Blumen, Flaggen und Bannern bedeckt war, daß ich mich schon wunderte, wo wir sitzen sollten. Die Barkenmeister hatten alles organisiert – und kurz darauf nahmen Delia und ich auf einer Plattform am Bug Platz.

Das Wasser gluckerte an der Bootswandung entlang. Ich kannte dieses Wasser. Süß ist das Kanalwasser Vallias – süß und gefährlich. Es war mir ein Trost zu wissen, daß meine Delia und auch ich durch das Bad im Taufbecken am fernen Zelph-Fluß bei Aphrasöe gegen das Gift dieses Wassers gefeit waren – und zugleich ein tausendjähriges Leben erwarten durften.

Jetzt waren die Kanalschiffer mit lautem Zurufen und Winken an der Reihe. Die Ven und Venas paradierten mit ihren frisch angemalten schmalen Boten an uns vorbei oder säumten das Kanalufer. Wir wurden von einer ausgesuchten Gruppe von Schleppern gezogen, denn ich hatte natürlich das Angebot des Herrschers ausgeschlagen, uns eine Abteilung seiner Sklaven zur Verfügung zu stellen. An jenem herrlichen Tag bekamen wir keinen einzigen Sklaven zu Gesicht, wenn wir auch wußten, daß die armen Teufel in ihren Unterkünften und Verliesen steckten – und gewannen Trost aus unserer Entschlossenheit, mit diesem Übel bald ein für allemal aufzuräumen.

Den ganzen Tag lang fuhren wir in Vondium herum, wurden hier begrüßt und da bewirtet und dort bejubelt, und als die Zwillingssonne unterging, ragte die gewaltige Silhouette des Palastes vor uns auf, und wir wurden unter dem emporsteigenden Fallgitter hindurch in den Palasthof gezogen, wo wir wieder an Land gingen.

Es war ein vollkommener Tag gewesen – wie es bei einem Hochzeitstag auch nicht anders sein durfte.

Seg, Inch, Hap, Varden, Gloag, Korf Aighos und Vomanus führten mich davon. Wir nahmen Platz und prosteten uns zu, doch nicht übermäßig, denn wir hatten nichts übrig für die barbarische Sitte, die vorschreibt, daß sich ein Bräutigam in seiner Hochzeitsnacht sinnlos betrinkt.

Der Raum hatte eine niedrige Decke und wirkte sehr gemütlich. Wir saßen in gepolsterten Stühlen an Sturmholztischen, und walfargsche Teppiche bedeckten den Boden. Die besten Weine aus Jholaix und anderen bevorzugten kregischen Gegenden wurden kredenzt. Auch bestellte ich mir kregischen Tee, ein Getränk, wie man es sich auf zwei Welten nicht besser vorstellen kann.

Nach einer Weile vermochte ich mit Vomanus in einer Ecke unter vier Augen zu sprechen.

»Du bist also jetzt mein Schwager, Vomanus«, sagte ich.

Er neigte den Kopf und hob sein Glas. »Aber nur zur Hälfte, Dray.«

»Aye, du bist Delias Halbbruder. Und ich habe an dir gezweifelt, als die Racters mir einflüsterten, du hättest es auf Delia abgesehen.« Ich bin ein Mann, der nie um Verzeihung bittet – jedenfalls fast nie. Doch jetzt sagte ich: »Verzeihst du mir, daß ich an dir gezweifelt habe, Vomanus?«

Er lachte auf seine gelassene Art und leerte sein Glas. Er war ein Teufelsbraten, sorglos und leichtherzig – aber ein guter Kamerad.

»Da gibt es nichts zu verzeihen. Ich weiß, was ich von einem Mann halten würde, der mir ein Mädchen wie Delia wegnehmen wollte.«

»Du bist verlobt – nein, das ist nicht das richtige Wort – du hast ein Mädchen?«

»Ein Mädchen, Dray? Natürlich nicht! Ich habe viele Mädchen, Dray – Hunderte!«

Hap Loder trat an unseren Tisch und brachte mir frischen Tee und eine Handvoll Palines. Wir unterhielten uns über die Klans und die neuen Chunkrahherden, die er gezüchtet hatte. Er war nun der Führer der Klans von Felschraung und Longuelm, doch er hatte mir Obi gegeben, und ich wußte, daß er mir treu bleiben würde. Er war mein Freund, und das war mir wichtiger als bloße Treue.

Ich entdeckte Tharu von Valkanium und Tom ti Vulheim und zu meiner Freude auch Erithor von Valkanium, der als Sänger im Lande berühmt war und dessen Lieder in aller Munde waren.

Erithor begann zu singen, ein fröhliches Lied über den Schlauen Naghan, der von der energischen Hefi, Tochter des Boskhüters aus dem Dorfe, eingefangen wurde. Die Männer begannen zu lachen, und das Fest wurde allmählich lauter.

Wie wohl ich mich hier in diesem bequemen Raum im Kreise meiner Freunde fühlte! Ich bin ein Mann, der nicht so schnell Freundschaften schließt. Es fällt mir zwar leicht, Männer mitzureißen, daß sie mir folgen, daß sie mir gehorchen und Freude an ihrem Tun haben . . . aber Freundschaft ist ein anderes Kapitel. Freundschaft ist für mich ein seltenes und kostbares Ding, nach dem ich unbewußt strebe.

Schließlich stand ich auf.

Sofort trat Stille ein.

Erithor hatte gesungen – die Zeit vergeht unglaublich schnell, wenn ein Skalde seines Talents vorträgt. Ich räusperte mich.

»Ich danke euch allen, meine Freunde, von ganzem Herzen. Mehr kann ich jetzt nicht sagen.«

Ich bildete mir ein, daß sie mich verstanden.

Sie begleiteten mich die Marmortreppe hinauf, die im orangeroten Licht der Fackeln lag. Vor uns zuckten Schatten in der Dunkelheit.

Delia erwartete mich.

Thelda, Segs Frau, nickte mir zu, und Seg legte ihr den Arm um die Hüfte, und alle folgten dem alten Brauch und wünschten Delia und mir ein langes und glückliches Leben. Und dann, lachend und singend und von neuem Durst befeuert, eilten sie wieder nach unten und ließen Delia und mich allein.

In der Schlafkammer hatte man kostbare Wandteppiche aufgehängt, und riesige Kerzen brannten mit ruhiger Flamme. Auf einem Beistelltisch warteten Erfrischungen. Delia saß im Bett; Thelda hatte ihr das herrliche Haar gekämmt, das nun in unglaublichem Glanz schimmerte. Ich starrte sie mit offenem Mund an.

»O Dray! Du siehst aus, als fühltest du dich nicht wohl!«

»Delia . . .«, flüsterte ich. »Ich . . .«

Ich trat mit unsicheren Schritten vor. Dabei spürte ich, wie das Schwert gegen meine Hüfte schlug, das herrliche Saventischwert, und ich griff zu, um es abzunehmen und auf den Tisch zu legen, aber plötzlich sah ich, wie der Wandteppich an der Seite des Betts in Bewegung geriet.

Ein Luftzug? – Unmöglich!

Sie mußten gewartet haben, bis sie die anderen gehen hörten, bis nur noch meine und Delias Stimmen zu hören waren. Das war das Signal gewesen.

Es waren sechs.

Sechs schwarzgekleidete Männer mit schwarzen Gesichtsmasken und Kapuzen, sechs Männer, die ihre Dolche schwangen.

Sie eilten so lautlos und schnell aus ihrem Versteck hinter dem Stoff hervor, daß sie meine Delia fast zu töten vermochten, ehe ich sie erreichte.

Ich stieß einen Schrei aus, der so tierisch-wild war, daß sie unwillkürlich zurückzuckten – und stürzte mich auf sie.

Ihre sechs Dolche kamen gegen meine Waffe nicht an. Das Savantischwert ist ein fürchterliches Vernichtungsinstrument.

Selbst wenn sie Rüstung getragen und Langschwerter der Krozairs geschwungen hätte, wären sie ihrem Schicksal nicht entgangen.

Mein Angriff war so vernichtend, daß ich die beiden ersten niedergemacht, dem dritten die Klinge in den Leib gerammt und mich dem vierten zugewandt hatte, ehe sie sich von dem Mädchen im Bett abwenden und in meine Richtung sehen konnten.

»Dray!« sagte Delia.

Sie schrie nicht.

Wendig und mit blitzenden nackten Beinen inmitten einer langen Bahn herrlich gestickter Spitzen glitt sie aus dem Bett und griff nach einem Dolch, der am Boden lag, und augenblicklich warf sie sich auf den sechsten Mann. Ich erledigte den vierten und stieß den fünften nieder. Der sechste Angreifer lag bereits reglos auf dem kostbaren Walfarg-Teppich.

»O Dray!« sagte Delia, ließ den blutigen Dolch fallen und lief mit ausgestreckten Armen auf mich zu. »Sie hätten dich töten können!«

»Nicht solange du mich beschützt, meine Delia!« sagte ich lachend und drückte sie an mich. »Diese armen Dummköpfe tun mir leid!«

Ich schleppte die sechs Leichen zur Tür und in den Gang hinaus und rief nach der Wache. Ein halbes Dutzend Roter Bogenschützen aus Loh erschien. Der Hikdar wollte sofort im ganzen Palast Alarm geben, doch ich sagte nur: »Lieber nicht, guter Fenrak!« Er war ein getreuer Bogenschütze, der mit uns bei den Drachenknochen gekämpft hatte. »Nicht in meiner Hochzeitsnacht!«

Er nickte. »Ich kümmere mich um die Toten, Prinz. Und morgen früh . . .« Er gab seinen Leuten Befehl. Er war ein mutiger, entschlossener Mann aus Loh, und mir gefiel seine Art. »Ich wünsche dir alles Gute, mein Prinz, und ewiges Glück für die Prinzessin Majestrix.«

»Vielen Dank, Fenrak. Es gibt Wein für dich und deine Männer – ich wünsche euch einen frohen Umtrunk heute nacht, mein Freund!«

Während die schwarzgekleideten Toten fortgeschafft wurden, kehrte ich zu meiner Delia zurück und verschloß die Tür vor der Außenwelt.

Nach meinen Erfahrungen auf diesem wilden Planeten unter der Doppelsonne muß ich sagen, daß dies absolut kein untypischer Abschluß für einen Hochzeitstag auf Kregen war. Ein Ereignis, das das Blut in Wallung brachte, das ein Funkeln in Delias Augen und einen roten Schimmer auf ihre Wangen gezaubert hatte!

Wie wild sie für mich gekämpft hatte, wie ein Zhantil um ihre Jungen!

Und nun verbrachten wir unsere Hochzeitsnacht zwischen blutbesudelten Seidentapeten und blutgetränkten Walfargteppichen und liebten uns bis zum Morgen.

Am nächsten Tag zogen wir Erkundigungen ein. Es entpuppte sich als eine simple und ziemlich kümmerliche Angelegenheit. Die Mörder, die ja tot waren, konnten uns das Gewünschte nicht mehr mitteilen, doch einer der Übeltäter war Vomanus bekannt. Es handelte sich um einen Untergebenen des Kov von Falinur, der das Land zwangsweise verlassen hatte. Dies war also sein letzter Versuch gewesen, sich zu rächen – jedenfalls nahm ich das damals an. In jenen Tagen schien es mir nicht so wichtig, der Sache weiter nachzugehen; später sollte ich mir wünschen, damals genauere Untersuchungen eingeleitet zu haben, denn Vomanus' Auskunft war richtig.

Nicht wissen konnte er allerdings, daß dieser Mörder die Dienste Naghan Furtways, des Kov von Falinur, inzwischen verlassen hatte.

Während wir diese Dinge besprachen, drängte sich Thelda wütend in unsere Runde. »Ich bin Kovneva von Falinur!« rief sie. »Und mein Mann Seg ist Kov! Nennt den Kov von Falinur nicht Verräter!«

Delia beruhigte sie. Ihre Rolle als Kovneva gefiel Thelda natürlich sehr, wenn auch Seg achselzuckend lachte und bemerkte, durch den Titel sei er nun auch nicht gerade automatisch ein besserer Schütze geworden.

Naghan Furtway war aller seiner Titel und Besitzungen ledig. Von jetzt an durften wir ihn nur noch Furtway nennen – und er spielte sicher mit dem Gedanken, uns die Schmach irgendwie heimzuzahlen. Dabei war ausgerechnet er der Mann, den ich zusammen mit seinem Neffen Jenbar auf Geheiß der Herren der Sterne aus den vereisten Bergen des Nordens gerettet hatte, wo sie mit ihrem Flugboot abgestürzt waren.

Auf die nun folgende Zeit in Vondium will ich nicht näher eingehen. Ich führte ein sehr aktives Leben, denn ich hatte viel zu tun – doch eigentlich ereignete sich nicht viel. Ich setzte mich mit dem Palastarchitekten Largan in Verbindung, und gemeinsam erforschten wir die Geheimgänge. Ich habe schon davon gesprochen, daß es in großen Palästen üblicherweise zahlreiche Gänge und Hohlräume zwischen den Mauern gab. Um diesen besonderen Aspekt des Bauwerks kümmerten wir uns und fanden dabei viele neu gebaute Gänge, von denen sogar Largan keine Ahnung hatte. Ich ließ alle gefährlichen Zugänge zumauern, so daß man sich wieder einigermaßen sicher fühlen konnte.

Offenbar hatte ich eine Ader dafür, meine krumme Nase in alle möglichen Angelegenheiten zu stecken und auch Verbesserungen vorzuschlagen. Ganz oben auf meiner Liste stand eine Neuorganisation des Kanalwesens. Zum Beispiel wollte ich dafür sorgen, daß es an Kanalkreuzungen nicht mehr zu Auseinandersetzungen wegen der Vorfahrt kommen konnte. Bis ein großes Umbauprogramm verwirklicht werden konnte, das an den wichtigen Kanälen Über- und Unterführungen vorsah, sollten Kreuzungswächter tätig werden – deren Familien in der Nähe der Kanalkreuzungen leben konnten. So hoffte ich auf eine glatte Regelung des dichten Bootsverkehrs auf den zahllosen Wasserstraßen des Landes.

Wie nicht anders von einem Seeoffizier und langgedienten Kapitän zu erwarten ist, verbrachte ich lange Zeit an den Docks und Helligen und machte mich mit den großen vallianischen Galleonen vertraut. Ich kümmerte mich auch um die Artillerie dieser Schiffe – um die Katapulte, die Varters und die Riesenvarters, die in Vallia entwickelt worden waren.

Was den vallianischen Luftdienst angeht, die Gruppe der Flieger, der ich seit jeher mit größtem Respekt begegnet war, so mußte ich feststellen, daß es Naghan Furtway mit seinem Umsturz gelungen war, diese Organisation fast völlig aufzulösen. Ich traf Chuktar Farris, den Lord von Vomansoir, der mich und Delia mit der *Lorenztone* aus dem Sattel von Umgar Stros riesigem schwarzem Impiter gerettet hatte. Ich glaubte hinter seiner ausgesuchten Höflichkeit eine gewisse Freude zu bemerken, als finde er es in seiner Zuneigung zu Delia erfreulich, daß sie nun doch den primitiven Barbaren geheiratet hatte, den sie gegen jeden gesunden Menschenverstand gewählt hatte.

»Wir haben nach dir gesucht, Prinz Majister – aber wir fanden statt dessen den Kov von Falinur und seine Kovneva.«

Delia lächelte, und ich lachte leise vor mich hin. Wie vornehm wir taten mit unseren Titeln – dabei waren wir damals ein ziemlich heruntergekommener Haufen gewesen, der durch die Unwirtlichen Gebiete wanderte!

Ich erkundigte mich bei dem Chuktar nach Tele Karkis, dem jungen Hikdar des Luftdienstes. Farris runzelte die Stirn und sagte: »Er hat uns verlassen. Und damit hat er uns sehr enttäuscht. Ich habe lange nichts mehr von ihm gehört.«

Aber es gab doch noch Überreste des Luftdienstes. Mein Aufenthalt in Vallia hatte bereits dazu geführt, daß ich die blaue Farbe automatisch mit Pandahem gleichsetzte. Natürlich vermochte ich diese instinktive Regung sofort wieder zu unterdrücken, indem ich an Tilda und ihren jungen Sohn Pando dachte. Aber es war trotzdem seltsam, die Angehörigen des Luftdienstes in ihren dunkelblauen Uniformen zu sehen; die Farbe hatte vermutlich eine historische Erklärung.

In dieser Zeit waren Delia und ich sehr viel mit Flugbooten unterwegs – und besuchten oft die Blauen Berge und Delphond. Manche Höflinge brachten ihre Besorgnis darüber zum Ausdruck, denn die Flugboote waren nicht sehr verläßlich. Auch besuchten wir Inch in den Schwarzen Bergen und stellten dabei fest, daß er sich mit den Gesellen der Blauen Berge zusammengetan hatte und daß er und Korf Aighos, der in der wolkenverhangenen Bergstadt Hoch-Zorcady herrschte, große Pläne hatten. Eine dauerhafte Freundschaft zwischen sämtlichen Berggebieten schien nun nicht mehr unmöglich zu sein.

Überall in Vallia ließen wir uns sehen. Wir besuchten Falinur, wohin sich Seg und Thelda begeben hatten, um ihre Herrschaft anzutreten. Seg hatte einen Ord-Kiktar bestimmt, der während seiner Abwesenheit die Roten Bogenschützen von Loh führen sollte. Dabei handelte es sich um einen getreuen Veteranen namens Dag Dagutorio, in dessen Gegenwart sich Delias Vater weitaus wohler zu fühlen schien als in Segs. Vermutlich lag hier einer der Gründe, warum Seg mit einem Kovnat bedacht worden war.

Die Bezeichnung Ord-Kiktar bedeutete, daß Dag nun acht Ränge über dem gewöhnlichen Jiktar stand. Noch zwei Beförderungen, dann konnte er sich Chuktar nennen. Ich bezweifelte, ob der Herrscher zwei Chuktars einsetzen würde, um seine Roten Bogenschützen zu führen; und ich war ziemlich sicher, daß Seg seinen Posten eines Tages an Dag abtreten würde.

Allerdings bestand ich darauf, daß ein Chuktar zum Anführer der Valkanischen Ehrengarde gemacht wurde. Der Herrscher hatte sich mein Verlangen lächelnd angehört und gesagt: »Da dir Valka so sehr am Herzen liegt, lieber Schwiegersohn, und da du die Valkanischen Bogenschützen in den Rang einer Leibwache erheben möchtest, darfst du dem Chuktar auch seinen Lohn zahlen. Ich könnte mir nur einen Jiktar leisten.«

Wütend zahlte ich.

Aber was lag mir am Geld? Valka, Can-thirda und Zamra brachten große Beträge ein. Und Delphond und die Blauen Berge erhöhten unser Einkommen noch. Wir hätten eine ganze Armee von Chuktars bezahlen können.

Einen Mann aus dem Hofstaat des Herrschers sollte ich an dieser Stelle vielleicht erwähnen: den Zauberer von Loh, der Deb-so-Parang hieß. Ich unterhielt mich mehrmals mit ihm und erzählte ihm von Lu-si-Yuong, dem Zauberer von Loh, der Königin Lilah von Hiclantung gedient hatte. Deb-so-Parang nickte, kraulte sich den Bart und sagte, er kenne den anderen Zauberer nicht. Seit dem Zusammenbruch des Lohischen Reiches waren die Zauberer dieses Landes über ganz Kregen verstreut. Er war ein freundlicher alter Mann, dem man ankreidete, daß er den Herrscher nicht vor dem Anschlag auf sein Leben und seinen Thron gewarnt hatte.

Was mein Interesse an Aphrasöe angeht, so hatte ich mich natürlich sofort an die Todalpheme von Vondium gewandt, die die Gezeiten rings um Vallia aufzeichneten. Dort erhielt ich die Auskunft, ich solle mich an den Herrscher wenden. Der Herrscher ging sofort auf meine Frage ein. Nach dem Sturz von dem Zorca, der Delias Bein entstellt hatte, war ihm von den Todalpheme von Hamal berichtet worden – dem Land, in dem die Vallianer ihre Flugboote kauften. Diese Todalpheme wüßten von einem geheimnisvollen Ort, wo eine Wunderkur möglich sei.

Nun kannte ich also den Weg.

Aber es wird Sie sicher nicht überraschen zu hören, daß ich nicht sofort ein Flugboot bestieg und nach Hamal flog, wie ich es noch vor wenigen Jahren getan hätte.

Ich war viel ruhiger geworden und sah in mir nicht mehr denselben Mann wie noch vor kurzer Zeit – den Mann, der ein riesiges Krozair-Langschwert geschwungen und zu Fuß durch die Unwirtlichen Gebiete gewandert war. Für mich hatte immer Delia an erster Stelle gestanden, und die Suche nach den Savanti aus Aphrasöe, die mich aus dem Paradies vertrieben hatten, mußte dahinter zurückstehen.

Aber für mich waren nun Vallia und Valka wichtig – und meine Delia! Ich hatte wieder das Gefühl, im Paradies zu sein.

Ich merkte mir also die Information und ging meinen anderen Aufgaben nach. Unsere Hochzeitsreise führte uns nach Valka, wo wir in den Räumen von Esser Rarioch eine großartige Zeit verbrachten. Wir reisten auch nach Strombor. Ich vermag nicht zu beschreiben, was ich fühlte, als ich endlich wieder in der Enklavenstadt Zenicce war und durch den Opalpalast wandern und an all die Dinge denken konnte, die hier geschehen waren. Delia und ich ritten auf die weite Segesthes-Ebene hinaus, und ich vergnügte mich wieder mit meinen Klansleuten, die für mich und Delia ein großes Jikai anstimmten! O ja, ich lebte auf hohem Voskrücken in jenen Tagen!

Wie reich ich doch beschenkt worden war! Mein Herz machte einen Riesensprung, und ich schob eine wichtige Reise nach Zamra auf, als mir Delia die große Ankündigung machte: »Mein Liebling, ich werde dich nicht begleiten, denn bald weiß ich Bescheid!«

Bald hatten wir Gewißheit. Und nach der naturgegebenen Zeit gebar Delia zwei Kinder – Zwillinge! Ein Junge und ein Mädchen.

Der Junge wurde Drak genannt. Das Mädchen Lela, wie Delias Mutter.

Ich marschierte wie ein Verrückter durch die Stadt. Jeder einfache Onker war in diesen Tagen vernünftiger als ich, und kein

Lebewesen auf zwei Welten war von einem dümmeren Stolz erfüllt als ich. Wie konnte ein häßlicher Bursche wie ich zwei so hübsche Kinder zeugen? Natürlich war Delias Schönheit einzig und allein für die Kinder verantwortlich! Zwillinge galten auf Kregen – als Abbild der Zwillingssonnen – als Glückssymbol, während sie auf der Erde seit jeher als Unglück angesehen, ja früher sogar zuweilen getötet wurden – zumindest einer der beiden Zwillinge. Ein Junge und ein Mädchen! Was für ein glücklicher Vater ich war!

Ich erreichte den Gipfel meines Glücks.

Aber die Probleme in Zamra wurden nicht geringer, so daß ich schließlich Seg nach Vondium rief und mich auf den Weg in mein Kovnat machte, um mich persönlich um die Abschaffung des Sklavenhaltertums zu kümmern.

Nach kurzem Aufenthalt in Valka flog ich nach Norden. Zum Übernachten landeten wir auf einer kleinen Insel. Ich wanderte von einer seltsamen Unruhe erfüllt im Lager herum und betastete nervös den Griff des Savantischwerts an meiner Hüfte. Ich war ein bedeutender Mann geworden, Prinz Majister, Ehemann des schönsten Mädchens zweier Welten. Mir gehörten riesige Ländereien. Meine Schätze waren unermeßlich. Und ich hatte zwei gesunde Kinder.

Was für ein Stolz!

Der blaue Schimmer umgab mich blitzschnell – und traf mich unvorbereitet. Mich erfüllte ein Entsetzen, das um so schlimmer war, als die Erscheinung völlig überraschend kam. Ich spürte, wie die blaue Strahlung mich rief, wie die riesigen Umrisse eines schemenhaften Skorpions mich einhüllten – und im nächsten Augenblick lag ich im Dreck, umgeben vom Gestank und Geschrei der Sklaven, und ein harter Stiefel traf mich in die Flanke.

»Steh auf, du Rast, du stinkender Cramph!« brüllte jemand, und ein weiterer Tritt in die Rippen folgte.

3

Ich war nackt und unbewaffnet – Sklave in einem Sklavengehege. Meine einzige Hoffnung bestand darin, daß ich mich noch auf Kregen befand.

Sie können das Ausmaß meines Schocks ermessen, wenn ich

Ihnen sage, daß ich den grausam zutretenden Stiefel nicht sofort packte, um den dazugehörigen Mann in den Sand zu werfen und zu erwürgen.

Starr vor Entsetzen und von Übelkeit erfüllt lag ich da. Der plötzliche Sprung in einen anderen Teil Kregens schien mir auf eine tiefere Bedeutung hinzudeuten.

Ich war an Delias Seite gewesen, als sie unsere Kinder gebar, ich hatte mit ihr leiden, ihr einen Teil des Leids abnehmen wollen – natürlich ein sinnloses Bestreben; darüber hinaus sorgte Akupunktur für eine ziemlich schmerzlose Geburt. Sie hatte mich angelächelt, mir die Arme entgegengestreckt, und ich war vorgetreten und hatte sie geküßt, und so hatten wir ein Erlebnis durchgemacht, das sie allein erdulden mußte, während ich mich in nutzloser Qual verzehrte.

Vielleicht hatte ich das Gefühl, daß dies meine Strafe für das hochmütige Leben war, die Strafe dafür, daß ich nicht mehr für Delia getan hatte, während sie schwanger ging – obwohl ich bei Zair wirklich alles getan hatte, was ein Mann unter diesen Umständen tun kann. Vielleicht hatte mich der Hochmut vor dem Fall bescheiden gemacht. Eine neue Serie schmerzhafter Tritte änderte meine Ansicht.

Ich war nicht zum erstenmal in dieser Lage. Schon mehrfach war ich nackt und unbewaffnet auf Kregen abgesetzt worden. Ich wußte, daß mich die Herren der Sterne wieder einmal gerufen hatten, damit ich eine Aufgabe für sie erledigte – und wenn dieser Auftrag auch nur ein bißchen Ähnlichkeit mit meinen bisherigen Abenteuern hatte, mußte ich nun schnell reagieren.

Der Stiefel spürte sich warm und glatt an. Ich zog daran, und der Sklaventreiber fiel zu Boden.

Ich packte ihn am Hals und würgte ihn ein wenig, dann knurrte ich ihm ins Ohr: »Wenn du mich noch einmal trittst, bist du dran!«

Dann stand ich auf.

Ringsum verstummte das Jammern der nackten Sklaven.

Wir standen in einer kleinen Höhle, die in weiches, bröckeliges Felsgestein gehauen war. Die Feuchtigkeit an den Wänden schimmerte in den Strahlen der Zwillingssonne, die durch eine vergitterte Öffnung in die Höhle fielen.

Der Sklavenmeister rappelte sich auf und versuchte mich auszupeitschen.

Ich packte seine Peitschenschnur, zerrte daran und fiel wieder über meinen Peiniger her.

Eine kleine pelzige Fristlefrau eilte herbei. »Töte ihn nicht, Dom! Wir müssen alle leiden, wenn er stirbt!«

Nun, ich hatte für Fristles nicht viel übrig, aber sie hatte recht. Ich stieß den Mann zurück.

Ein stämmiger Brokelsh drängte sich aufgebracht herbei. »Jetzt bekommen wir Ärger!« sagte er.

Die Sklaven waren nackt; es waren etwa ein Dutzend. Der Brokelsh eilte auf ein Loch in der hinteren Wand zu. »Ich verschwinde!«

Die anderen Sklaven liefen ihm angstvoll jammernd nach.

Ich trat an die vergitterte Öffnung. Das Gitter bestand aus solidem Lenkholz. Draußen sah ich eine Lichtung mit papishingedeckten Hütten, umgeben von einem fremdartigen Dschungel. Zahlreiche bewaffnete Wächter wanderten umher. Das Sklavenlager war irgendwie ungewöhnlich – ein Eindruck, den ich mir zunächst nicht erklären konnte. In sinnloser Wut rüttelte ich an den Lenkholzstäben und versuchte mich so gegen das Schicksal aufzulehnen, das mich von Delia trennte, das mich verächtlich irgendwo auf Kregen in den Dreck warf und mir keine andere Wahl ließ, als mich dem Willen der Herren der Sterne zu beugen.

Ein Geräusch im hinteren Teil der Höhle ließ mich herumfahren. Ruckartig hob ich die Hände nach Art der waffenlos kämpfenden Korzairs.

»Komm mit, Dom«, sagte das Mädchen, das mir gegenüberstand.

Sie war jung und verschmutzt und hatte langes, verfilztes Haar. Ihr Gesicht schien von langem Hungern ausgezehrt zu sein, aber ihr Körper war fest und wohlgeformt. Sie machte einen ausgesprochen wilden Eindruck.

»Warum kommen die Wächter allein herein?« Ich deutete auf den Bewußtlosen.

Sie zuckte die schmutzigen Achseln. »Er wollte seinen Spaß haben und hätte alle anderen in die Zellen und Korridore getrieben.«

Ich brauchte nicht erst zu fragen, auf wen es der Wärter abgesehen hatte.

Sie nickte. »Ich heiße Tulema. Aber jetzt komm schnell . . .« Sie deutete auf die Lichtung hinaus. Von dort kamen einige Wächter auf die runde Öffnung zu. Ich bildete mir ein, daß sie noch nicht in die Zelle blicken konnten, aber wenn sie näher kamen, mußte es Ärger geben. Ich nickte und folgte Tulema.

Im nächsten Augenblick kam mir die Erleuchtung. Ich wußte plötzlich, warum mich die Herren der Sterne hierhergebracht hatten.

Ich sollte einen Sklaven befreien!

Es waren mindestens ein Dutzend Sklaven bei mir in der Höhle gewesen, als ich eintraf. Nun waren alle hinausgeeilt. Ich folgte Tulema, wobei ich den Kopf einzog, um mich nicht an der Felsendecke zu stoßen, und befand mich gleich darauf in einem Korridor, der durch ein Labyrinth von Gängen zu einer größeren Höhle führte, in der sich Hunderte von Sklaven aufhielten.

Wen sollte ich befreien?

Die Fristlefrau, der Brokelsh und jetzt Tulema – einer von ihnen mußte mir sagen, wer mit mir in der Zelle gewesen war, als mich der Sklavenwärter zu mißhandeln begann. Ich durfte diese Sklaven nicht aus den Augen verlieren.

Als ich mich in der riesigen Gefängnishöhle umsah, stellte ich fest, daß unverhältnismäßig viele Halblinge anwesend waren. Im allgemeinen sind auf Kregen weitaus mehr Menschen anzutreffen, während die Halblinge ihrerseits nicht nur eine Rasse sind, sondern viele. Hier war dieses Zahlenverhältnis völlig anders.

Plötzlich entstand ein Tumult, und im nächsten Augenblick eilten alle Sklaven auf eine große Öffnung in der Höhlenwand zu. Tulema sah mich an, rief: »Essen!« und eilte davon.

Notgedrungen folgte ich ihr.

Hoch unter der Decke flackerten riesige Kristallfacetten. Ich kannte diese Kristallart – sie kommt aus Loh; der genaue Fundort wird geheimgehalten. Auf dem Kristall läßt sich ein Feuer entzünden, ohne daß der Stein springt oder sich verändert. Der Kristall wird verwendet, um Hitze zu halten und um Licht zu spenden. Ich sollte später erfahren, daß diese Exemplare nicht aus Loh kamen und deshalb billig genug waren, um Sklavenquartiere zu erleuchten – aber ich greife meinem Bericht vor.

Der Kristall wurde Feuerglas genannt.

Es war also hell genug in der Höhle, daß ich Tulema im Auge behalten konnte. Der Gang führte zu einer Reihe von Öffnungen, die jeweils durch Zwischenwände von der Nachbaröffnung getrennt waren. Jede Zelle war mit einem kräftigen Gitter zur Lichtung hin abgesichert. Die Sklaven rannten an diesen Zellen vorbei in eine andere große Höhle, wo man auf dem Boden Nahrung ausgebreitet hatte.

Die nun folgende Szene hätte mich unter den gegebenen Umständen nicht weiter beeindrucken dürfen. Wild schreiend fielen die Sklaven über die Nahrung her und balgten sich um die besten Stücke wie Tiere. Das Essen war nahrhaft und durchaus geeignet, den Magen zu füllen. Dazu gehörte eine Art Mais, Dilse, den man mit Milch und Wasser mischen und auf verschiedene Art zubereiten kann. Eine billige Pflanze, die wenig Pflege erfordert. Große Schalen mit Dilse standen herum; die Tragestangen waren aus den Griffen gezogen worden. Die Masse dampfte. Es gab ein wenig kregisches Brot, Säcke mit Zwiebeln, einige Käsestücke und einen ganzen Vosk, den man in Stücke geschnitten und gebraten hatte. Als Tulema und ich die Eßhöhle erreicht hatten, war das Fleisch bereits verteilt, das Brot ging zur Neige und die Zwiebeln rollten herum, während Sklaven verzweifelt nach ihnen grapschten – aber es gab noch ausreichend Dilse für jene, die nicht an die bessere Nahrung herankamen, für jene, die zu schwach waren, um für jede Mahlzeit zu kämpfen.

Nun begriff ich, warum Tulemas Gesicht ausgemergelt wirkte, während ihr Körper diese Mängel nicht zeigte. Das ist der Fluch von Dilse.

Ein aufgebrachter großer Rapa stampfte an mir vorüber. Er hatte ein großes Stück Voskfleisch, ein großes Stück Brot und nicht weniger als vier Zwiebeln erobert. Ich stellte mich dem Wesen in den Weg und sagte: »Ich wäre dir dankbar, wenn du das Stück Voskfleisch, das Brot und die Zwiebeln mit dem Mädchen hier teilen würdest.«

»Geh zu den Eisgletschern von Sicce!« knurrte er.

In der Außenwelt mochte ich Prinz Majister sein, aber hier und jetzt war ich Sklave und wußte, wie man sich in einem Sklavengehege verhielt. Ich schlug dem Rapa in den Unterleib, nahm ihm Fleisch, Brot und zwei Zwiebeln ab. Die beiden anderen Knollen rollten über den Boden und wurden sofort von einer Fristlefrau geschnappt.

Zischend richtete sich der Rapa auf; sein geschnäbeltes Gesicht war wütend verzogen, sein Kamm begann zu schwellen. Aber ich versetzte ihm mit der freien Hand noch einen Schlag.

Hastig wandte ich mich dann an Tulema. »Iß!« befahl ich.

»Aber ... du ...«

»Ich habe keinen Hunger!«

Und das stimmte. Erst vor wenigen Minuten – war das erst wenige Minuten her? – hatte ich mich vom Lagerfeuer erhoben, angefüllt mit den herrlichsten Leckereien, die Valka zu bieten hatte.

Sie machte sich heißhungrig über die Nahrung her.

Wenn man sich hier nicht entschlossen durchzusetzen vermochte, starb man durchaus nicht, denn man konnte Dilse essen – aber man ging langsam vor die Hunde.

Wir gingen weiter, und ich wartete, bis Tulema zu Ende gegessen hatte. Dann sagte ich: »Hör mir gut zu, Tulema. Ich möchte Namen und Herkunft aller Leute wissen, die bei uns in der Zelle waren, als ich ...« Ich zögerte, denn ich konnte kaum sagen: »... als ich kam«, denn das hätte Erklärungen erfordert, die ich ihr nicht geben konnte. Statt dessen sagte ich: »... als der Sklavenwärter niedergeschlagen wurde.«

»Ich glaube, ich bekomme sie noch zusammen. Aber warum?«

Ich ging nicht darauf ein, sondern fragte statt dessen: »Kann man von hier fliehen, Tulema?«

»Wir glauben es, wir hoffen es – aber ich habe Angst.«

Tulema erzählte uns ihre Geschichte und damit auch etwas von dem Ort, an dem wir uns befanden. Sie stammte aus einer Hafenstadt, die Pellow hieß, und ihre Stimme hatte einen traurigen Klang, als sie mir von ihrem Zuhause in Herrelldrin erzählte. Und diese Trauer war wohlbegründet. Wir befanden uns auf der Insel Faol, und sie erschauderte, als sie mir davon erzählte. Die Insel lag vor der Küste Havilfars.

Havilfar!

Auf Kregen hatte ich bisher die Kontinente Segesthes und Turismond kennengelernt. Ich hatte auch einen kurzen Abstecher nach Erthyrdrin auf dem Kontinent Loh gemacht. Havilfar war ein völlig neues Gebiet für mich. Womöglich standen mir hier neue erregende Abenteuer bevor – und darin irrte ich nicht, wie Sie hören werden.

Nach dem Essen ließ ein durchdringender Hornstoß die Sklaven zusammenfahren und zu den Ausgängen eilen. Ich stolperte hinter Tulema her und versuchte sie in dem kunterbunten Sklavenhaufen im Auge zu behalten. Geschrei wurde laut, man rief nach Freunden, und ich sah, wie meine Leidensgenossen erschreckt zurückblickten, in den dunklen Hintergrund der Höhle. Wir alle drängten uns gegen die Lenkholzgitter der Käfigöffnungen.

Ich blinzelte im Schein der Doppelsonne und starrte hinaus. Ich wußte, daß ich mich hier auf der südlichen Hemisphäre Kregens befand, so daß sich die Sonnen am nördlichen Himmel bewegen mußten, aber wie weit wir hier vom Äquator entfernt waren, wußte ich nicht zu sagen. Vermutlich waren wir ihm hier beträchtlich näher als in Vallia.

Auf der Dschungellichtung wanderten Wächter in waldgrünen Tuniken herum und wippten ihre Peitschen gegen die gamaschengeschützten Beine. Zwischen ihnen entdeckte ich einige gutgekleidete Männer und Frauen, die so taten, als befänden sie sich auf einer Einkaufsrunde. Ich ahnte sofort, daß mein Eindruck richtig war. Diese Leute schienen tatsächlich einzukaufen – Sklaven, kein Zweifel. Aber das war ein Irrtum.

Eine Gruppe näherte sich dem Käfig, in dem wir standen, und Tulema wich zurück. Andere Sklaven in unserer Gruppe drängten sich kühn vor. Tulema klammerte sich an meinen Arm. Ich sagte mir, daß sie in mir vermutlich eine Art Ernährer sah und mich nicht verlieren wollte. Auch ich wollte sie nicht verlieren, denn sie sollte mir mehr über die Sklaven erzählen, die bei meiner Ankunft in der Zelle gewesen waren.

In der Gruppe der Sklaven, die sich gegen das Gitter drückte, fiel mir ein Mann besonders auf. Sein dunkles Haar war lockig. Er bewegte sich geschmeidig und schien gut trainiert zu sein. Er betrachtete seine Umwelt mit klugen, wachen Augen.

»Einen guten Haufen haben wir im Augenblick, Notor*«, sagte ein Wächter zu einem der Kunden. Den Mann hatte ich sofort eingestuft – ein typischer Sklavenmeister.

Der Mann, den er ›Notor‹ genannt hatte, war stämmig gebaut und trug einen dunklen Vollbart. Seine Augen waren eiskalt wie die eines Leem. Er trug eine Tunika aus hübscher lavendelfarbener

---

* *Notor:* Lord. Dray Prescot hat dieses Wort in seinem Bericht schon verschiedentlich verwendet, doch ich habe es bisher immer in *Herr* oder *Lord* abgeändert. Da Notor aber ein speziell havilfarischer Ausdruck ist, soll er hier unübersetzt wiedergegeben werden. – A. B. A.

Seide und Stiefel, und an seiner Hüfte baumelte ein Schwert. In der Hand hielt er ein parfumgetränktes Taschentuch, an dem er gelegentlich schnupperte. Bei der Gruppe, die ihn begleitete, handelte es sich um Edelleute und ihre Damen, und sie waren ähnlich herausgeputzt. Es war eine sorglos plaudernde, lachende Gesellschaft – und mein Herz krampfte sich zusammen, denn vor kurzem war ich noch ebenso glücklich gewesen.

»Jawohl, Nalgre«, sagte der Lord. »Ich bin deiner Meinung. Was rätst du mir für diese Saison? Ein Dutzend? Wäre das genug für uns?« Er kicherte. »Wir sind ganz gute Schützen, Nalgre. Sie werden uns nicht lange reichen.«

»Die besten Schützen, Notor Renka«, sagte Sklavenmeister Nalgre. »Mit allem Respekt möchte ich sagen, daß du gut zwanzig gebrauchen könntest.«

Tulema zog mich zurück. »Dräng dich nicht so nach vorn, Dray!«

Ich schüttelte ihre Hand ab, denn ich wollte möglichst viel über die Situation erfahren, in die man mich hier gestellt hatte.

Als ich mich wieder ans Gitter vorschieben wollte, trat die Gruppe der Besucher etwas auseinander und gab den Blick auf einen schlanken dunkelhaarigen Mann frei, den ich kannte. Er gehörte zur Gruppe der Gäste und lachte lauthals mit ihnen.

Der Mann war Barran, Vadvar von Rifuji, ein Adliger aus Vallia, der insgeheim der Dritten Partei angehört und seine Männer auf der Seite Naghan Furtways zu den Drachenknochen geführt hatte. Ich hatte ihn für tot gehalten. Jetzt tauchte er plötzlich hier auf. Unwillkürlich fragte ich mich, wie viele andere führende Kräfte des mißglückten Staatsstreichs nach Havilfar geflohen waren.

Es war sicher ratsam, daß mich der Bursche nicht zu sehen bekam, und ich trat wieder in den Hintergrund. Ich fragte Tulema: »Wer ist der Mann mit dem dunklen Haar und dem ebenmäßigen Gesicht? Ein Sklave, der gar nicht wie ein Sklave aussieht?«

Aus den Augenwinkeln nahm ich wahr, wie Notor Renka und seine Gruppe mit dem Sklavenhändler weitergingen; diese Gefahr war also vorüber.

»Er ist Führer. Das sind mutige Männer – ich wünschte . . .« Sie schluckte und sah mich bedrückt an. »Ich bin zu ängstlich, um mit ihnen zu gehen. Ich habe nichts zu bieten – aber alle sagen, die Führer können uns retten.«

4

Durch gezielte Fragen brachte ich in Erfahrung, was auf der Insel Faol gespielt wurde.

Inzwischen holte man Sklaven aus den Zellen, und nachdem ich das System nun begriffen hatte, überraschte mich die Bereitwilligkeit meiner Leidensgenossen nicht. Sie versuchten ihren Eifer sogar zu verbergen. Der Mann, den Tulema als Führer bezeichnet hatte, versuchte seine Gruppe bedrückt aussehen zu lassen, doch es gelang ihm nicht recht. Die Männer und Frauen wurden zu einem Sklavengehege auf der anderen Seite der Lichtung gebracht.

Die vornehmen Besucher waren fort.

Sie waren nicht hier, um Sklaven zu kaufen. Sie machten Ferien auf Faol.

Man kann vielleicht auch sagen – und ich hoffe, Zair vergibt mir den Mißbrauch eines so großen Wortes –, daß sie hier auf einem Jikai waren.

Denn es sollte eine Jagd auf die Sklaven stattfinden. Sie waren die Jagdbeute.

Am nächsten Tag würde man ihnen Kleidung und ein Messer geben und sie im Dschungel von Faol freilassen. Und die Edelleute und ihre Damen warfen sich in ihre kostbare Jagdkleidung und nahmen die Verfolgung auf. Was für ein großartiger Sport!

Mir wurde speiübel, als ich das hörte.

Daß sich Menschen dermaßen erniedrigen konnten, erschreckte mich. Kein Wunder, daß den Savanti aus Aphrasöe so sehr an einer Veränderung des Planeten Kregen gelegen war.

Bei allem gab es nur einen winzigen Hoffnungsstrahl. Und es war diese Hoffnung, die die Sklaven voller Eifer aus den Höhlen eilen ließ, auf eine Jagd, die sie quer über die ganze Insel führen würde.

Denn die Wächter hatten keine Ahnung, daß die jungen Männer, die von den Sklaven Führer genannt wurden, die Gejagten in Sicherheit bringen würden.

Tulema erzählte mir alles.

»Die Führer sind sehr mutig, Dray! Sie kennen sich im Dschungel aus und führen die Leute aus der Gefahr. Und dann kommen sie durch Tunnel im Felsen hierher zurück und führen neue Sklaven in die Freiheit!«

»Sie sind mutig, sehr mutig«, sagte ich.

»O ja! Sie nehmen, wen sie bekommen können, aber man muß ihnen für ihre Hilfe eine Belohnung versprechen, aber ich habe keine Belohnung zu vergeben, denn meine Eltern sind tot, und ich war Tänzerin in einer Dopataverne, und ich habe Angst . . .«

»Warum fliehen nicht alle durch die Tunnel, die in die Höhlen führen?«

Sie schüttelte den Kopf. »Das ist sehr gefährlich. Die Schächte sind sehr steil. Das Gestein bröckelt ab. Man kann zwar herabrutschen, aber nicht hinaufsteigen.«

Nun, man hatte es sicher versucht. Sklaven scheuen keine Anstrengung, solange die winzigste Chance zur Flucht besteht. Daran hindert sie nicht einmal die Angst vor dem Tode – nur ein unüberwindliches Hindernis hält sie vor dem Versuch zurück.

Eine alte Frau wanderte durch die Zelle und fegte mit einem alten Reisigbesen den Boden. Alle gingen ihr aus dem Weg. Sie war kein Mensch; zum erstenmal in meinem Leben sah ich einen Angehörigen der Miglish-Rasse, die eine große Insel vor der Küste Havilfars bewohnt.

»Aus dem Weg, du Onker!« sagte einer der Sklaven und stieß die alte Frau zur Seite. Sie spuckte ihn an und schwenkte ihren Besen.

»Migshaanu die Allherrliche soll deine Knochen in Knorpel verwandeln und dir die Zähne im Mund verfaulen lassen, du feiger Nulsh!«

Sie schwenkte ihren Besen, und der Sklave wich grinsend zurück. Die Migla bot einen seltsamen und widerlichen Anblick. Sie trug eine graue Sklaventunika und ein sackähnliches graues Gewand. Tulema zerrte mich zurück. »Sie ist eine böse alte Hexe, Dray!«

Die Migla fegte die Zelle aus und trat schließlich an das Gitter, wo ein Wächter ihr ein Türchen öffnete. Noch immer keifend trat sie hinaus. Sie war offenbar eine Haussklavin, die für Reinigungsarbeiten eingesetzt wurde. Und das war in einem Sklavengehege sehr wichtig.

Der Sklave, der sie gestoßen hatte, spuckte auf den Boden. Er war ein gutaussehender junger Mann mit einem schlanken, muskulösen Körper, der erkennen ließ, daß er durchaus in der Lage war, sich zu den besten Nahrungsbrocken durchzukämpfen. Tulema starrte ihn an und senkte den Blick. Er blickte sie direkt an und kam auf uns zu.

»Ich habe dich noch nicht gesehen, Shishi«, sagte er herablassend.

Shishi ist ein Wort, das mir nicht gefällt, besonders wenn es als Anrede für ein Mädchen benutzt wird. Schon mancher Mann hatte sich Delia so genähert, als wir noch in Gefangenschaft waren – und die meisten dieser Männer lebten nicht mehr. Ich wollte schon aufbegehren, als mir Tulema hastig die Hand auf den Arm legte.

»Es gibt viele Sklaven hier«, sagte sie laut zu dem jungen Mann. »Kein Wunder, daß du mich noch nicht gesehen hast. Warum bist du mit dem Führer nicht nach draußen gegangen? Du bist doch sehr kräftig . . .«

»O ja.«

Und zu meinem Erstaunen begann er auf der Stelle mit Übungen, die seine Muskeln hervortreten ließen; er spannte sie, rollte sie, nahm seltsame Stellungen ein, um die Muskulatur vorteilhaft zur Geltung zu bringen.

»Das ist ein Khamorro aus Herrelldrin«, flüsterte mir Tulema zu, und ihre Augen waren angstvoll geweitet. »Diese Leute kennen schreckliche Tricks, mit denen sie einem Gegner die Knochen brechen. Ich bitte dich, Dray, versuche nicht, gegen einen Khamorro zu kämpfen!«

»Du brauchst keine Angst vor ihm zu haben«, sagte ich.

»Du verstehst mich nicht! Ich weiß nicht, welchen Kham er erreicht hat, aber wenn du ihn anfaßt, bringt er dich um!«

Ich wollte schon eine mutige und sicher törichte Antwort geben, doch dann hielt ich meine Zunge im Zaum. Denn in diesem Augenblick war ein Mädchen in unsere Zelle getreten. Sie näherte sich den Gitterstäben und starrte in hoffnungsvoller Sehnsucht in das zweifarbige Licht der Zwillingssonne hinaus. Ihr Haar war wunderschön goldblond, und ihr bleiches Gesicht verriet eine Schönheit, die den feuchten Höhlenraum zu erhellen schien.

Ich glaubte das Mädchen wiederzuerkennen, das bei meiner Ankunft aus der Zelle geflohen war, als ich den Sklavenwärter niedergeschlagen hatte.

Der Khamorro, der sich offenbar einbildete, mich richtig eingestuft zu haben, nachdem er mein Zögern bemerkt hatte, kümmerte sich nicht mehr um mich und unterhielt sich mit Tulema. Ich musterte die beiden und schwor mir, daß ich mit ihm abrechnen würde, wenn er ihr etwas antat – und folgte damit einem Ehrenkodex, der mir schon oft Ärger gemacht hatte.

Wenn ich mich dem blonden Mädchen näherte, mochte sie mir unlautere Absichten unterstellen. Doch mein Problem wurde durch das Eintreffen eines weiteren, eines schönen, schlanken Mädchens gelöst.

»Prinzessin!« rief die Eintretende spöttisch. »Die stolze Lilah behauptet eine Prinzessin zu sein! Ist das kein Witz?«

Sklaven wissen einen Scherz durchaus zu schätzen, wenn es ihnen in die düstere Stimmung paßt. Und hier wußten die meisten Sklaven, daß sie mit Hilfe der Führer vor den Jägern fliehen und sich in Sicherheit bringen konnten. Also waren sie bei weitem nicht so niedergeschlagen wie andere Sklaven, die nur eine endlose Reihe von Arbeitstagen vor sich sehen.

Das schöne Mädchen mit dem goldenen Haar drehte sich nicht um. Sie sprach mit einer melodischen Stimme, die die Schönheit der universalen kregischen Sprache unterstrich. »Tosie, ich bin wirklich eine Prinzessin. Aber was nützt mir das hier?«

»Du Lügnerin!« Tosie war wütend. Sie hatte den Kopf zurückgeworfen und die Hände in die Hüften gestemmt. »Du versprichst den Führern viel Geld, wenn sie dich hinausführen. Na gut!« Tosie setzte ein triumphierendes Lächeln auf und rief: »Wenn du Prinzessin Lilah bist, dann bin ich Königin! Auch ich würde den Führern alles versprechen, wenn sie mich nur von diesem entsetzlichen Ort fortbrächten!«

Tosie war keine Königin, soviel war klar. Aber wenn Lilah tatsächlich eine Prinzessin war, dann mußte sie diejenige sein, die die Herren der Sterne befreit haben wollten. Ihre weiterführenden Absichten kannte ich nicht, aber die Rettung der schönen Prinzessin Lilah war die Aufgabe, die mir zugedacht war, dessen war ich mir sicher. Ich wollte das Vertrauen der Herren der Sterne nicht enttäuschen, denn solange ich die Mission nicht erfüllt hatte, durfte ich nicht nach Vallia zurückkehren.

»Weil ich die Prinzessin von Hyrklana bin, kann ich deinen Wunsch leider nicht erfüllen, Tosie. Ich kann den Führern nur Belohnungen anbieten, wenn ich in den Palast meines Vaters zurückkehre.«

»Und ich biete ihnen auch etwas! Gold! Ländereien! Zorcas!

Frauen! – Und nochmals Gold! Was immer du bietest, ich werde es verdoppeln. Wenn du dir einbildest, daß du fliehen kannst und mich hier allein und ohne Führer zurückläßt, irrst du dich!«

Ein Hornstoß unterbrach die hitzige Debatte. Der Ton unterschied sich von dem Ruf, der die Sklaven voller Panik aus der Eßhöhle in die Zellen getrieben hatte. Aber auch jetzt setzten sich die Sklaven in Bewegung; sie eilten dichtgedrängt zur Eßhöhle zurück. Ein saftiges Stück Voskfleisch kam mir jetzt gerade recht, und ich begann mitzulaufen.

Dann blickte ich über die Schulter zurück.

Tosie, die sich Königin nannte und wahrscheinlich wie Tulema nur ein einfaches Tanzmädchen war, hatte sich bereits abgesetzt. Auch Tulema rannte durch den Korridor; der Khamorro hielt sich dicht hinter ihr. Ich würde sie notfalls wiederfinden, doch nachdem ich nun wußte, daß ich Prinzessin Lilah retten mußte, konnte ich auch sie gehen lassen.

Lilah wandte dem Holzgitter niedergeschlagen den Rücken zu.

»Komm, Prinzessin«, sagte ich. »Wenn du essen möchtest, müssen wir uns beeilen.«

Ihre Augen waren blau, und sie mochten normalerweise hell und klar schimmern – doch in diesem Augenblick waren sie matt und voll Mißtrauen.

»Du . . . hast mich Prinzessin genannt . . .«

»Ich sehe, daß du eine bist. Komm!«

Sie ging mit mir durch den vergitterten Gang in die Eßhöhle. Natürlich kamen wir zu spät. Die meisten Sklaven hatten sich bereits bedient, und die übrigen drängten sich um die Dilsetöpfe.

Mich erfüllte der Drang, den nächstbesten Sklaven niederzuschlagen, der sich an Fleisch und Zwiebeln labte – aber ich ließ es sein; wurde ich tatsächlich schon feige? »Wir müssen heute Dilse essen, Prinzessin«, sagte ich. »Beim nächstenmal mußt du entschieden schneller laufen!«

Sie machte eine kleine ablehnende Geste mit der Hand. Ich bemerkte ihre langen schlanken Finger und stellte mir vor, wie sie in die Fleischberge auf dem Boden griffen und sich ein Stück abrissen, wie diese Finger, zur Faust geballt, andere Sklaven abwehrten.

Wir wurden in regelmäßigen Abständen versorgt – etwa alle fünf Burs. Der Grund für diese Mahlzeiten war klar. Der unbekannte Besitzer der Insel Faol mußte an seine Kunden denken;

und die kamen von vielen Inseln und Ländern sogar außerhalb von Havilfar. Die Sklaven mußten gut genährt und somit ausdauernd und kräftig sein, um die Jagd zu einem Vergnügen für die Gäste zu machen.

Ich hätte mich mit dem Burschen gern mal unterhalten.

Als das nächste Mal zum Essen gerufen wurde, packte ich Lilahs Hand und zerrte sie förmlich mit. Natürlich versammelten sich schon viele Sklaven vor dem Hornstoß am Eingang zur Eßhöhle, und diese stürzten sich zuerst auf die Nahrung. Ich drängte mich zwischen diesen Männern und Frauen hindurch, ließ Lilah auf halbem Wege los und griff zu.

Wie gründlich war doch mein Stolz schon gebrochen!

Hier kämpfte ich als nackter Sklave um Nahrungsbrocken, die man auf einen schmutzigen Boden geworfen hatte, während ich noch gestern alle Delikatessen hatte genießen können, die ich haben wollte.

Lilah nahm die Nahrung an, die ich ihr reichte. Sie mochte ihrer Würde wegen entschlossen gewesen sein, hart zu bleiben, aber als sie das fetttriefende Stück Voskfleisch sah und die Festigkeit der Zwiebeln fühlte und den Käse roch – in Wirklichkeit ein schreckliches Zeug, aber eßbar –, konnte sie vor Heißhunger nicht mehr an sich halten. Sie aß mit einer seltsam rührenden Mischung von Gier und vornehmen Tischsitten. Ich schlang das Zeug einfach hinunter.

Und dann ertönte wieder ein Signal, und mit wildem Geschrei rannten die Sklaven aus der Eßhöhle, um sich gegen die Holzgitter zu drücken.

Aber ich war noch nicht mit meinem harten Stück Brot fertig.

»Dray – wir müssen laufen!« sagte Lilah. »Das ist der Ruf für die Jiklos! Beeil dich!«

Sie mochte wissen, was ein Jiklo war, aber ich hatte keine Ahnung und wollte mein Stück Brot zu Ende essen. Lilah war außer sich vor Entsetzen. Sie packte mich nicht am Arm, wie es Tulema getan hätte, sondern eilte auf den Ausgang zu. Dort drehte sie sich noch einmal ängstlich um. »Beeil dich, Dray! Beeil dich!«

Kauend folgte ich ihr. Und schon hörte ich die Jiklos.

Ein unheimliches, erschreckendes Zischen und Heulen drang an meine Ohren, ein Krallenkrabbeln, die Bewegung von kräftigen schweren Körpern. Lilah schrie auf und rannte los, während ich mich umdrehte und zurückschaute.

Ich blickte in einen eben geöffneten Höhlengang. Rubinrotes Licht drang durch die Öffnung.

Und in dieser blutroten Strahlung wurden unheimliche Gestalten sichtbar, die auf allen vieren über den schmutzigen Boden huschten. Ich sah verfilztes Haar, das sich zu emporgekämmten Streifen vereinigte und hinten auf dem Boden schleifte. Ich sah funkelnde Augen. Zähne blitzten wie Dolchreihen. Krallenbewehrte Tatzen pochten auf den Boden. Rote Zungen zuckten hin und her. Bei meinem Anblick begannen die Jiklos zu heulen – und im nächsten Augenblick war Lilah bei mir und zerrte mich weiter. Wir stolperten durch den Eingang der Eßhöhle, und ein eisernes Gitter knallte herab und hätte uns fast noch erschlagen.

Der Anführer der Jiklos warf sich geifernd gegen die Stäbe. Seine Augen musterten mich haßerfüllt.

Ich sah ihn an, und schaudernd wurde mir die Absicht des Wesens klar.

Übelkeit stieg in mir auf.

So machte ich die Bekanntschaft mit den Menschenjägern von Antares.

5

»Aber das sind ja Menschen!«

Ich habe manchen Anblick ertragen, der normale Menschen in den Wahnsinn treiben könnte. Insofern habe ich mich nie für einen normalen Menschen gehalten. Die Menschenjäger von Antares jedoch machten einen ungemein tiefen Eindruck auf mich. Sie widerten mich an, ihre Bösartigkeit erfüllte mich mit Entsetzen.

Es waren tatsächlich Menschen!

Dabei liefen sie auf allen vieren! Ihre Gesichter waren menschlich. Doch besaßen sie scharfe Reißzähne, spitze, bewegliche Ohren, breite Hundenasen, die der schwächsten Fährte zu folgen vermochten. Auch ihr Körper war menschlich. Doch ihre Hände waren eher Pranken, zum Reißen wie zum Laufen geeignet, ihre Hinterbeine waren kürzer und dicker als die eines Aufrechtgehenden, und die Finger- und Zehennägel waren harte, scharfe Klauen, die gefährlich blitzten. Das Haar trugen diese Wesen zu einer Art Kamm oder Helmbusch hochgerafft.

Sie waren in kurze rote Jacken gekleidet, die mich an Hundewamse erinnerten. Außerdem trugen sie einen kurzen Lendenschurz. Um den Hals zog sich ein metallbesetzter Lederkragen.

Es waren zu Jagdhunden abgerichtete, degenerierte Menschen!

Die Menschenjäger von Antares, die Jiklos von Faol!

Lilah hielt noch immer meinen Arm. Dicht hinter ihr sah ich Tulema und den Khamorro. Und ich verstand plötzlich ein wenig von der Angst, die Tulema vor der Menschenjagd hatte.

»Jawohl, Dray Prescot«, sagte Prinzessin Lilah aus Hyrklana. »Es sind Menschen!«

Menschen! Es waren nicht einmal Halbmenschen, Mutationen, die eine klare Trennung erkennen ließen. Wie konnte man diese . . . diese Wesen nur nennen, diese Menschenjäger von Antares? Waren sie wirklich Menschen?

Um die Antwort kam man nicht herum.

Irgendeine Macht hatte ihre Entwicklung über viele Jahre hin gelenkt, um aus gewöhnlichen Menschen Jiklos zu machen. Voller Widerwillen versuchte ich mir vorzustellen, wie das geschehen sein mochte – durch Zwang und Unterwerfung, durch genetische, biologische und gewaltsame äußere Einflüsse, denen sich die Natur schließlich angepaßt hatte. Aber die schlimmste Blasphemie war in meinen Augen das rote Wams, das die Farbe meines Hauses Strombor entehrte!

Auf der Dschungellichtung hinter dem Gitter begannen sich Schatten zu bewegen. Die Sklaven drängten vor und hofften ausgewählt zu werden. Tulema wollte zurückbleiben. Der Khamorro begann mit ihr zu streiten, versetzte ihr schließlich wutentbrannt einen Schlag ins Gesicht und stieß sie zurück. Dann näherte er sich dem Gitter, und die anderen Sklaven wichen ehrfürchtig vor ihm zurück.

»Da kommen sie . . .«, sagte Lilah leise.

Auf der freien Fläche vor den Käfigen erschien Nalgre der Sklavenmeister mit seinen Wächtern und seinen Kunden. Ich achtete nicht mehr darauf, sondern drängte mich zu Khamorro durch. Tulema schluchzte. Sie hatte ihren Beschützer verloren und ahnte wohl auch, daß ich nicht mehr für sie sorgen würde; dazu hatte ich mich zu sehr um Lilah gekümmert. Daß ich damit nur den Auftrag der Herren der Sterne erfüllte, wußte sie natürlich nicht.

»Tu's nicht, Dray Prescot«, sagte Lilah. »Du stirbst!«

Wieder legte sie mir die Hand auf den Arm, wollte mich zurückhalten. Ich spürte ihre weichen Finger und zugleich die Entschlossenheit ihres Griffs.

Was aus der Szene geworden wäre, mochte Zair wissen, denn in diesem Augenblick sagte ein Fristle neben mir: »Da kommt Nath der Führer.«

Der Führer drängte sich ans Gitter vor, und ich gab es auf, den Khamorro erreichen zu wollen. Dieser Führer ähnelte sehr dem anderen Helfer der Sklaven, den ich gesehen hatte; er war schlank, gut proportioniert und offenbar gut zu Fuß. Sein Kopf war von einem gewaltigen schwarzen Haarschopf geziert. Nath der Führer . . .

Nun ja, es gibt viele Naths auf Kregen.

Etwa ein Dutzend Leute drängte sich um den Mann. Sie waren sehr aufgeregt. Offenbar hatten sie Absprachen mit dem Führer getroffen. Lilah ließ meinen Arm nicht los.

Nalgre knallte mit der Peitsche. Seine Kunden zuckten zusammen und begannen dann zu lachen. Sie unterschieden sich kaum von der ersten Gruppe, die ich draußen gesehen hatte. Ich überzeugte mich mit einem kurzen Blick, daß kein bekanntes Gesicht darunter war. Der Notor, der sich durch Aufmachung und Gestik als wichtigster Kunde zu erkennen gab, war ein rundlicher Mann mit braunem Haar und einem Gesicht, das eindeutig darunter gelitten hatte, daß sein Besitzer zu oft ins Glas schaute.

Nath der Führer flüsterte: »Keine Sorge. Er wird uns aussuchen. Aber denkt daran! Benehmt euch wie Sklaven!«

Der Notor schien sich für einen großen Jikai zu halten, denn die Wächter öffneten das Holztor und begannen gut ein Dutzend Sklaven herauszutreiben. Ein schmächtiger Xaffer wurde zurückgeschickt. Wir wurden in Hitze und Staub hinausgestoßen. Lilah klammerte sich an mir fest. Ich sah aus den Augenwinkeln, wie sich Tulema mit gequältem Gesichtsausdruck zurückhielt – im nächsten Augenblick knallte die Lenkholztür zu.

»Jetzt sind wir dran, Lilah«, sagte ich. »Die Freiheit winkt!«

»Ich bete darum, Dray Prescot!«

Von Wächtern umringt, deren Speere stoßbereit erhoben waren, wurden wir über die Lichtung zur Sklavenbaracke geführt. Hier sollten wir für die Jagd am nächsten Tag vorbereitet werden.

Der Dray Prescot, der gefügig in der Sklavengruppe dahinschritt und sich von Speeren antreiben ließ, hatte sehr wenig mit dem Dray Prescot gemein, der sich bei anderen Gelegenheiten heftig den Sklavenherren widersetzt hatte. Nur war ich diesmal noch nicht bereit. Ich versuchte festzustellen, ob eine sofortige Flucht uns mehr Vorteile brachte, oder ob es besser war, noch etwas zu warten.

Zwar bezweifelte ich nicht, daß ich im Dschungel überleben konnte – und damit prahle ich nicht. Doch bei Lilah war ich mir nicht so sicher. Nath der Führer erzählte uns, man würde uns Kleidungsstücke und Schuhe geben. Außerdem sollte jeder ein Messer und auch Nahrung erhalten. Ich war schon fast entschlossen, auf diese Gaben zu verzichten und sofort einen Ausbruchsversuch zu unternehmen, als ich eine Szene beobachtete, die meinen Entschluß änderte.

Der arrogante Khamorro dachte nicht ans Warten. Er wollte seinen Gegnern ein paar Knochenbrüche beibringen und in den Dschungel fliehen.

Wir erhielten frische Nahrung, dafür blieb die versprochene Kleidung aus. Das Essen war gut – dicke Vosk- und Taylyne-Suppe, geröstetes Fleisch, frische Roandals, lange kregische Brotlaibe und Palines.

Schließlich brachte man uns im ersten Obergeschoß des Gebäudes unter, während das Erdgeschoß leer blieb. Wenn wir uns über die Sturmholzbalustrade beugten, konnten wir die Wächter unten patrouillieren sehen. Ein kurzer Versuch zeigte mir, daß die Wände fest waren. Der einzige Weg nach draußen führte über die Treppe. Lart der Khamorro ließ seine Muskeln spielen und ging die Treppe hinab.

Drei Wächter standen auf und senkten ihre Speere.

»Zurück, Cramph!«

Lart lachte, sprang vor, und der erste Wächter lag mit gebrochenem Genick am Boden.

Die beiden anderen fluchten und fuhren herum. Lart der Khamorro wich ihrem Stoß elegant aus, duckte sich, und der zweite Wächter starb nach einem fürchterlichen Griff, aus dem er über den Rücken des Kämpfers abgerollt wurde.

Der dritte Wächter begann entsetzt zurückzuweichen. »Hai! Wächter! Ein Wahnsinniger!«

Ich starrte fasziniert in die Tiefe. Ich sah, wie Lart arbeitete, sah das elegante Spiel seiner Muskeln, sah die raffinierten Tricks des

Körperkontakts, sah all die Fähigkeiten, die ich in der erbarmungslosen Schule der Krozairs von Zy gelernt hatte und die hier direkt unter meiner Nase eingesetzt wurden. Und ich saß reglos auf einer Treppe!

Aber ich wußte, was ich tat.

Die Haupttür war mit einem massiven Lenkpfosten verriegelt.

Lart eilte hinüber und hob den Riegel. Der dritte Wächter machte den gefährlichen Versuch, Lart den Speer in den Rücken zu stoßen. Lart wich der heranzuckenden Spitze geschmeidig aus und versetzte dem Wächter mit der Handkante einen Schlag unter das Kinn. Der Wächter röchelte qualvoll und hauchte sein Leben aus.

Wieder begann sich Lart mit dem Riegel abzumühen, der eigentlich für einen Mann zu schwer war. Er hob ein Ende an und wollte den Pfahl eben zur Seite schieben, als drei weitere Wächter hereinstürmten. Die Sklaven auf der Treppe stießen warnende Schreie aus.

Wenn Lilah damit gerechnet hatte, daß ich Lart helfen würde, irrte sie sich. Ich glaubte zu wissen, daß mich sofort die blaue Strahlung einhüllen würde, wenn ich das versuchte, daß mich ein Riesenskorpion packen und forttragen würde – wohin? Vermutlich zur Erde. Und dann konnte ich wieder endlose Jahre warten, ehe mich die Herren der Sterne erneut nach Kregen holten.

Um Delias willen – nicht in Lilahs Interesse – blieb ich, wo ich war.

Noch während Lart mit einem vernichtenden Wirbel aus Schlägen und Hieben, aus raffinierten Aushebern und knochenbrechenden Arm- und Beinhebeln die drei Wärter erledigte, geschah das Unvermeidliche – ein Deldar traf ein. Er drängte sich mit gezogenem Schwert durch die Seitentür herein, dicht gefolgt von drei Armbrustschützen.

»Ihr dopatrunkenen Dummköpfe!« brüllte er. »Habt ihr denn keinen Verstand in euren onkerdicken Schädeln?«

Die Frage hätte ich den Männern auch gestellt.

»Spickt mir diesen Rast mit Pfeilen!« schrie der Deldar.

Trotz der Übermacht seiner Gegner hätte Lart der Khamorro sein Ziel fast erreicht. Er wich dem ersten Pfeil aus, fing den zweiten oben an der Schulter ab – was ihn allerdings schon etwas langsamer machte und aus dem Gleichgewicht brachte –, doch dann traf ihn der dritte Pfeil in den Bauch.

Er schrie auf und klappte zusammen.

Aber noch immer bewegte er sich, noch immer machten seine Hände die mir so vertrauten Bewegungen. Mein Körper reagierte auf die Erinnerung an die Schläge mit Faust, Handkante und Knöchel, an die Art und Weise, wie mich Zinki immer wieder von den Füßen gerissen hatte, bis ich das Geheimnis von Gegenbalance und Gewichtsverschiebung begriffen hatte, dazu die Haltung, die Schläge, die ganze geheimnisvolle, überaus wirksame Kunst der Selbstverteidigung, die ich damals gelernt hatte. Ich war dem Herzen nach ein Schwertkämpfer –, aber auch ohne Waffe vermag ein Mann einiges anzurichten.

Ich gebe zu, mir war ganz und gar nicht wohl, daß ich einen Mitmenschen allein in den Kampf gehen ließ, der aussichtslos war. Aber so egoistisch und brutal sich das auch anhören mag – was bedeutete mir Lart?

»Dumme Onkers!« brüllte der Deldar und trat dem Sterbenden in die Rippen. »Sie waren zu dumm, sich von einem Khamorro fernzuhalten! Ihr drei!« Er wandte sich an seine Armbrustschützen. »Laßt euch nie mit einem Khamorro ein! Niemals!« Als die Leichen fortgeschafft wurden, brüllte er zu uns herauf: »Legt euch hin und schlaft! Ja, schlaft! Morgen müßt ihr um euer Leben laufen und braucht alle eure Kräfte. Und wenn noch einer von euch durch die Tür hier will, bekommt er meine Klinge zu schmekken!«

Wir nahmen Strohsäcke und dünne Decken an uns, und ehe wir uns schlafen legten, sagte Lilah: »Lart hat gut gekämpft. Er war sehr geschickt, ein hoher Kham. Und er war sehr tapfer.«

»Ja, Lilah«, sagte ich leise und drehte mich auf die andere Seite. »Sehr tapfer und sehr dumm. Er hat elend sterben müssen, einen sinnlosen Tod. Er hatte zuviel Ehrgefühl, um den richtigen Zeitpunkt abzuwarten, an dem man zuschlagen muß.«

6

Ein herrlicher Morgen brach über dem Dschungel an. Die Luft roch sauber und erfrischend, und nach einem ausgiebigen Frühstück schien die Gruppe der Sklaven zufriedener zu sein, als wir es den Umständen nach eigentlich hätten sein dürfen.

Lilah hatte mir erzählt, daß sie mit einem Onkel einen Staatsbesuch in einem Nachbarland Hyrklanas gemacht hatte, als ihr Flugboot angegriffen und gekapert worden war. Sie nannte das Flugboot Voller und schien sehr verwundert zu sein, als ich davon sprach, daß Flugboote ja oft defekt seien. Verwirrt sah sie mich an. »Defekt, Dray? Da tust du den Vollerbauern aber unrecht. Unsere Vollers sind schneller als der schnellste Sattelvogel in ganz Havilfar!«

Ich wechselte das Thema, vergaß ihre Bemerkung aber nicht.

Sie wußte nicht mehr genau, wie sie nach Faol gekommen war. Sie kannte natürlich die Insel, die nördlich von Havilfar lag, und hatte Berichte über große Jagden gehört, die dort veranstaltet wurden. Allerdings hatte sie keine Ahnung gehabt, daß das Jagdwild dabei Menschen waren, und hatte auf die Jiklos genauso entsetzt reagiert wie ich.

Havilfar ist wie alle Kontinente und neun Inseln Kregens – mit Ausnahme Vallias – in verschiedene Länder aufgeteilt. Ich versuchte mir nach Lilahs Schilderung ein erstes Bild von der Geographie und Geschichte dieser Länder zu machen – und wo nötig, werde ich diese Angaben an Sie weitergeben.

Nath der Führer blinzelte uns zu, als wir auf die Lichtung vor der Sklavenbaracke schlurften. Dort warteten Nalgre und eine starke Einheit von Sklavenaufsehern auf uns, begleitet von den Kunden.

Heute trugen die hochherrschaftlichen Jäger Lederkleidung, hohe Stiefel, breitkrempige Hüte und ein Übermaß an Waffen. Hauptwaffe war die Armbrust. Wie immer musterte ich die Waffen meiner Feinde, die mir nach dem Leben trachteten.

Hier wurde offenbar die kurze, gerade Schwertklinge bevorzugt, die zwar kunstlos, aber wirksam als Stoßwaffe eingesetzt werden konnte. Die Armbrüste waren herrlich gearbeitet; die Kolben schimmerten im vermischten Licht der Sonnen. Die Bögen waren aus gehärtetem Stahl. Die grausamen Jäger hatten sich außerdem mit verschiedenen anderen Schreckenswaffen versehen. Sie schienen sich in ihrer Aufmachung allerdings nicht recht wohl zu fühlen und hantierten mit den Waffen wie Touristen, die in einem fremden Land mit unbekannten Werkzeugen umgehen.

All der Aufwand an Geld, Zeit und Arbeit – nur um eine zerzauste Horde halbnackter Sklaven durch den Dschungel zu hetzen und abzuschlachten.

Man gab uns graue Lendenschurze, die wir vor aller Augen anlegten. Lilah tat, als gebe es die Jäger nicht.

Ich wartete auf die versprochene Kleidung und die Messer, doch Nath der Führer flüsterte mir etwas zu, und auf sein Anraten hin fragte ich nicht danach, spürte ich doch hier etwas von dem Geheimnis, das die Führer vor den Menschenjägern von Faol bewahren mußten.

In unserer kleinen Sklavengruppe – sechzehn Köpfe – gehörten nur Lilah, ich und zwei andere der menschlichen Rasse an. Alle übrigen waren Halblinge. Nath zählte in diesem Zusammenhang nicht, da er kein richtiger Sklave war. Obwohl er sich Mühe gab, unterwürfig und gehorsam zu erscheinen, umgab ihn doch die Aura des freien Mannes – eines Mannes, der ein kalkuliertes Risiko einging und zu gewinnen hoffte.

An diesem schönen Morgen hatte Nalgre seinen kleinen Liebling bei sich.

Er schnipste mit den Fingern, und ein Jiklo lief mit hängender Zunge über die Lichtung auf ihn zu. Ich starrte entsetzt auf das kleine menschenähnliche Wesen; es war eine Frau! Sie umsprang ihren Herrn auf allen vieren, stellte die Ohren auf wie ein Hund und gab Freudenlaute von sich, als er sie tätschelte. Sie trug eine rote Bolerojacke und einen grauen Lendenschurz – und doch war sie ein Menschenjäger, eine Züchtung oder eine grausame Laune der Natur. Das Leben hat auf Antares die unwahrscheinlichsten Formen hervorgebracht.

Die Metallplättchen an ihrem Lederkragen waren aus Gold. Ihr braunes Haar vereinte sich in der Mitte des Kopfes zu einem aufgestellten borstigen Helmbusch, und blonde Haarsträhnen fielen wie eine Mähne nach beiden Seiten.

Ich wußte genau, warum Nalgre uns seinen kleinen Liebling vorführte.

»Seht«, sagte er. »Dies ist ein Menschenjäger. Dies sind die Wesen, die euch jagen und erledigen werden.«

Der Jiklo trottete zu uns herüber. Einige Halblinge erstarrten vor Angst. Ich blickte auf das kleine Bolerojäckchen hinab. Das Wesen stieß leise Keuchlaute aus und rümpfte die stumpfe Nase. Der Jiklo beschnüffelte uns. Er nahm unsere Fährte!

»Fort, du Kleesh!« rief ein stämmiger Mann namens Naghan, der angeblich aus Hamal kam. Das Mädchen in seiner Begleitung kreischte auf, als ihr die Zunge des Jiklos am Bein entlangfuhr.

Naghan trat nach dem Wesen, zuckte jedoch sofort unter einem mächtigen Peitschenhieb zusammen.

»Ruhe, ihr Rasts!« brüllte Nalgre.

Er machte kehrt und unterhielt sich leise mit seinen Kunden. Nach einem kurzen Blick auf die Sonne zogen sich die vornehmen Jäger in ihre bequemen Jikai-Villen zurück, um den Abmarsch abzuwarten.

Die Sklaven sollten sofort losziehen.

Mit Peitschenhieben und einigen guten Ermahnungen Nalgres wurden wir losgeschickt. »Lauft, ihr Cramphs! Lauft, lauft! Wenn wir einen von euch erwischen, der sich nicht ein bißchen Mühe gegeben hat, soll es ihm übler ergehen, als er sich vorstellt.« Dabei verzog sich sein Gesicht zu einem häßlichen Grinsen, und er tätschelte den weiblichen Jiklo, der sich unterwürfig an ihn schmiegte und seine Stiefel leckte.

Wir zogen in östlicher Richtung los.

Der Dschungel schloß sich über unseren Köpfen, und seltsame Geräusche wurden laut in der dichten Vegetation, in die wir eindrangen. Das grelle Licht der Doppelsonne wurde zu einem angenehmen grüngoldenen Schimmer, und nur da und dort stachen rotgrüne Sonnenstrahlen durch das Laubdach. Auf den ersten Dwaburs war der Weg noch ziemlich ausgetreten. Acht Kilometer war eine ziemlich große Entfernung, und als wir eine kleine Lichtung erreichten, freuten sich die Sklaven über eine kleine Pause.

Nath der Führer ging zu einem Haufen heller Steine und schob einen zur Seite.

In einer Vertiefung unter den Steinen lagen Kleidung, Nahrung – und Messer! Auch einfach gearbeitete Schuhe.

Die Halblinge machten sich sofort über das Schuhwerk her.

Nun, damit handelten sie sehr vernünftig. Ich aber war es mein ganzes Leben gewohnt gewesen, barfuß zu gehen, und lehnte die Schuhe ab.

Nath der Führer widersprach mir mit der Behauptung, ich würde die Gruppe nur aufhalten. Die anderen zogen hastig ihre Sachen an, einfache graue Tuniken und weite Hüte, und auch Lilah bedrängte mich, Schuhe anzuziehen. Schließlich tat ich ihr den Gefallen.

Wir aßen, ruhten uns aus und wanderten weiter.

»Wann holen Sie uns ein, Nath?«

»Erst wenn die Sonnen den Zenit passiert haben.« Er lachte

leise. »Und wenn wir uns beeilen, bekommen wir sie überhaupt nicht mehr zu sehen. Es gibt da gewisse Geheimwege.«

Wir behielten die östliche Richtung bei. Der Dschungel ähnelte vielen anderen Urwäldern, die ich durchwandert habe, mit Bäumen und Gewächsen, wie man sie auf der Erde wie auch auf Kregen findet. Lilah hielt sich gut. Wenn wir in Form blieben, hatten wir vielleicht eine Chance.

Am Spätnachmittag verließen wir den Dschungel, der allmählich dünner geworden war, und erreichten schließlich eine gewaltige Schlucht. Eine schmale Brücke aus Seilen führte über den Abgrund. Wir schritten hinüber, nicht ohne Geschrei und Geschaukel, und nachdem wir die andere Seite erreicht hatten, sagte Naghan aus Hamal: »Wir wollen die Brücke zerstören!«

Der Vorschlag kam mir sehr vernünftig vor.

»Nein«, erwiderte Nath der Führer. »Wenn die Brücke fort ist, wissen die Jikai sofort, wohin wir geflohen sind. Und denkt an andere Sklaven, denen wir den letzten Ausweg abschneiden würden.«

Nun, das schien ebenfalls vernünftig zu sein.

Schließlich fügten wir uns in Naths überlegenes Wissen über die Probleme der Menschenjagd und ließen die Brücke intakt.

Eine Zeitlang wanderte ich neben Nath dahin, während Lilah sich mit Naghan und seinem Mädchen Sosie unterhielt. Der Führer interessierte mich, und ich erkundigte mich beiläufig nach seiner Herkunft.

»Wir leben auch auf Faol«, sagte er. »Ich wohne in einem Dorf an der Südküste, und unsere jungen Männer kümmern sich um die Sklaven. Die Menschenjäger sind schlimm!«

Ich beglückwünschte ihn, wobei ich an die Gefahren dachte, die er und seine Kameraden eingingen. Er warf mir im Gehen einen Blick zu. »Ich glaube, du hast selbst schon an vielen großen Jikais teilgenommen.«

»Aye«, sagte ich und dachte an meine Klansleute auf den Großen Ebenen von Segesthes. »Aber ich habe nie zum Spaß Menschen gejagt.«

»Menschen?« Er sah mich seltsam an. »Aber nur Naghan und Sosie, Lilah und du sind *Menschen!*«

Ehe ich darauf eine passende Antwort finden konnte, entfernte sich Nath von mir und brüllte: »Vollers! Schnell in die Büsche – und haltet euch still!«

Aus unserer Deckung starrten wir zum Himmel empor, an dem lautlos ein Flugboot vorbeizog. Der Zwischenfall beantwortete eine Frage, die ich Nath hatte stellen wollen – wie die Menschenjäger erfuhren, welche Richtung wir eingeschlagen hatten. Er hatte recht gehabt mit der Brücke.

Als der Voller verschwunden war, standen wir erleichtert auf und setzten unseren Weg fort. Vor uns breitete sich nun das offene Land aus. Vom Dschungelrand jenseits der Schlucht hinter uns füllte sich der Himmel mit den dahinhuschenden Gestalten fliegender Füchse, die Inklevols genannt werden.

Nath der Führer zeigte über die sanft gewellte Ebene, auf der sich da und dort Baumgruppen abzeichneten. »Morgen überqueren wir das Stück, und dann . . .«

»Dann sind wir frei!« rief ein Brokelsh und kratzte sich erregt den struppigen schwarzen Pelz.

Wir schlugen unser Lager in einer flachen Mulde an einer Flußbiegung auf, ringsum von Bäumen umgeben. Nath bewies die Fähigkeiten eines Jägers, indem er ein rauchloses Feuer anlegte und den Flammenschein durch eine Palisade aus gekrümmten Weidengerten abschirmte. Die Messer, die er uns zur Verfügung gestellt hatte, waren ziemlich primitiv, aber wir konnten wenigstens Holz und Blätter damit schneiden und uns ein weiches Bett aus Laub bereiten. Wir aßen und tranken Wasser aus dem Fluß, und Nath reichte auch ein wenig Wein herum.

Anschließend unterhielten wir uns noch eine Weile.

»Und ist die Menschenjagd die Hauptbeschäftigung der Oberschicht von Faol?« fragte ich Nath.

»O ja. Sie ist ihre Leidenschaft. Aus ganz Havilfar und anderen Ländern kommen Edelleute, um an einem Faol-Jikai teilzunehmen.«

Seine Worte klangen irgendwie stolz, was mir doch seltsam vorkam, aber dann fügte er hinzu: »Die Jagden bringen Geld, das meinem Volk hilft – und wir arrangieren die Flucht der Sklaven.«

»Die Jäger haben uns nicht eingeholt, wie du es offenbar befürchtet hattest.«

»Nein. Aber wir werden morgen sehr vorsichtig sein müssen.«

Ich erwähnte Lilah, die als Prinzessin normalerweise ein viel besseres Lösegeld bringen würde als jemand, der auf einer Jagd getötet wird. Nath gähnte und erwiderte: »Oh, es gibt viele Mädchen, die sich Prinzessinnen und Königinnen nennen, und vielleicht stimmt's bei manchen auch. Aber wenn ein Kunde wüßte, daß er eine Prinzessin jagt, wieviel mehr Spaß hätte er dann an der Jagd, stell dir vor!«

»Ich verstehe«, sagte ich.

Seine Worte hatten eine gewisse Logik, die mich aber abstieß. Ich drehte mich um, legte mich neben Lilah, die bereits eingeschlafen war, und schloß die Lider.

Morgen wollten wir die Ebene überqueren – und dann konnte ich Prinzessin Lilah aus Hyrklana in Sicherheit bringen und nach Vallia zurückkehren. Während des Einschlafens überlegte ich noch vage, ob ich nicht zuerst zwei anderen Dingen nachgehen sollte, die mir am Herzen lagen. Zum einen gab es in Havilfar die rotgekleideten Todalpheme, die Delia nach Aphrasöe gebracht hatten und die mir sagen konnten, wo die herrliche Schwingende Stadt zu finden war. Mein anderes Interesse galt den Flugbooten, den Vollers, über die und deren Erbauer ich mehr erfahren wollte, weil die Technik, die sie dazu benutzten, unmöglich ein Produkt dieser Welt sein konnte.

Ich erwachte mit den ersten Strahlen der Sonnen, die auf diesem Kontinent Far und Havil genannt wurden. Ich richtete mich auf, rieb mir die Augen, griff nach meinem Messer und stand auf. Nath der Wächter war verschwunden.

7

Verwirrt liefen die Sklaven durcheinander und suchten nach Nath dem Führer. Ich musterte die Stelle, an der der Führer geschlafen hatte. Seine Sachen waren noch an Ort und Stelle. Decke, Schuhe, Messer, ein Blatt mit Palines.

»Leem haben ihn geholt!« sagte Naghan.

»Wir sind jetzt auf uns gestellt«, sagte der stämmige Brokelsh. »Am besten marschieren wir sofort weiter.«

»Zuerst essen wir«, sagte ich. »Und dann geht es weiter.«

Ich rechnete nicht mit Widerstand, ich brach das Brot und gab Sosie und Lilah einige Brocken. Wir verteilten den ganzen Vorrat. Es war ziemlich wenig; ich mußte vermutlich auf die Jagd gehen, ehe die Sonnen am westlichen Horizont versanken.

Ich nahm das Messer zur Hand, das Nath zurückgelassen

hatte. Es war genauso primitiv wie die anderen Waffen, aber es bestand aus Stahl, und dafür war ich dankbar. Auch seine Schuhe mochten uns nützen. Wie die unseren bestanden sie aus einem einfachen Stück Rindsleder, ringsum durchstichelt und wie Mokassins mit Bändern hochgezogen. Sie verströmten einen seltsamen Geruch, als sei das Leder nicht gut gegerbt worden.

Dann marschierten wir in östlicher Richtung los. Nach einer Weile stimmte ich ein Lied an, um die Gruppe etwas aufzumuntern. Die Melodie war bekannt, und einige junge Leute fielen ein.

Trotz des Singens behielt ich die Umgebung scharf im Auge.

Heute nacht, das schwor ich mir, würden wir nicht wie eine Gruppe auf einem Ausflug schlafen, sondern etappenweise im Licht der kregischen Monde weiterwandern.

Zweimal im Lauf des Tages sahen wir Flugboote und versteckten uns. Ich hatte das Gefühl, als zöge sich ein unsichtbares Netz immer enger um uns zusammen.

Einige Schuhe waren dünner als andere – und bald begann ein Relt, einer der sanfteren Artgenossen der Rapas, über Fußschmerzen zu klagen. Ich gab ihm einen der Schuhe Naths, während der andere von Sosie übergestreift wurde. Irgendwie war mir wieder die Führung über die kleine Flüchtlingsgruppe zugefallen – Zair allein weiß, warum sich die Menschen in der Krise immer mir zuwenden – und ich versuchte dieser Aufgabe gerecht zu werden. Ich sagte den Sklaven, wann sie schlafen sollten, und tötete ein kleines Tier der Ebene, das Xikk genannt wird und das wir hastig verzehrten. Schließlich scheuchte ich die Gruppe weiter. Vor uns sahen wir einen dunklen Wald aufragen, der den ganzen Horizont zu füllen schien.

Plötzlich erklang ein harter, dämonischer Schrei über uns.

In der Luft kreiste in weiten Bögen ein riesiger rotgolden gefiederter Raubvogel. Ein herrliches Tier, der Gdoinye, Bote und Spion der Herren der Sterne, die mich aus Vallia entführt und im stinkenden Sklavengehege abgesetzt hatten.

Ich schüttelte meine Faust.

Der Raubvogel umkreiste uns, und zweifellos gab er seine Beobachtungen an die Everoinye, seine Herren, weiter. Ich fragte mich, ob mich gleich die blaue Strahlung einhüllen würde, doch der Raubvogel stieß nur ein weiteres rauhes Krächzen aus und verschwand wieder. Die weiße Taube der Savanti bekam ich nicht zu Gesicht.

»Was war denn das, im Namen der Zwillinge?« fragte Lilah.

»Ein Vogel«, erwiderte ich. »Hätte ich doch nur einen Bogen gehabt . . .!«

»Du willst doch eine so wunderbare Kreatur nicht erschießen?« fragte Sosie entsetzt.

Sie wußte nicht, was ich wußte. Ich antwortete nicht.

Wollte mir der Gdoinye ein Zeichen geben? Unwillkürlich schaute ich zurück. Dicht über dem Boden zeichneten sich die schrecklichen Umrisse der Jiklos ab, die unserer Fährte folgten.

Sofort geriet unsere Gruppe in Bewegung, die Sklaven begannen auf den Wald zuzuhasten. Ich hielt mich in Lilahs Nähe. Einer meiner Schuhe lockerte sich, und ich streifte ihn ab, weil ich barfuß besser vorankam. Ich löste auch den anderen und warf ihn fort. Wir liefen so schnell wir konnten.

Als wir uns den Bäumen näherten, sah ich felsige Hänge und Felsspalten, die dicht bewachsen waren.

Lilah war außer Atem. Das lange blonde Haar wehte ihr um den Kopf.

Ich nahm sie auf die Arme und lief schneller weiter.

Naghan folgte meinem Beispiel mit Sosie, und ein Fristlemann hob seine Frau ebenfalls vom Boden auf.

Die Menschenjäger waren schon erschreckend nahe. Dahinter ritten die Jäger auf ihren Zorcas und schwenkten ihre Waffen. Sie schienen das Jikai zu genießen.

Wir erreichten die ersten Bäume, und ich suchte mir eine Felsspalte aus und lief hinein, wobei ich Ästen und umgestürzten Stämmen auswich. Naghan, der Sosie auf den Armen trug, hielt mit mir Schritt. Nun erreichten wir dichtere Vegetation, kletterten über kleine Felshänge, brachen durch Unterholz.

Natürlich drängte mich jeder Instinkt danach, Lilah abzusetzen und es mit den hochmütigen Jägern aufzunehmen. Aber ich unterdrückte die Regung. Mein Auftrag war die Rettung Lilahs, da durfte ich mich nicht in Gefahr begeben.

Jetzt hörten wir das aufgeregte Jaulen der Jiklos. Diese Wesen waren Menschen! *Menschen!* Und doch waren sie auf ihre Art grausamer als jeder Bluthund.

Schließlich erreichten wir eine Felswand.

»Setz mich ab, Dray. Wir müssen klettern!«

»Los, du steigst voran, Lilah! Wenn du oben bist, folge ich dir!«

Sosie war schon einige Meter über mir, und Naghan folgte ihr. Von den anderen Sklaven sah und hörte ich nichts.

Während sich Lilah emporquälte und zwischen den Felsen verschwand, blieb ich stehen und wartete. Nach einigen Minuten, die mir wie eine Ewigkeit vorkamen, hörte ich ihren Ruf und wollte mich eben umdrehen und ihr folgen – als ich plötzlich eine heftige Bewegung und das helle Blitzen dolchspitzer Zähne im Unterholz bemerkte.

Ein Menschenjäger sprang zwischen den Bäumen hervor und stürzte sich auf mich.

Und da geschah etwas völlig Überraschendes – der Jiklo knurrte mir etwas zu, schleuderte mir in einem grollenden Dialekt Worte entgegen, die ich kaum verstehen konnte.

»Es ist aus mit dir, du zweibeiniger Yetch!«

Er raste auf mich zu. Seine lange Mähne flatterte. Seine Krallen schimmerten im Sonnenlicht. Seine Augen waren blutunterlaufen. Und seine Zähne – konnte sich *das* jemals aus dem Gebiß eines normalen Menschen entwickelt haben?

Ich wirbelte herum und schleuderte eins meiner Messer.

Das Wesen versuchte sich zu ducken, war aber nicht schnell genug. Die Klinge bohrte sich in eins seiner Augen.

Der Jiklo stieß einen markerschütternden Schrei aus. Er sprang in die Luft, und sein Gesicht war eine dämonische Fratze des Hasses und des Blutrauschs. Er betastete den Messergriff. Dann verdrehte er den Kopf und stürzte zu Boden.

Es blieb mir keine Zeit, das Messer wieder an mich zu bringen; ich sprang wie ein Grundal an der Felswand empor.

Unten vernahm ich das Hecheln eines zweiten Jiklos, der mit seinem Gebrüll das Kreischen des schwer verletzten Wesens bald übertönte. Lilah rief mir etwas zu, das ich nicht verstand. Delia hätte sicher nicht sinnlos herumgeschrien, sondern hätte Felsbrocken in die Tiefe geschleudert, um mir den Rücken freizuhalten.

Ohne zurückzuschauen, trat ich mit dem Fuß aus und spürte, wie mein Hacken gegen etwas Hartes und Haariges prallte. Das Heulen wurde schriller. Ich überwand die letzten Meter und schwang mich wie ein verdammter Jiklo auf allen vieren über den Grat.

Andere Menschenjäger huschten unten zwischen den Bäumen hervor und sprangen auf die freie Fläche vor der Felswand.

Ich packte Lilahs Handgelenk. »Die Felsbarriere wird sie nicht lange aufhalten. Beim Schwarzen Chunkrah, Frau, hör auf zu jammern und flieh!«

O ja, ich floh, ich, Dray Prescot!

Wir eilten Felsspalten hinauf, und die Äste über uns ließen die letzten Strahlen der sinkenden Sonnen wie Blitze vor unseren Augen flimmern.

Ein Stück weiter vorn holte ich Naghan und Sosie ein, die am Ende ihrer Kräfte zu sein schienen. Wir legten eine kurze Pause ein und hörten nach wenigen Minuten das Klicken und Kratzen von Jikloklauen, das immer lauter wurde. Sosie schrie auf, und Naghan versetzte ihr eine Ohrfeige.

»Wenn wir uns trennen, sind unsere Chancen größer«, sagte er.

»Richtig«, meinte ich. »Ich wünsche dir alles Gute, Naghan, und dir auch, Sosie. Möge Zair mit euch sein!«

»Remberee!« riefen wir zum Abschied und liefen dann so schnell wir konnten über Steinbrocken und verschwanden in verschiedenen Felsspalten.

Schon nach kurzer Zeit warf ich mir Lilah über die Schulter und vermochte nun schneller zu laufen. Wenig später hörten wir fürchterliches Kreischen, das hechelnde Heulen von Jiklos und blutrünstiges Geschrei – und wir wußten, daß Naghan und Sosie ihre Heimat Hamal nicht wiedersehen würden.

Daran konnten wir nun nichts ändern, und ich verdrängte alle Gedanken an das niederträchtige Verhalten, das ich in letzter Zeit an den Tag gelegt hatte. Ich mußte Prinzessin Lilah in Sicherheit bringen, sonst verbannten mich die Herren der Sterne womöglich zur Erde!

Die Frau der Schleier erhob sich am Himmel, und kurz darauf spendeten auch die Zwillinge ihr rosa Licht, so daß wir weiterlaufen konnten, ohne Angst vor Felslöchern oder Abgründen haben zu müssen. Der Wald wurde lichter, und wir mußten langsamer gehen, als sich der Boden vor uns talwärts neigte. Wir rutschten und rollten einen geröllbedeckten Hang hinab – was natürlich nicht ungefährlich war –, und stießen unten auf Felsgestein, das zum Ufer eines Flusses abfiel. Uns blieb nichts anderes übrig, als dem Strom zu folgen, der schimmernd unter uns in südlicher Richtung dahinglitt. Da und dort störten Fälle und Stromschnellen unseren Weg, doch ich trieb Lilah unbarmherzig an und legte nur wenige Pausen ein. Schließlich lag sie zu Tode erschöpft schlafend über meiner Schulter, während ich weiter dahintrottete, obwohl ich hundemüde war.

Gegen Morgen wurden die Flußufer flacher, und zu beiden Seiten erstreckten sich Wiesen. Durch den Morgennebel sah ich die schimmernde Oberfläche des Flusses, und nachdem wir eine kleine Erhebung und einige ginsterähnliche Büsche hinter uns gelassen hatten, erreichten wir das Meer.

Das Meer!

Lilah stieß einen Freudenschrei aus. »Schau, Dray! Dort drüben! Der Weiße Felsen von Gilmoy!«

Ich blickte über das Meer. In der Ferne lag ein dunkler Landstreifen, säumte eine Meerenge, in der offenbar Flut herrschte. Wie ein warnender Finger erhob sich drüben eine gewaltige Felssäule, die im ersten Sonnenlicht weiß schimmerte, ansonsten aber noch im Schatten lag.

»Du weißt, wo wir sind, Lilah?«

»Ja! Der Weiße Felsen ist in ganz Havilfar bekannt. Er steht an der Nordküste von Gilmoy, und ich habe ihn oft überflogen. Ich hatte keine Vorstellung, daß Faol so dicht am Festland liegt.« Sie erschauderte.

»Dann müssen wir ein Boot finden.«

Die Herren der Sterne hatten mir in letzter Zeit verboten, das Meer zu befahren; ich konnte nur hoffen, daß dieser Bann gebrochen war. Denn sie hatten mich nun beauftragt, Prinzessin Lilah zu retten, und dazu mußte ich ein Boot besteigen. Wir gingen am Strand entlang; aber ich fand keine Boote.

Aus dem Schornstein eines Hauses, das sich vor einer Kette ginsterbedeckter Hügel erhob, stieg ein Rauchfaden auf. In einem Gehege rechts davon flatterten zwei Dutzend Flugwesen mit den Flügeln und kreischten laut, als wir näher kamen. Sie saßen auf Lenkholzstangen, in die sich ihre Klauen tief eindrückten, und waren mit Eisenketten festgemacht. Sie schienen nicht so groß zu sein wie Impiter, die großen pechschwarzen Flugtiere der Stratemsk, aber doch größer als Corths. Ihr Gefieder war unterschiedlich gefärbt – meistens jedoch beige und lindgrün, und ihre Köpfe waren nach der Art von Pteranodons mit großen Windflossen versehen. Es schien sich um ziemlich bösartige Tiere zu handeln. Lilah eilte auf das Gehege zu.

»Fluttrells!« rief sie. »Wir haben Glück, Dray! Die Windraser werden uns schnell über die Meerenge nach Gilmoy bringen – und von dort nach Hyrklana!«

Ehe ich etwas erwidern konnte, sprang die Tür des Hauses auf, und ein Haufen Männer drängte waffenschwingend heraus. Sie hielten keinen Augenblick inne, sondern stürmten mit einer Entschlossenheit auf mich zu, die mir nur zu gut bekannt war. Das Gehege war ganz in der Nähe, so daß es nur eine Lösung gab. Ich packte Lilah und warf sie förmlich über den Sturmholzzaun. Dann wählte ich den nächstbesten Fluttrell aus und versetzte ihm einen energischen Schlag mit der flachen Hand in das schnauznasige Gesicht, um erst gar keinen Zweifel aufkommen zu lassen, wer hier der Herr war. Ich hatte keine Scheu vor den wilden Kreaturen, denn der Tod war uns sehr nahe. Im nächsten Augenblick schob ich Lilah auf den Rücken des Vogels.

»Kannst du ohne Steigbügel, Clerketer und Zügel fliegen?«

»Mit Sattelvögeln bin ich aufgewachsen!«

Die Berührung mit dem Flugtier hatte Lilah völlig verändert – oder sie ahnte, wie nahe ihre Heimat war. Sie sah mich triumphierend an.

»Steig auf, Dray! Wir müssen fort!«

»O nein, Prinzessin.« Mit schnellen Handbewegungen löste ich die Kette, die den Fluttrell hielt. »Du fliegst sofort nach Hause. Wenn ich mit dir starte, folgen uns die Männer, und dann gibt es kein Entkommen. Du mußt losfliegen – ich halte sie auf, bis du in Sicherheit bist.«

»Aber Dray! Sie werden dich töten!«

»Ich glaube es nicht, Lilah.«

Ich versetzte dem Fluttrell einen Hieb, und mit übellaunigem Kreischen breitete das Wesen die Flügel aus und erhob sich in die Luft. Lilah mußte sich am Hals des Vogels festhalten und den Kopf einziehen, um nicht von der großen Windflosse am Hals getroffen zu werden. Sie blickte auf mich herab. Ich ergriff ein Stück Holz aus dem Gehege und erwartete den Angriff der Männer aus dem Haus.

»Du wirst sterben, Dray Prescot!« rief sie.

»Du bist in Sicherheit, Lilah! Flieg los!«

Sie trieb das Flugwesen mit den Fersen an. »Ich werde dich nicht vergessen!« Ihre Stimme verklang, als sie in den hellen Morgenhimmel aufstieg: »Remberee, Dray Prescot!«

Ich erinnere mich deutlich und erkenne und begreife meine damaligen Gefühle – ich muß zugeben, daß ich den Kampf förmlich willkommen hieß. Ich war lange genug geflohen und hatte mich dem Willen anderer lange genug unterworfen. Der unvermutete Angriff dieser Männer mochte berechtigt sein, weil wir dabei waren, ihnen ihre Tiere zu stehlen, aber sie sollten den Tag bereuen, an dem sie sich mit mir einließen.

Zweifellos hielten die Herren der Sterne das für völlig überflüssig, denn als ich grimmig den Stock hob, um den Burschen ein bißchen Schwertfechterei vorzumachen, spürte ich plötzlich eine seltsame Leichtigkeit. Das verhaßte Leuchten umgab mich – und wieder einmal ging ich hilflos in der blaustrahlenden Leere unter.

8

Der typische Gestank von Sklavengehegen drang mir beißend in die Nase.

»Ich kann dich in die Freiheit führen, Golan. Aber du mußt laufen . . .«, sagte eine Stimme.

»Ich kann laufen, Anko! Und ich werde dich großzügig belohnen. Ich bin Pallan . . .«

»Und ich auch! Ich auch!« erhoben sich andere Stimmmen, flehend, fordernd.

Ich öffnete die Augen. Ich hatte den Herren der Sterne also mißfallen. Jeder meiner Schritte war umsonst gewesen. Sie hatten mich wie eine Figur auf einem Spielbrett um ein Feld zurückgenommen.

Der Hornstoß gellte durch Höhlen und Gänge, und die Sklaven eilten heißhungrig in die Eßhöhle. Ich stand langsam auf. Beim Schwarzen Chunkrah! Ich wollte losstürmen und mir die Nahrung holen, die mir zustand, und wenn ich dazu alle Khamorros in Havilfar und alle Führer auf Faol besiegen mußte!

Prinzessin Lilah aus Hyrklana war also nicht die Person gewesen, die ich hatte retten sollen.

Nun blieb mir nur noch eine Möglichkeit. Ich mußte den richtigen Sklaven finden und ihn oder sie in Sicherheit bringen. Mit oder ohne Führer.

In der Eßhöhle fiel mir ein muskulöser junger Mann mit dunklem Haar auf, um den sich drei Sklaven scharten. Er unterhielt sich gelassen mit einem stämmigen Mann, der einmal sehr dick gewesen war. Sein eingefallenes Gesicht verriet noch gewisse Spuren der Macht, die er einmal ausgeübt hatte. Der Mann war Golan, ein früherer Pallan.

Golan? Sollte ich diesen Mann befreien?

Ich hob das Fleischstück, das ich erbeutet hatte, und schüttelte die Faust zur Felsdecke. »Ihr verfluchten Herren der Sterne!« sagte ich durch die Zähne. »Ihr idiotischen Everoinye! Wie soll ich in diesem Haufen den Richtigen finden?«

Natürlich erhielt ich keine Antwort – und ich rechnete auch nicht damit. Ich biß mißmutig in das Voskfleisch und sah mich in der Höhle um.

Mein Bart und Haar waren länger geworden, so daß ich nun wilder und mehr wie ein Sklave aussah. Trotzdem erkannte mich Tulema sofort.

»Dray! Ich dachte, du wärst . . . wie hast du . . .? Bist du durch die Höhlen zurückgekrochen?«

»Nein, Tulema, ich bin überhaupt nicht im Dschungel gewesen.« Um ihr Mißtrauen einzuschläfern, fügte ich hinzu: »Hier, iß das Stück Fleisch zu Ende. Ich habe diese Höhlen nun wirklich satt, denn ich dachte schon, ich wäre in Sicherheit, und jetzt sitze ich immer noch hier fest!«

Sie forderte mich nicht auf, ihr von meinen Erlebnissen zu erzählen, wie man eigentlich erwartet hätte, sondern entriß mir das Fleischstück und schlang es heißhungrig hinunter. Offenbar hatte sich seit meinem Verschwinden niemand um Tulema gekümmert.

War mein Objekt vielleicht dieses Mädchen mit dem schlanken Körper, dem verfilzten dunklen Haar und der burschikosen Art – dieses Mädchen, das einmal in einer Dopataverne getanzt hatte? Unwahrscheinlich. Nach der Art und Weise meiner Rückkehr zu urteilen, handelte es sich eher um Golan, den früheren Pallan. Ein Pallan ist, wie Sie wissen, ein Staatsminister, ein hoher Beamter – und wenn er entehrt und als Sklave verkauft worden war, mochte es nun meine Pflicht sein, ihn zurückzubringen und damit ein winziges Rädchen in der großen politischen Struktur Kregens weiterzudrehen. Da mir andere Hinweise fehlten, kam ich zu dem Schluß, daß Golan der Gesuchte sein müsse.

»Hör zu, Tulema. Ich möchte wieder hinaus – diesmal in die Freiheit. Kommst du mit?«

»Das wage ich nicht, Dray! Du weißt, warum – die Menschenjäger . . .«

»Diese Kreaturen sind sehr gefährlich – denn es sind Menschen! Aber ich werde mich um dich kümmern!«

Diesmal wollte ich ganz sicher gehen. Wenn Golan doch nicht der Richtige war, dann wollte ich wenigstens Tulema bei mir haben.

»O wirklich, Dray? Ich meine . . . ich glaube . . .«

Dann wandte sich das Tanzmädchen ab, und das Zucken ihrer Schultern verriet mir, daß sie weinte.

Ich empfand Mitleid mit ihr – aber ihre Lage war genauso gut oder schlimm wie die von uns allen. Energisch packte ich sie an den Oberarmen und drehte sie zu mir herum. Ich mußte mich an die Arbeit machen. »Mich interessiert dieser Golan, der frühere Pallan. War er mit in der Höhle, als wir uns kennenlernten?«

»Ja.« Sie schniefte, und ich wischte ihr die Tränen ab.

»Du brauchst nicht zu weinen, Tulema. Wir gehen zusammen hinaus.«

Am gleichen Abend sprach ich mit Anko dem Führer, der mich in seine Gruppe aufnahm. Er musterte mich abschätzend.

»Du siehst aus, als könntest du laufen.«

»O ja«, erwiderte ich. »Ich *kann* laufen.«

Nach dem Essen wurden die Haussklaven in die Höhlen gelassen, um Abfall und Schmutz zu beseitigen. Wieder fuhrwerkte die alte Miglish-Frau mit ihrem Besen herum, und alle machten einen großen Bogen um sie.

Ich hielt nach anderen Khamorros Ausschau. Sie mochten auf der Jagd nützlich sein, wenn sie es nur verstanden, ihre Arroganz und Verachtung gegenüber anderen Lebewesen im Zaum zu halten.

Was nun folgte, ähnelte sehr den Ereignissen, die ich schon einmal mitgemacht hatte. Nalgre kam mit seiner Peitsche und den Kunden, und die Sklaven wurden ausgesucht. Anko der Führer versammelte seine kleine Gruppe um sich – wir waren vierzehn –, und die Gittertüren klappten auf.

Ich sah mich nach Tulema um, aber sie war verschwunden.

Golan sollte gerade ins Freie getrieben werden. Ich packte seinen Arm und wollte ihn zurückzerren, um Zeit zu gewinnen, Tulema zu suchen, aber ein stämmiger Wächter griff ein. Eine Minute später waren Golan und ich draußen, und zwei Wächter lagen bewußtlos am Boden. Ich drängte mich sofort in die Mitte der Sklavengruppe. Tulema mußte selbst sehen, wie sie fertigwurde. Offenbar war ihre Angst doch zu groß gewesen, um den entscheidenden Schritt zu tun.

Nalgre und seine Wächter zerrten die beiden Bewußtlosen ins Freie und fuchtelten brüllend mit ihren Peitschen herum.

»Du bist kein Khamorro«, sagte Anko der Führer.

»Nein. Und schau niedergeschlagen drein, Sklave!«

Er schluckte. »Jawohl.«

Wir wurden in die Sklavenbaracke geführt, wo alles wie beim erstenmal ablief, nur daß es keinen törichten Lart gab, der sich sinnlos opferte.

Diesmal hielten sich zwei weitere Sklavengruppen, die auf das große Jikai gehen sollten, in der Sklavenbaracke auf. Wir unterhielten uns, aber ich kannte keinen der anderen und war nun mehr denn je überzeugt, daß Golan der Gesuchte war.

Am nächsten Morgen zog Nalgre vor den Augen seiner Gäste wieder die kleine Schau mit dem Jiklos ab. Dann machten wir uns auf den Weg. Wir schlugen die südliche Richtung ein. Anko sagte: »Wir wollen nicht zu viele Jäger auf unsere Fährte locken! Wir überqueren die große Ebene und sind dann auf der anderen Seite des Flusses bald in Sicherheit.«

Anko hatte große Ähnlichkeit mit Nath – und ich hoffte nur, daß ihm nicht auch etwas zustoßen würde. Wir fanden das Versteck mit Kleidung, Nahrungsmitteln, Schuhen und Messern und machten uns zuversichtlich auf den Weg.

Der Dschungel hörte auf, und wir erreichten eine weite Ebene, auf der herdenweise Palies und die anmutigen Loples zu finden waren.

Die antilopenhaften Palies waren leicht zu fangen. Wir töteten ein Tier und verzehrten es gebraten zum Abendessen. Ich hatte vorgeschlagen, beim Licht der Frau der Schleier weiterzuwandern, aber Anko hatte nur gelacht und gesagt, die hochherrschaftlichen Jäger hielten nichts von der Nachtjagd.

Wie ich später erfuhr, besteht Faol im nördlichen Teil, zum Äquator hin, vorwiegend aus Dschungel, während im höherliegenden Süden mehr offenes Gelände zu finden ist. Die Ebene, auf der wir jetzt dahinwanderten, beschrieb einen gewaltigen Bogen und vereinte sich mit der anderen Ebene, die ich schon kannte.

Angesichts dieser Verhältnisse spürte ich eine seltsame Unruhe, die ich vor dem Schlafengehen mit Anko besprach.

»Wir sind hier völlig ungeschützt, Anko. Hätte uns der Dschungel nicht mehr Deckung geboten?«

»In deinen Worten steckt Wahrheit. Aber im Norden gibt es noch weniger Chancen für eine Flucht.«

Naja, er mußte es besser wissen. Wieder einmal dachte ich bewundernd an den Mut und die Opferbereitschaft der Führer. Anko berichtete mir ein wenig mehr von der Philosophie seines Volkes, die entgegen meiner Vermutung nicht auf dem üblichen kregischen Zwillingsprinzip basierte. Die Führer entstammten einem Volk, welches an das absolute Böse als Lebensprinzip glaubte – und es als höchstes Lebensziel betrachtete, dieser Kraft entgegenzuwirken. Er sprach in diesem Zusammenhang nicht von den Menschenjagden, was ich sehr klug fand, denn die Ängste, die den Mut Tulemas unterhöhlt hatten, fanden sich mehr oder weniger bei allen Sklaven. Nur die Gegenwart eines Führers gab ihnen den Mut zur Flucht.

Dann fragte ich: »Und was gewinnen die Führer aus dieser Arbeit?«

»Jede gerettete Gruppe bringt uns große Ehre in der Heimat, die an der Südküste liegt. Unsere jungen Männer sehen dies als ihre Ehrenpflicht an – zur Läuterung ihrer Vorfahren. Und je mehr Expeditionen ein junger Mann macht, desto hübscher sind die Mädchen, unter denen er wählen darf.«

Das mochte gewiß ein Antrieb sein.

Auf meine Frage hin erzählte mir Anko, daß der Kov von Faol Encar Capela hieß, ein Mann, der sich nur für seine Menschenjägerrudel interessierte – doch mehr wußte er nicht über ihn.

Am nächsten Morgen war Anko der Führer verschwunden.

Zair möge mir verzeihen, wenn ich zu lange oder zu tief geschlafen hatte!

Im kurzen Gras zeichneten sich Spuren ab. Blutflecke und Kampfspuren. Ich konnte den anderen nicht von dem Verschwinden Naths des Führers erzählen, aber hier war die Tragödie ganz offensichtlich. Die Sklaven begriffen nur, daß sie fliehen mußten.

Mir war in diesem Augenblick klar, daß die Führer systematisch ausgeschaltet wurden. Sie wurden überrumpelt und verschleppt oder gar ermordet. Irgend jemand war ihnen auf die

Schliche gekommen. Wahrscheinlich war Nalgre diese Neuigkeit von einem seiner Haussklaven zugetragen worden – ich mußte sofort an die alte Miglish denken. Sie widerte mich an mit ihrem entstellten Zwergengesicht, mit ihrer langen Nase, mit den dünnen Lippen und den hellen Achataugen, die zuviel sahen.

Vielleicht, überlegte ich mir, war Golan doch nicht der Richtige. Sollte ich nochmals in die Sklavengehege zurückgerissen werden, wollte ich mir die alte Frau einmal richtig vornehmen.

Golan wollte mit den anderen davonlaufen. Ich schaffte es, in seiner Nähe zu bleiben und ihn zu überzeugen, daß er etwas essen mußte. Gerösteten Paly kauend, blieben wir zurück.

Wir waren nun allein. Wenn wir uns weiter südlich hielten, würden wir das Land der Führer erreichen, wo wir Schutz finden mochten. Ich veränderte unmerklich unseren Kurs, hielt mich ein wenig weiter westlich, so daß wir bald die anderen Flüchtlinge als winzige Punkte links vor uns ausmachten.

Diesmal hatte ich wenig Lust zum Singen. Ich hielt vielmehr Ausschau nach dem Gdoinye oder einem Flugboot. Als erstes tauchte ein Voller auf, und der Dornefeubusch, in den wir uns stürzten, war verflixt hart und stachlig. Fluchend rappelten wir uns schließlich wieder auf. Aber das war nur der Anfang. Immer wieder mußten wir uns kopfüber in Deckung werfen.

Golan hatte mich als seinen Mentor anerkannt – und er war fast außer sich vor Angst. Wir eilten weiter, und ich verlangte ihm ein ziemlich hohes Tempo ab. Aus einem Dickicht schnitt ich ihm einen kräftigen Knüppel zurecht und bewaffnete mich mit einem schmaleren Holzstück, das ich wie ein Langschwert einsetzen konnte. Die Waffe bestand zwar nur aus Holz, sie lag mir aber trotzdem sehr angenehm in der Hand.

Auf einer Ebene die Richtung zu halten ist oft sehr schwierig, obwohl ich als Seemann keine Mühe damit habe. Als wir also plötzlich Stimmen von links hörten, wußte ich, daß wir nicht im Kreise gegangen waren. »Leise!« sagte ich zu Golan.

Vorsichtig krochen wir weiter. Durch ein Gebüsch blickte ich in ein kleines Tal und sah einige andere Flüchtlinge, die verzweifelt dahinstolperten und sich wieder aufrafften. Und dann entdeckte ich den Grund für ihr panisches Entsetzen.

Die Vorhut der Menschenjäger setzte in gewaltigen Sprüngen hinter den armen Flüchtlingen her. Es war eine schreckliche Szene. Auf den Gesichtern der Sklaven standen Entsetzen und

Verzweiflung, daß es einem das Herz rühren konnte. Der Speichel troff den Jiklos von den Fängen, ihre roten Zungen hechelten.

Ich sah, wie der Anführer mit gewaltigem Satz über den letzten Flüchtling herfiel. Der arme Kerl – ein Rapa – stieß einen lauten Schrei aus und sank zu Boden. Im nächsten Augenblick passierte etwas Seltsames. Der Menschenjäger tötete den Rapa nicht, obwohl seine Fänge dazu geeignet sind, sein Opfer bei lebendigem Leibe zu zerreißen. Er hob den Flüchtling an den Armen in die Höhe, setzte sich auf die Hinterhand und wartete.

Seine Artgenossen stürmten schreiend an ihm vorbei.

Eine Gruppe Zorcareiter galoppierte heran, und der Menschenjäger ließ den Rapa los, der kreischend seine Flucht fortsetzte.

Und jetzt sah ich das große Jikai.

Die Zorcareiter stimmten ein lautes Geschrei an, gaben ihren Tieren die Sporen und galoppierten hinter dem fliehenden Rapa her. Er lief in gerader Linie, ohne ans Hakenschlagen zu denken, obwohl ihm das wahrscheinlich nichts genützt hätte. Die Armbrüste schimmerten im vermischten Licht der Sonnen. Die Bolzen sirrten. Die Jäger waren schlechte Schützen; viele verfehlten ihr Ziel. Drei oder vier Pfeile trafen den Rapa, der aus dem Tritt kam, zu Boden sank und weiterkriechen wollte.

Nachdem die Armbrüste abgeschossen waren, hoben die Jäger ihre Speere und zielten – und nur einer durchbohrte den armen Rapa. Es war eine grausame und widerliche Schlächterei. Begeistert zogen die Jäger ihre Schwerter, stiegen ab und umringten den tödlich getroffenen Rapa. Ich sah die Klingen blitzen, als sie ihn in Stücke hackten.

Golan war übel geworden.

»Ruhig, Calsany!« sagte ich unwirsch.

In der Jagdgesellschaft fiel mir ein junger Mann auf, der einzige, dessen Speer ins Ziel gefunden hatte. Er hatte ein rosiges, fröhliches Gesicht, das jetzt vor Anstrengung gerötet war. Aber noch mehr war sein Schwert gerötet, das er wild über dem Kopf schwenkte und mit schrillem Schrei immer wieder in sein Opfer bohrte. »Gut gemacht, Ortyg! Gut gemacht!« rief ein anderer Jagdgast.

Zitternd beobachtete ich die Szene und haßte mich, daß ich nichts tun konnte, als die Jäger weiterritten. An den Flanken der Zorcas klafften blutrote Striemen. Sporen und Zorcas sind keine gute Kombination für einen echten Reiter.

Ein einzelner Menschenjäger, der den Kontakt zu den anderen verloren hatte, bewegte sich schnüffelnd in unsere Richtung.

Vielleicht hatte ihm ein Windhauch unsere Witterung zugetragen; vielleicht war er der Intelligenteste des Rudels. Jedenfalls kam er mit aufgerecktem Hinterteil und gesenktem Kopf direkt auf uns zu. Sein langes Fell flatterte.

Golan hatte sich wieder etwas erholt. Die anderen Flüchtlinge waren hinter einer grasbedeckten Hügelkette kaum noch zu erkennen. Die Menschenjäger schienen fast am Ziel zu sein, und die mächtigen Jäger galoppierten mordlustig hinterher.

Einer drehte sich um und rief etwas; vermutlich meinte er den Menschenjäger, der nun entschlossen zu uns heraufkletterte. Der Mann, der eine grüne Tunika und einen kleinen runden Helm trug, war ein Wächter, vermutlich war er für die Jiklos verantwortlich.

Ich mußte mich nun auf das Wesen konzentrieren – ein großer, bösartiger Bursche. Er hatte uns gesehen und stieß einen wilden Schrei aus.

Ich sah noch, wie der Wächter seinen Zorca herumzog, dann sprang ich auf, mein Holzschwert im speziellen Krozairgriff umfaßt. Der Menschenjäger stürmte vor. Ich sah die spitzen, scharfen Zähne und die wilden, blutunterlaufenen Augen, in denen die Mordlust schimmerte.

Die Krallenhände versuchten meinen Hals zu umfassen, und seine Zähne wollten meine Halsschlagader aufreißen. Mit der Intelligenz, die diesen schrecklichen Wesen noch verblieben war, hatte der Jiklo erkannt, daß ich kein verschrecktes Opfer war, sondern vermutlich die Absicht hatte, ihm mit meinem Knüppel den Schädel einzuschlagen.

Aber darin irrte er sich.

Meine Waffe war kein Knüppel. Ich benutzte sie anstelle eines tödlichen Langschwerts der Krozairs.

Ich faßte zu, schwang das Holz herum, und stieß das zersplitterte Ende mit einem lauten »Hai!« kraftvoll in das Gesicht des Menschenjägers. Er versuchte mir auszuweichen, aber zu langsam. Kreischend klappte er zusammen, Splitter steckten ihm im Gesicht, ein Auge war verletzt – und schon hob ich das hölzerne Langschwert zu einem Schlag, der ihm den Brustkasten eindrückte. Nach zwei weiteren Schlägen verendete das Wesen.

Das leise Klappern von Zorcahufen ließ mich herumfahren.

Der Wächter war ein Dummkopf. Die erste Lebensregel eines Armbrustschützen ist das sofortige Nachladen.

Der Mann stürzte sich mit dem Schwert auf mich.

Er war wütend, er ärgerte sich, daß ein wertvoller Jiklo getötet worden war, und er war nicht mal so vernünftig, zu erkennen, daß ich kein normaler Flüchtling war.

Er hieb wild nach mir, doch ich unterlief den Schlag und versetzte ihm einen Hieb auf das Bein. Hätte ich eine richtige Waffe gehabt, wäre ihm das Glied abgetrennt worden. So schrie er nur schmerzerfüllt auf, und ich vermochte nach oben zu greifen und ihn aus dem Sattel zu zerren. Mit einem Faustschlag setzte ich ihn außer Gefecht. Als ich aufstand und die Zügel des Zorcas ergriff, taumelte Golan herbei.

»Bei Opaz! So etwas habe ich noch nie gesehen!«

»Steig auf, Pallan! Wir wollen reiten. Sonst hast du keine Chance mehr, so etwas noch einmal zu sehen.«

Wir bestiegen das Tier, dessen Rücken nicht gerade lang war, und ritten im Trab nach Süden.

9

Pallan Golan war nicht der Mann, den ich für die Herren der Sterne vor den Menschenjägern von Faol retten sollte.

Wieder wurde ich in das Sklavengehege zurückgeschleudert, wieder erfüllte der Gestank meiner Leidensgenossen meine Nase, wieder rief uns das Hornsignal in die Eßhöhle. Ich hatte Golan in ein Dorf gebracht, dessen Häuptling der Ansicht war, daß wir vom Weg abgekommen waren, und sich um Pallan kümmern wollte. Wir hatten mit einem Floß, das ich gebaut hatte, einen Fluß überquert und erfuhren nun, daß wir uns in einem Land an der Südküste befanden. Die Heimat der Führer lag offenbar weiter im Osten, aber eine exakte Auskunft war nicht zu erhalten. Der Dorfhäuptling wußte nur wenig von dem, was in Nord-Faol vor sich ging.

Nach einer guten Mahlzeit und einem Tänzchen mit den Dorfschönheiten – ich hatte törichterweise angenommen, meine Mission wäre beendet – wurde ich von der blauen Strahlung eingehüllt und . . . hier saß ich wieder, wutentbrannt, frustriert und hilflos. Gewiß, sie, die Herren der Sterne, hatten die Macht, aber wer gab ihnen das Recht, mich, Dray Prescot, herumzuschieben wie einen Spielstein, wie ein wertloses, nichtswürdiges – *Ding?*

Obwohl ich Bart und Kopfhaar jetzt noch länger trug, erkannte mich Tulema sofort.

Diesmal konnte ich ihr natürlich nicht mit denselben Ausflüchten kommen, und ehe sie etwas sagen konnte, hob ich die Hand: »Jawohl, Tulema, ich bin zurückgekommen. Wie die Führer halte ich es für wichtig, den Sklaven zu helfen. Vielleicht begleitest du mich diesmal.«

»O Dray! Ich habe nicht den Mut dazu.«

»Ich bin bei dir. Und ich bin draußen gewesen!«

Aber ihre Angst ließ sich nicht überwinden.

Ich mußte mit Tulema energischer umspringen. Ich wußte, daß sich die Person, die ich retten sollte, noch in der Höhle befand. Natürlich konnte es auch sein, daß der oder die Betreffende getötet worden war und die Herren der Sterne mich nun für mein Versagen bestrafen wollten. Aber daran wollte ich lieber nicht denken. Einige der Sklaven, die bei meiner ersten Ankunft dabeigewesen waren, waren inzwischen draußen; einige waren aber noch hier. Ich konnte Tulema nicht die Wahrheit sagen, doch ich brachte sie dazu, mir die Leute zu zeigen. Ich wollte noch immer nicht recht glauben, daß Tulema die Betreffende war. Ich hatte da so meine Erfahrungen mit den Herren der Sterne. Ihre Pläne für Kregen kannte ich nicht, doch ich hatte schon öfter Menschen für sie befreit, die aber sogar für mich erkennbar eine gewisse Bedeutung für den Ablauf der Dinge hatten. So sehr ich Tulemas innere Härte und ihre Angst vor den Jiklos respektierte, konnte ich sie mir doch nicht als bedeutende Persönlichkeit in der Politik oder Wirtschaft dieser Welt vorstellen.

»Da ist Latimer«, sagte Tulema. »Er hat Angst.«

»Und wenn er ohne Führer zur Jagd ausgewählt wird? Was dann?«

»Sprich nicht davon, Dray!«

Latimer drehte sich um und sah mir entgegen. Wir hatten gerade gegessen, doch diesmal hatte das Horn nicht zur Parade in den Käfigen gerufen. Der Mann war in mittlerem Alter, etwa hundertundfünfzig Jahre alt, hatte dunkles Haar und eine krumme Nase und Augen, die meinem Blick nicht recht standhalten wollten. Ich erkannte an seinem wohlgerundeten Brustkorb, daß er um Nahrung zu kämpfen verstand. In dem Gespräch erfuhr ich, daß er Reeder in Hamal war. Seinen weiteren Bemerkungen entnahm ich, daß er Vollerreeder und kein Galleoneneigner war, wie ich mir zuerst vorgestellt hatte. Sofort sagte ich mir, daß dies der Gesuchte sein müsse. Vollers waren wichtig. Latimer war ein Eigner von Flugbooten. Also wollten ihn die Herren der Sterne wieder in Freiheit setzen, damit irgendein wichtiger Plan, der mit den Flugbooten von Havilfar zusammenhing, gelingen konnte.

Wie verächtlich sich das alles anhörte! Wie dumm, daß ich mir Leute aussuchte, deren Bedeutung ich in ihrem Beruf suchte! Tulema wollte ich diesmal ganz bestimmt mitnehmen; aber als sie sich wieder nicht überwinden konnte, brachte ich es nicht übers Herz, sie zu zwingen. Nur wenn Latimer auch nicht der Richtige war, mußte ich sie gegen ihren Willen aus den Höhlen holen.

Wir wurden ins Freie geholt, wir wanderten nach Westen, und wieder verschwand der Führer spurlos, und wieder schwor ich mir, diesem Geheimnis auf den Grund zu gehen. Ich brachte den Vollermagnaten Latimer schließlich in Sicherheit – und wurde prompt wieder an meinen Ausgangsort zurückgebracht.

Ich war so verzweifelt, daß ich mir größte Mühe geben mußte, Tulema höflich zu behandeln. Sie mußte also die Frau sein, auf die es ankam. Und sie hatte Angst. Nun ja, dagegen gab es Mittel.

In den Höhlen waren viele neue Sklaven zu sehen; offenbar war vom Festland neuer Nachschub gekommen. Um ganz sicher zu gehen, fragte ich Tulema: »Sind noch Sklaven hier, die in der Höhle waren, als . . .?«

Sie schüttelte den Kopf. »Nein, Dray – alle sind fort.«

»Bis auf dich.«

»Bis auf mich, jawohl. Und bis auf dich.«

»Oh. Ich.« Als das Horn erklang, drängte ich mich zwischen den Neuankömmlingen hindurch und nahm zwei Riesenstücke vom Besten. Ich wollte, daß Tulema bei Kräften war; sie hatte in letzter Zeit nur Dilse gegessen.

Nach dem Essen begann die alte Miglishfrau mit Saubermachen, und Tulema drückte sich schaudernd an mich. Ich dachte an den schlimmen Verdacht, der mir gekommen war, als ich das Blut neben der Decke Ankos gesehen hatte . . . und nun gingen wir wieder in den Dschungel.

Ich packte die Migla an der Schulter und spürte ihre dürren Knochen. Sie versuchte sich mir zu entwinden, und ihr schreckliches Hexengesicht starrte mich lauernd an, wie eine Gummimaske, die im Feuer zerschmolzen ist. Es widerte mich an, dieses halbmenschliche Ungeheuer.

»Verrätst du die Führer, Migla?«

Sie lachte schrill und versuchte mich mit ihrem Besen zu schlagen.

»Ich verrate nichts! Bei Migshaanu der Allherrlichen, deine Augen sollen ausfließen, dein Leib soll einfallen . . .«

»Genug, alte Frau!« sagte ich. »Denk daran: Wenn hier die Führer verraten werden, wirst du ausgepeitscht, und deine Haut wird aufgehängt und zur Schau gestellt.«

Natürlich konnte ich ihr nichts beweisen. Vielleicht hatte sie auch gar nichts mit der Tragödie zu tun, aber auch das Gegenteil konnte der Fall sein.

Als ich das letzte Mal draußen gewesen war, um Latimer zu retten, hatte ich den größten Teil der Nacht wachgelegen – trotzdem war der Führer verschwunden. Ich hatte nicht mitbekommen, wie das geschehen war. Wie üblich hatte sich der Wächter ein wenig abseits von uns niedergelegt, um auf der Hut zu sein. Diesmal, das schwor ich, wollte ich ihm den Schutz gewähren, den er uns zu geben versuchte.

Der Grund für den grausamen Verrat schien mir klar zu sein. Sklavenmeister Nalgre mußte längst bemerkt haben, wie begierig die Sklaven waren, auf die Jagd geschickt zu werden. Das gefiel natürlich Nalgre und seinem Herrn, dem Kov von Faol. Es lag ihnen sicher daran, diesen angenehmen Zustand aufrechtzuerhalten und die Führer bei ihren gefährlichen Unternehmungen zu unterstützen. Zornig fragte ich mich, was man in den Dörfern der Führer vom Verschwinden ihrer jungen Leute hielt. Wahrlich, das Verhalten mancher Menschen ist geheimnisvoll und barbarisch und entzieht sich der Beschreibung!

Die alte Migla, wenn sie wirklich schuldig war, brauchte gar keinen neuen Verrat zu begehen. Wenn Nalgre von der Verschwörung der Führer wußte, konnte er ohne fremde Hilfe weitermachen und sie nacheinander ausschalten. Bei all den neuen Sklaven in den Käfigen fiel es mir schwer, einen Führer zu finden. Die meisten Sklaven kämpften energisch um gute Schlafstellen und um das Essen, sie beschützten ihre Mädchen und kämpften sich nach vorn, wenn Jagdgesellschaften zum Auswählen kamen. Tulema mußte aber erst wieder zu Kräften kommen, ehe ich es riskieren konnte, sie mit auf die Jagd zu nehmen. Solange der Vorrat an Sklaven groß genug war, mochte es Nalgre gleichgültig sein, wie wir uns den Blicken der Jagdgäste entzogen; solange für die Kunden genug willige Sklaven da waren, machte er sich keine Gedanken über die wenigen Sklaven, die nie an die Reihe kamen.

Aber auch hierfür gab es eine Lösung, wenn es nicht mehr anders ging. Eines Morgens wurde ein sehr alter Sklave ins Freie gezerrt, an einen Holzpfahl gebunden und vor aller Augen zu Tode gepeitscht. Tulema verfolgte die Szene mit starrem Blick; sie schien daran zu denken, daß ihr eines Tages das gleiche Schicksal blühen mochte.

Ja, das passierte mit den Sklaven, die zu alt oder zu feige für die Jagd waren. Es sei denn, sie wurden als Haussklaven zum Saubermachen und Kochen eingesetzt wie die alte Miglish und ihre Freunde.

»Dir wird es ebenso ergehen, Tulema, wenn du weiter nur Dilse ißt.«

»Die Peitsche ist vielleicht besser als die Menschenjagd.«

Ich schüttelte den Kopf. »Du kommst mit, sobald du wieder bei Kräften bist. Allerdings gibt es nur noch wenige Führer.«

»Sie wissen, wann Kunden kommen. Wer kann es ihnen verübeln, wenn sie möglichst wenig Zeit bei den Sklaven verbringen wollen?«

Tulema hatte also etwas Zeit, zuzunehmen und den halbverhungerten Ausdruck aus ihren Augen zu vertreiben. Und dann ertönte eines Tages wieder das laute Hornsignal, und die Sklaven eilten an das Lenkholzgitter. Ich blickte Tulema an, und sie wich erschrocken zurück, aber sie war nun so kräftig und wohlgenährt, wie es an diesem schrecklichen Ort nur möglich war – und ich konnte nicht mehr warten.

Draußen auf der Lichtung stand Nalgre mit seiner Peitsche und unterhielt sich angeregt mit einigen Gästen. Ich erkannte einen der Männer; es war der dicke Notor mit dem aufgedunsenen Gesicht, der bei Lilahs Flucht die Jagd geführt hatte. Nalgre unterhielt sich mit ihm.

»Wirklich seltsam, Notor Trelth!«

»Und du hast keine Erklärung dafür, Nalgre! Wir mußten weit reiten, sehr weit, und in Schluchten und auf Hängen herumklettern. Ich hatte mir eher vorgestellt, daß wir unser Wild auf der Ebene erlegen.«

»Warum versuchst du es diesmal nicht im Dschungel, Notor Trelth?« fragte Nalgre beflissen und unterwürfig.

»Ich will darüber nachdenken«, erwiderte der hochherrschaftliche Notor Trelth.

»Der Führer ist hier«, flüsterte Tulema.

»Gut.« Ich drehte mich nach dem schlanken jungen Mann mit dem dunklen Haar um, der sein Leben für uns wagen wollte. Ich sah ihn in einer Gruppe von Sklaven stehen und drängte mich mit Tulema nach vorn. Ob er uns nun mitnahm oder nicht – er sollte die schlimme Wahrheit erfahren.

10

Natürlich glaubte er mir nicht, sondern lachte nur. Er hieß Inachos und war so jung und athletisch wie die anderen Führer. Auch sprang er etwas ungeduldig mit mir um.

Wir hatten keine Zeit gehabt, in den Höhlen mit ihm zu sprechen, denn die Auswahl der Jagdopfer war ziemlich schnell vor sich gegangen, und in dem entstehenden Durcheinander waren Tulema und ich mit den übrigen ins Freie gestoßen worden. Diesmal waren wir achtzehn, eine ziemlich große Gruppe, und erst als wir uns in der Sklavenbaracke zur Ruhe gelegt hatten, ergab sich die Gelegenheit, unter vier Augen mit Inachos zu sprechen.

»Du redest Unsinn. Kein Führer würde sich so übertölpeln lassen.«

»Das hatte ich auch angenommen. Aber es ist passiert – dreimal – das weiß ich bestimmt.«

»Und du hast niemandem davon erzählt?«

»Es wäre unklug, die Sklaven nervös zu machen. Ihr Schicksal liegt in den Händen der Führer. Du mußt in euren Dörfern Bescheid geben und deine Leute warnen.«

Er musterte mich mit prüfendem Blick. »Ich glaube dir nicht. Aber eine Warnung nehme ich gern an.«

»Ich werde die ganze Nacht wachen«, versprach ich.

»Wenn du möchtest.«

Ein allzu stolzer, allzu selbstbewußter Jüngling, sagte ich mir, ein Mann, der sich nicht vorstellen kann, daß sich im rosa Mondlicht ein Mörder verstohlen an ihn heranschleicht.

Inachos spielte am nächsten Morgen seine Rolle als unterwürfiger Sklave, als wir das üble Vorspiel zur Jagd durchmachten. Mit Tulema, die ich an der Hand hielt, wich ich Inachos nicht mehr von der Seite. Wenn er mich schon nicht ernst nahm, wollte ich wenigstens heute nacht gut auf ihn aufpassen.

Nalgre kam in unsere Nähe, und Inachos erstarrte, aber der Sklavenmeister versetzte mir einen leichten Peitschenschlag – den ich gelassen hinnahm. Dann wandte er sich um, als Notor Trelth ihm etwas zurief. Inachos entspannte sich. Er schien irgendwie enttäuscht zu sein. Er tat mir leid.

Kurz darauf marschierten wir los. Inachos sagte, wir würden nach Norden durch den Dschungel wandern und zur Küste vorstoßen, wo wir uns Hoffnung machen könnten, von Fischern von der Äußeren Faol-Insel gerettet zu werden. Ich erinnerte mich an eine Bemerkung, daß der Dschungel im Norden wenig Fluchtmöglichkeiten biete, doch Inachos kannte sein Geschäft, und Boote und Fischer – das klang doch sehr gut, besser als ein langer Marsch über eine Ebene, die wenig Schutz bot.

Als wir auf dem Dschungelpfad etwa einen halben Dwabur zurückgelegt hatten, ließ Inachos halten und führte uns zu seinem Versteck mit Kleidung, Nahrung und Messern. Ich schnitt eine Grimasse, zog die Schuhe an und nahm das billige Messer zur Hand. Von meinen bisherigen Ausflügen wußte ich, daß die Jäger uns nicht vor dem nächsten Tag verfolgen würden. Als Ruheplatz wählte Inachos einen Baum an einem kleinen sumpfigen Fluß, und wir schlugen unser Lager auf. Er reichte uns den Wein, und meine Leidensgenossen leerten gierig die Lederflaschen. Tulema war erschöpft. Sie hatte sich mit dem Rücken an einen Baumstamm gelehnt und leckte sich den letzten Palinesaft von den Fingern. Ich brachte ihr eine Weinflasche, und sie trank durstig. Inachos rief: »Trink du doch auch, Dray Prescot! Du brauchst es.«

»Ich mag Wein«, sagte ich leise. »Aber Tee ist mir lieber.«

»Trink«, sagte er.

Tulema hatte noch einige Tropfen in der Lederhaut übriggelassen, und um Inachos einen Gefallen zu tun, der viel riskiert hatte, um den Wein in das Versteck zu schmuggeln, trank ich den winzigen Rest, tat aber, als trinke ich noch weiter. Inachos lachte leise.

»Morgen durchqueren wir den Dschungel. Dann suchen wir uns ein Boot. Und heute nacht schlafen wir ungestört! Die Jäger brechen erst am Morgen auf.«

Wir versuchten uns vor den nächtlichen Waldbewohnern zu schützen. Es gibt auf Kregen nur wenige Schlangen, die außerdem ziemlich ungefährlich sind – bis auf ein ganz besonderes Ungeheuer, von dem ich später berichten werde –, aber es gab andere Gefahren, so daß wir mit Lianen, harten Dornen und in den Boden gerammten Holzstücken eine Art Palisade um unseren Baum bildeten. Die meisten Sklaven gähnten bereits und banden sich mit Lianen an ihren Schlafplätzen fest. Tulema war längst eingeschlafen. Inachos machte es sich auf einem Ast bequem, der etwas tiefer lag, und sagte, wir müßten morgen früh weiter.

Die Jungfrau mit dem Vielfältigen Lächeln goß ihr unheimliches bleiches Licht über das Laub. Ich schlief nicht, sondern achtete auf Inachos den Führer, der wie ein dunkler Fleck auf dem Ast unter uns lag.

Dann fielen auch mir die Augen zu.

Wie lange ich dort auf dem Ast gehockt hatte, weiß ich nicht mehr. Ich weiß nur noch, daß ich mir ständig eines wichtigen Grundes bewußt war, warum ich diese Nacht wach bleiben mußte. Ich hatte schon bei meinen bisherigen Ausflügen immer gut geschlafen, wenn es mir auch bei der Flucht mit dem Vollerhändler Latimer gelungen war, den größten Teil der Nacht wachzubleiben. Schläfrig öffnete ich die Augen und blickte hinab.

Inachos saß nicht mehr auf dem Ast.

Ich war sofort hellwach.

Ich machte seine Gestalt aus, die vorsichtig am Baum hinabkletterte und dabei aus einer hölzernen Phiole dunkle Tropfen auf das Holz spritzte – ein Gefäß, das ich für einen Stock gehalten hatte. Er gab sich Mühe, die dunklen Tropfen gut zu verspritzen, aber er schien sich ansonsten nicht vorzusehen. Offenbar hatte er keine Angst, die Sklaven zu wecken.

Lautlos löste ich die Ranken, mit denen ich mich festgebunden hatte, und kletterte hinter ihm in die Tiefe. Er sprang geschickt auf den dichten Laubboden des Waldes und lief hastig über den Pfad, den wir morgen früh benutzen sollten. Ich nahm vorsichtig die Verfolgung auf.

Nach einigen Minuten erreichten wir eine Lichtung, an deren Rand ich in Deckung ging. Inachos stand mitten auf der Lichtung und war in das strahlende Licht der Jungfrau mit dem Vielfältigen Lächeln getaucht. Über ihm erschien lautlos ein Flugboot.

Weitere Beweise brauchte ich nicht. Der Mann im Flugboot

brauchte sich gar nicht erst herauszulehnen und Inachos zuzurufen: »Ho, Inachos! Heute abend trinke ich aber gehörig!«

Und Inachos brauchte nicht zu antworten: »Ich auch! Diese Arbeit macht durstig. Diese miesen Yetches stanken barbarisch!«

Nein, ich brauchte nicht erst diese Worte zu hören, um zu erkennen, was für ein leichtgläubiger Dummkopf ich gewesen war! Plötzlich paßte alles zusammen.

Mit mächtigen Sätzen rannte ich auf die Lichtung und schaltete Inachos mit einem gewaltigen Schlag in den Nacken aus. Bevor der andere reagieren konnte, hechtete ich durch die Luft, griff das Flugboot an und zerrte ihn auf den Dschungelboden herab.

Trotz meiner Wut, das schwöre ich, wollte ich die beiden nicht umbringen, denn ich wollte sie natürlich verhören.

Aber Inachos mußte einen dünnen Schädel gehabt haben, oder ich hatte meinen Schlag zu heftig geführt. Als ich den Flugbootpiloten umdrehte, sah ich einen Dolchgriff aus seiner Brust ragen. Beim Sturz mußte ihm die Klinge, mit der er mich angreifen wollte, zwischen den Rippen hindurchgeglitten sein. Ich stieß einen lästerlichen Fluch aus und zerrte das Messer aus der Wunde.

Die Führer wurden also nicht im Auftrag Nalgres ermordet. O nein! Nalgre heuerte die Führer selbst an! Sie kamen in die Höhlen und erzählten den Sklaven, sie würden sie in Sicherheit bringen, und die armen Dummköpfe rannten fröhlich und voller falscher Hoffnungen in ihr Verderben. In der ersten Nacht verkrümelte sich der Führer, und sie waren eine leichte Beute für das große Jikai! Wie schlau das eingefädelt war, um die Sklaven zur Flucht anzuhalten! Ohne Hoffnung mochten sie zwar auch fliehen, aber es würde keinen solchen Spaß machen. Was für eine Perfidie!

Die Führer gaben den Opfern einen Grund zur Flucht. Sie lebten in dem Wahn, mit einem ganzen Tagesmarsch Vorsprung hätten sie eine Chance. Und plötzlich ging mir ein weiterer Grund für das schlimme Tun auf. Die verschiedenen Sklavengruppen ließen sich auf diese Weise in verschiedene Gebiete der Insel lenken. So wurde vermieden, daß mehrere Jagdgruppen aneinandergerieten.

Je mehr ich über das niederträchtige System nachdachte, desto klarer wurde mir seine Eleganz und Einfachheit – und die Grausamkeit des Spiels.

Während ich so über die diabolischen Gedankengänge des Kovs von Faol und seines Sklavenmeisters Nalgre nachdachte, schritt ich im Mondlicht auf und ab.

Dann kehrte ich zu dem Baum zurück, in dem meine Leidensgenossen fest schliefen.

Und das war der letzte Beweis. Der Wein, den uns die Führer großzügig zur Verfügung stellten, enthielt ein Schlafmittel. Die Führer standen einfach auf, spazierten davon und wurden von einem Flugboot an Bord genommen.

Schließlich mußte ich die Sklaven losbinden und schlafend zum Flugboot bringen. Das Fahrzeug war eben groß genug, um alle achtzehn aufzunehmen, wenn es auch ziemlich eng wurde.

Ich erinnerte mich an die Flugstunden, die Delia mir gegeben hatte, zog das Flugboot in die Luft und ließ es dicht über den Baumwipfeln dahinfliegen. Ich mußte sofort handeln; es wäre Wahnsinn gewesen, bis zum Morgen zu warten. Und morgen früh würden die vornehmen Jäger keine Opfer finden, keine Beute für ihre Menschenjäger, keine Ziele für ihre Pfeile oder Schwerter.

Als schließlich Havil und Far über dem Dschungel aufstiegen, steuerte ich das Flugboot in eine Lücke zwischen den Bäumen. Unter uns strömte langsam ein Fluß dahin, ein breiter bräunlicher Strom mit flachen Ufern und schuppigen Wasserrisslaca, die nachts auf die Jagd gingen. Wenigstens jagten sie nur, um ihren Hunger zu stillen!

Ich ließ das Flugboot über dem braunen Wasser dahingleiten und fand schließlich eine günstige Stelle, wo der Dschungel die lose Erde überwuchert und eine überdachte Fläche geschaffen hatte. Mit einiger Mühe steuerte ich den Voller unter das Blätterdach. Das Flugboot sah etwas anders aus als die Maschinen, die ich in Vallia und Zenicce gesehen hatte; es wirkte weitaus stabiler und hatte Lenkholzplanken und bronzene Stoßkanten; nur die blütenblattähnliche Grundform war auch hier vorhanden.

Ein glatzköpfiger Gon aus unserer Gruppe rollte sich schnarchend herum und stieß einen Fristle in die Seite; stöhnend und gähnend begann die ganze Sklavengruppe zu erwachen.

Ich ließ die Leute zunächst allein und ging zum Flußufer hinunter. Ringsum erstrahlte der kregische Dschungel in voller Pracht. Mondblumen öffneten ihre äußeren Blütenblätter, rote und gelbe und orangefarbene Blumen verschiedener Formen bereiteten sich auf den Tag vor. Ich hätte mich am liebsten in das Wasser gestürzt, was aber nicht empfehlenswert gewesen wäre. Die Risslaca waren hungrig. Ich schöpfte eine Handvoll Wasser und benetzte mir damit Gesicht und Körper – im nächsten Augenblick hörte ich ein bösartiges Krächzen über meinem Kopf und blickte auf.

Über mir schwebte der Gdoinye, die Flügel in der Morgenbrise ausgebreitet, die über den Fluß heranstrich. Sein Kopf war geneigt. Ein herrlicher Anblick im Mischlicht der aufsteigenden Sonnen.

»Du bist ein Dummkopf, Dray Prescot!«

»Das hast du mir schon einmal gesagt, am Strand in Valka!«

»Noch lassen wir dich mit deinen kleinen Spielchen gewähren. Wir hoffen, daß du dich amüsierst. Noch ist es Zeit.«

»Zeit wofür? Ich spiele hier keine Spielchen! Warum zwingt ihr mich gegen meinen Willen bei *euren* Spielchen mitzu . . .«

»Wir handeln aus Gründen, die du nicht verstehst, Dray Prescot. Wenn du erwachsen wirst, besitzt du vielleicht auch ein Gehirn, das die einfachen Tatsachen des Lebens auf diesem Planeten begreift. Im Augenblick bist du nicht viel mehr als ein kleines Kind, wie uns deine Streiche hier auf Faol gezeigt haben.«

»Streiche!« brüllte ich. »Ich habe zu tun versucht, was ich für richtig halte – ohne jede Hilfe von euch! Woher soll ich wissen . . .«

»Wenn du Yaman erreichst, findest du vielleicht Antworten, die es in Aphrasöe nicht gibt.«

»Ich habe nicht darum gebeten, nach Kregen zu kommen! Aber da ich nun mal hier bin, möchte ich mein Geschick selbst bestimmen! Wenn ihr meine Hilfe wollt, müßt ihr . . .«

Aber der Gdoinye hatte genug von meinem Gebrüll und entfernte sich mit schnellem Flügelschlag – der herrlich anzuschauende Bote der Herren der Sterne, die ich in diesem Augenblick am liebsten zwischen den Fäusten zermalmt hätte.

Sekunden später war das Tier nur noch ein schwarzer Punkt im Schein der Sonnen.

Ich verfluchte es aus tiefstem Herzen.

Aber natürlich blieb mir nichts anderes übrig, als zu tun, was mir die seltsamen Wesen befohlen hatten, und Tulema in Sicherheit zu bringen. Danach . . . ja, ich erkannte, daß ich mich danach nicht sofort um die rotgekleideten Todalpheme und die Vollers kümmern konnte, daß ich nicht sofort nach Vallia hasten durfte, sondern daß es mir aufgegeben war, zunächst noch einmal in die vergitterten Sklavenhöhlen Faols zurückzukehren, um den Sklaven die Wahrheit zu sagen. Ich mußte dem Kov von Faol und Nalgre ein für allemal das Handwerk legen.

Als ich in den geschützten Winkel weiter oben am Fluß zurückkehrte, hatten die Sklaven das Flugboot verlassen und brachten ihre Verwunderung lautstark zum Ausdruck. Außer Tulema und mir war nur noch ein Mensch in der Gruppe; die übrigen waren Halblinge verschiedener Rassen. Der junge Mann, der in den Höhlen gut zu essen bekommen hatte, hielt sich abseits und sagte wenig. Er gab sich als Nath aus, aber ich glaubte ihm nicht. Er hatte rotes Haar und mochte deshalb aus Loh kommen. Auf Befragen eines Brokelsh hatte Nath behauptet, er stamme aus Thothangir, was ich ihm aber ebenfalls nicht abnahm.

Nath na Thothangir kam nun mit einem der Schwerter des Führers auf mich zu.

»Wo sind wir, Dray Prescot? Wie sind wir hierhergekommen?«

Ich rief die übrigen Sklaven zusammen und erzählte ihnen, was geschehen war. Wie ich nicht anders erwartet hatte, waren sie außer sich vor Wut, und ihr Zorn richtete sich besonders gegen die Führer – wegen ihrer Heimtücke und Herzlosigkeit.

Wir hatten nun ein Flugboot zur Verfügung, und die Sklaven begannen sich bald darum zu streiten, wohin wir fliegen wollten.

»Wohin möchtest du, Tulema?« fragte ich schließlich. »Wo liegt dein Zuhause?«

Sie lachte, und Tränen standen ihr in den Augen. »Ich habe keine Heimat, seit ich aus Herrell entführt wurde, und dorthin möchte ich nicht zurück. Wohin du ziehst, Dray Prescot, da will auch ich hinziehen!«

11

Ich starrte Tulema an, die aus Herrell stammte. Ihre Worte waren offensichtlich ehrlich gemeint.

Aber ich konnte sie nicht mitnehmen. Was hatte der Gdoinye gemeint, als er sagte, ich machte hier auf Faol meine Spielchen, und meine Streiche hätten die Everoinye amüsiert? Wenn ich Tulema für die Herren der Sterne retten sollte – hieß das, ich sollte sie mit nach Vallia nehmen?

Was würde Delia dazu sagen?

Aber diese Frage beantwortete sich eigentlich von selbst. Keine andere Frau auf zwei Welten bedeutet mir auch nur annähernd soviel wie Delia. Trotzdem hatte ich hier eine Aufgabe, ich mußte für Tulema sorgen – weil sie jung und verängstigt und allein war.

Es war vermutlich am klügsten, kein weiteres Wort über unser Ziel zu verlieren – allerdings war das auch der Ausweg eines Feiglings, so daß mir diese Entscheidung nicht leichtfiel. Aber dann machte ich mich an die Arbeit. Ich mußte den Halblingen eine klare Entscheidung vorsetzen, sonst begannen sie wegen des Reiseziels noch Streit.

Die einzige Rechtfertigung, die ich für meine Handlungsweise vorbringen kann, lag einfach in der Tatsache, daß die Halblinge nicht die Herren der Sterne am Hals hatten.

Soweit sie überhaupt einen Hals besaßen! Ein Sammly, der aus dem fernen Quennohch kam, hatte zum Beispiel gar keinen Hals. Aber er war ein gutmütiger Bursche, der sich damit zufriedengab, an irgendeiner Stelle in Havilfar abgesetzt zu werden. Er konnte sich dort auf einem der regulären Vollerdienste eine Passage nach Hause verdienen.

»Weiß jemand«, fragte ich in das Stimmengemurmel, »wie man nach Hyrklana kommt?«

»Ich«, sagte der junge Mann, der sich Nath na Thothangir nannte.

»Dann fliegen wir dorthin. Wenn jemand vorher aussteigen möchte, ist das natürlich möglich.«

Bei Zim-Zair! sagte ich mir. Ich bin ja ein richtiger Reiseunternehmer!

In diesem Augenblick versetzte mir Tulema einen Schlag ins Gesicht.

»Du willst nach Hyrklana?« kreischte sie, ehe ich mich von meiner Überraschung erholen konnte. »Du hast es auf die blonde Lilah abgesehen, die sich Prinzessin nennt!«

»Beim Schwarzen Chunkrah! Haben wir denn sonst noch Freunde in Havilfar, wenn du schon nicht wieder nach Hause willst?«

Ich wollte mich überzeugen, ob Lilah wirklich unversehrt heimgekehrt war; aber das sagte ich ihr natürlich nicht.

Sie schien in diesem Augenblick meine Warnung wegen der Führer vergessen zu haben; sie vermutete selbstverständlich, daß Lilah und auch die anderen gejagten Sklaven entkommen waren.

Ohne mich auf weitere Diskussionen einzulassen, ging ich zum Flugboot, und wir aßen von unseren geringen Vorräten und tranken Flußwasser. Dann rief ich: »Ich starte jetzt! Wer mitkommen will, soll an Bord gehen!« Und das genügte, um alle augenblicklich ins Flugboot zu locken. Man machte es sich mit viel Hin und Her bequem, während ich den Voller über den Fluß steuerte und schließlich in den Himmel zog.

Nath na Thothangir, der neben mir an den Kontrollen saß, lenkte uns nach Südosten. Aber zuerst mußten wir uns in Richtung Osten halten, denn wir hatten keine Lust, direkt über die Sklavengehege zu fliegen, was eine sofortige Verfolgung durch andere Flugboote ausgelöst hätte.

»Hyrklana liegt an der Ostküste Havilfars, ein großes und mächtiges Königreich«, sagte Nath mit einer Verbitterung, die ich nicht verstand und über die ich auch gar nichts wissen wollte. Mit einem schnellen Seitenblick auf mich fügte er hinzu: »Das Dopa-Tanzmädchen. Sie hat da einen Namen genannt . . .«

»Na und?«

»Sie hat von Prinzessin Lilah gesprochen. Kennst du sie? Fliegst du ihretwegen nach Hyrklana?«

»Mag sein.« Ich hatte keine Lust, mich dem jungen Mann anzuvertrauen.

»Du wirst es bereuen, unaufgefordert nach Hyrklana zu kommen. Wie in Hamal gibt es dort viele Arenen, die ständig neue Opfer suchen.«

»Wir werden sehen.«

Und mit dieser herablassenden Antwort mußte sich der rothaarige junge Mann, der sich Nath na Thothangir nannte, zunächst zufriedengeben.

Wir überquerten eine Meerenge und ließen Faol hinter uns zurück. Nach kurzer Zeit breitete sich eine neue Landmasse unter uns aus, die Nath Hennardrin nannte. Wir bogen ab und flogen an der Küste entlang nach Süden. Am Spätnachmittag passierten wir den Weißen Felsen von Gilmoy – wenn es Lilah geschafft hatte, mußte sie dem Kurs gefolgt sein, den wir nun einschlugen.

Nath begann unruhig zu werden, als uns der Südkurs über Land führte. Unter uns breitete sich dichter Wald aus, da und dort von Lichtungen durchsetzt, auf denen Ortschaften lagen. Bisher hatte noch niemand den Wunsch geäußert, abgesetzt zu werden. Da wir alle hungrig und durstig waren, kündigte ich an, daß wir bald landen würden, um uns das Abendessen zu erjagen.

Einer der Halblinge drängte sich durch die Gruppe der Sklaven und glättete sich das gelbe Fell um Augen und Mund. »Wenn du noch vier oder fünf Dwaburs auf diesem Kurs bleibst«, sagte er aufgeregt, »erreichst du eine schöne Stadt an einem großen orangefarbenen Fluß. Die Stadt ist Ordsmot. Dort finden wir genug Nahrung und Wein. Weißt du«, sagte er, und ich spürte eine große Erleichterung, »ich bin nämlich Dorval Aymlo aus Ordsmot!«

Stimmen erhoben sich, die diese Mitteilung willkommen hießen. Dorval Aymlo gehörte einer Rasse von Halblingen an, die manchmal Lamniarese oder Lamnias genannt wird und von der ich wenig wußte. Nicht daß ich dem Mann mißtraute, *Ord* ist das kregische Wort für Acht, und *smot* ist eine große Stadt, so daß ›Achtstadt‹ vermutlich in acht große Sektionen unterteilt war, in denen jeweils eine andere Rasse zu Hause war.

»Einverstanden«, sagte ich schließlich. »Und vielen Dank, Horter Aymlo.«

Horter ist das havilfarische Gegenstück zur vallianischen Anrede Koter – oder Herr.

Das Flugboot raste in der zunehmenden Dunkelheit dahin. Wir hatten seit unserem Start eine ziemlich große Entfernung zurückgelegt, und ich stellte fest, daß dieser Voller weitaus schneller flog als die Boote, die ich bis jetzt kennengelernt hatte. Auch hatte ich den Eindruck, als wäre dieses Boot nicht ganz so störanfällig wie die Flugboote, die von den Havilfarern an Vallia und Zenicce und andere überseeische Kunden verkauft wurden.

Tulema machte mich auf die große Flußbiegung aufmerksam, die im rosa Licht der aufsteigenden Jungfrau mit dem Vielfältigen Lächeln schimmerte. Eine kreisförmige Masse funkelnder Lichter, von vier gewaltigen Straßenzügen unterteilt, die das Gebiet nach Art von Wagenspeichen in acht Teile trennten, zeigte uns, wo Ordsmot zu finden war. Ich folgte Aymlos Anweisungen und näherte mich einer Enklave am Fluß. Die Lichter stiegen rings um uns empor. Die dunklen Umrisse von Bäumen huschten vorbei, und ich verlangsamte das Tempo. Gebäude glitten unter uns dahin.

»Dort!« sagte Dorval Aymlo und deutete über meine Schulter. »Dort am Turm neben den Lagerhäusern und dem herrlichen Haus.«

Seinen Worten und seinem Tonfall entnahm ich, daß er auf sein Anwesen deutete.

Wir landeten auf einem Hof, der auf drei Seiten von Gebäuden umgeben war, während die vierte Seite von dem Fluß begrenzt wurde. Türen gingen auf, Lichter blitzten und Aymlo erhob die Stimme: »Ich bin es! Dorval Aymlo! Ich bin wieder da, meine Kinder! *Ich bin wieder zu Hause!*«

Ich weiß, wie ihm zumute war, und bin sicher, daß die anderen an Bord ebenso empfanden. Wie sehr wir uns danach sehnten, dieselben frohen Worte zu rufen!

Ich kletterte hinaus, und Aymlo, der eigentlich als nächster an der Reihe war, wurde von Tulema zur Seite geschoben. Sie ließ mich nicht mehr aus den Augen. Ich stand auf dem festgestampften Lehmboden des Hofes und atmete den herrlich süßen Duft der Nachtblumen ein, und ich sah Leute vom Haus auf uns zulaufen. Sie trugen Fackeln, die die Nacht zunehmend erhellten.

»Ich bin es, Dorval Aymlo!« rief der Lamnia erneut.

Er setzte sich in Bewegung.

Der junge Nath stand neben mir. In seiner Hand funkelte ein Schwert des Führers. Ich hatte das andere Schwert Inachos' an mich genommen. Nath fluchte.

»Der Dummkopf! Sieht er nicht, daß sie Waffen tragen?«

Und wirklich – im flackernden Licht der Flammen funkelten Speerspitzen in den Händen der Männer, auf die Aymlo mit erhobenen Armen zulief.

Und eine Stimme erklang, eine harte, brutale Stimme.

»Aye! Wir wissen, daß du Dorval Aymlo bist! Dieses Haus und das Geschäft gehören dir nicht mehr! Ich bin Rafer Aymlo, dein Neffe, und dies sind meine Männer. Haus und Geschäft gehören längst mir! Du alter Dummkopf – du und alle, die bei dir sind, werden jetzt sterben! Tötet sie – alle!«

12

Als Dorval Aymlo einen ersten schrillen Schrei des Entsetzens und der Verzweiflung ausstieß, sprang ich mit gesenktem Schwert los. Die ganze Sache ging mich zwar nichts an, aber der alte Lamnia war so glücklich gewesen, und er war ein freundlicher alter Mann – und jetzt dies!

In diesem Augenblick stolperte Aymlo und stürzte – und das rettete ihm das Leben, denn schon sauste ein Speer über ihn dahin. In der nächsten Sekunde hatte ich zugestoßen und wandte mich schon dem nächsten Speer zu, hieb in das pelzige Gesicht eines Lamnias, der mich angriff.

Nath kämpfte an meiner Seite mit einer Serie überlegter, aber ziemlich heftiger Hiebe und Stöße. Ich warf mich den anderen Lamnias entgegen, die uns entschlossen töten würden, wenn sie nicht daran gehindert wurden. In der Gruppe kämpften auch Rapas und Menschen, die im allgemeinen mit den Waffen geschickter umgehen konnten als die Lamniarese. Gleich darauf bemerkte ich drei Rapas an meiner Seite, die einige fehlgegangene Speere an sich genommen hatten – geflohene Sklaven, meine Helfer! Wir begannen die Angreifer zurückzuwerfen, und bald hallte der Hof wider vom schrillen Kampfgeschrei, dem Klirren der Waffen, dem Scharren der Füße, dem Stöhnen der Verwundeten und Sterbenden.

Die Wildheit unseres Gegenangriffs machte unseren Gegnern zu schaffen. Einer unserer Brokelsh wurde von einem Speer getroffen, aber weitere Verluste erlitten wir nicht. Unsere Gegner flohen. Dorval Aymlo stand auf und hob entsetzt die Hände. Die Jungfrau mit dem Vielfältigen Lächeln schwebte über den Dächern.

»Bei Opaz dem Allmächtigen!« rief Aymlo. »Was ist das für ein Teufelswerk?«

Ein Rapa lachte unangenehm und wischte seinen Speer an der Kleidung eines toten Rapa ab. »Ganz einfach, alter Dummkopf. Dein niederträchtiger Neffe hat dir dein Zuhause und deine Waren gestohlen und hätte dich auch umgebracht, um sie zu behalten.«

»Warum? Warum?« sagte Dorval Aymlo betrübt. »Eines Tages hätte er ohnehin alles bekommen. Diese Tat hat ihn nur ins Unglück gestürzt. Sieh, dort liegt Rafer Aymlo – blutüberströmt und tot.«

Da lag der ungetreue Neffe; sein Hals wies eine klaffende Wunde auf. Ich hatte ihn nicht niedergestreckt; also mußte es der rothaarige junge Mann gewesen sein, der offenbar doch ziemlich gut mit seinem Schwert umzugehen wußte.

Nun eilten wir in das große Haus und stießen dort auf verschiedene weibliche Lamnias, die sich hastig bemühten, den gestohlenen Reichtum Dorval Aymlos zusammenzupacken und fortzuschaffen. Wir hinderten sie daran. Dorval Aymlo wollte nichts von Rache wissen. Wir entdeckten seine Frau und seine sechs Kinder, die in einem schmutzigen Kellerraum gefangengehalten wurden. Es gab ein begeistertes Wiedersehen. Die Sklavengruppe ließ die wiedervereinte Familie allein und machte sich auf die Suche nach Nahrung und Getränken. Dorval Aymlo schien eine ziemlich große Handelsfirma zu besitzen und war offenbar ein reicher Halbling. Sein Neffe hatte ihm eine Falle gestellt und ihn als Sklaven verkauft, und er war auf Faol gelandet, wo er auf dem großen Jikai sterben sollte. Jetzt war er wieder zu Hause und verwöhnte uns mit seiner Gastfreundschaft.

Am nächsten Tag mußten wir überlegen, was wir tun wollten. Von Ordsmot konnten viele ehemalige Sklaven in ihre Heimat reisen, und Aymlo gab ihnen großzügig Geld für die Rückfahrt – breite Golddeldys, die havilfarische Münze, die dem vallianischen Talen entspricht.

Aymlos Nachbarn eilten herbei, um ihn zu beglückwünschen, denn er war ein freundlicher Mann, den alle mochten. Zu den zehn Männern, die von der guten Nachricht angelockt wurden, gehörte auch ein großer, gutgewachsener Mann mit einem freundlichen und ehrlichen Gesicht und einem gepflegten Schnurrbart. Es war schwer zu sagen, wie alt er war.

Er hieß Tom Dorand ti Ordsmot, und er interessierte sich auffällig für Tulema. Er unterhielt enge Geschäftsbeziehungen mit Aymlo, und während er den alten Lamnia zu seiner Flucht beglückwünschte und zugleich die ersten neuen Geschäfte mit ihm abschloß, richteten sich seine Augen immer wieder auf Tulema. Sie bemerkte sein Interesse sofort und reagierte mit dem Instinkt der Frau. Sie unterhielt sich angeregt mit mir, ohne mir zuzuhören, und warf immer wieder lachend das Haar aus der Stirn, sie streckte sich nach einem Glas Wein oder einer Miscil oder einer Paline. Wir alle hatten gründlich gebadet und waren von Kopf bis Fuß neu herausgeputzt. Tulema sah bezaubernd aus, und das Lampenlicht schimmerte sanft auf ihrem Haar und in ihren funkelnden Augen.

Erleichtert zog ich mich zurück und ließ der Natur ihren Lauf, die auf Kregen ebenso zu wirken wußte wie auf der Erde.

Vorsichtshalber machte ich mir die Mühe – eigentlich keine Mühe, sondern einfache Freundespflicht –, mich nach Tom Dorand zu erkundigen. Er war ein anständiger Bürger Ordsmots, in allen acht Bezirken gleichermaßen angesehen. Er unterhielt ein Transportgeschäft, und zwar auf dem orangefarbenen Fluß. Er und Aymlo hatten früher sehr eng zusammengearbeitet, und beide hatten Vorteile davon gehabt.

Nachdem alle Halblinge, die ich vor den Menschenjägern gerettet hatte, weitergereist waren und nachdem ich Tulema nun fast los war, war nur noch Naths Schicksal ungeklärt.

»Mir ist es gleichgültig, wohin ich ziehe, Dray Prescot. Mach dir meinetwegen keine Sorgen, wenn ich dir auch dafür danke, daß du mir das Leben gerettet hast.«

»Und dabei wollen wir es bewenden lassen«, sagte ich.

Schließlich brachte Tulema ihr ›Problem‹ zur Sprache. Sie gab sich sehr ernst.

»Du findest es vielleicht seltsam, Dray, aber ich habe nicht umsonst in einer Dopataverne getanzt. Ich weiß, dein Herz ruht an einem Ort, den ich nicht erreichen kann.«

»Ich hoffe, daß du glücklich wirst, Tulema. Tom ist ein ordentlicher Mann.«

Sie errötete. »Oh, du weißt also Bescheid?«

Ich lächelte.

»Ich wollte dir nicht weh tun«, fuhr sie fort. »Aber ich kenne mich soweit aus in dieser Welt, um eine Chance zu erkennen, wenn sie mir geboten wird. Du liebst mich nicht, und ich liebe dich auch nicht. Ich werde Tom heiraten. Vorsichtshalber werde ich aber nur einen kleinen Vertrag eingehen. Ich werde glücklich sein. Ihm gehören viele Barken, und er will auch ins Vollergeschäft einsteigen. Und Dorval Aymlo ist reich und unser Freund.«

»Opaz möge dir gewogen sein, Tulema.«

Mir wollte scheinen, daß ich die Wünsche der Herren der Sterne nun erfüllt hatte. Ich fragte mich, wie ein Barkeneigner – der ins Vollergeschäft umsteigen wollte – eine Bedeutung gewinnen konnte, die ihn ins Blickfeld der Herren der Sterne rückte! Ich mühte mich hier doch sicher nicht ohne guten Grund ab! Sie hatten gewollt, daß Tulema gerettet wurde – und sie war nun mit Tom Dorand tu Ordsmot verlobt und würde zweifellos Kinder, wahrscheinlich Zwillinge, bekommen, und sicher waren die Herren der Sterne an diesen Kindern interessiert.

Meine Aufgabe schien also erledigt zu sein. Ach, was war ich doch für ein simpler Onker in jenen fernen Tagen!

Dorval Aymlo drängte mich, noch in seinem Haus zu verweilen, und schließlich lud man mich auch zur bevorstehenden Hochzeit ein, so daß ich mich bereit erklärte, noch zwölf Tage zu bleiben – zwei kregische Wochen. Dann zurück nach Vallia!

Im Verlauf der ersten Woche kleidete ich mich in eine schöne dunkelrote Tunika, weiße Hosen und einen weißen Seidenturban – Turbane waren in Ordsmot die große Mode – und spazierte durch die Stadt. Man konnte sich ziemlich frei in den acht Bezirken bewegen und mußte nur darauf achten, daß man bei Einbruch der Dunkelheit nicht zu weit vom Bezirk der eigenen Rasse entfernt war, wenn es auch relativ selten zu Zusammenstößen zwischen den Volksgruppen kam, zu denen übrigens die Chuliks nicht gehörten.

Als ich eines Abends von meinem Spaziergang zurückkehrte, kam mir Aymlo aufgeregt entgegen. Er hatte sich prunkvoll herausstaffiert; Juwelen blitzten an seinem Turban und an seinem Gürtel, und orientalisch wirkende Sandalen zierten seine Füße. Das Haus war hell erleuchtet. »Dray!« rief er. »Dray – der Vad von Tungar besucht mich!«

Ich beglückwünschte ihn.

Tungar war meines Wissens eine große und reiche Provinz des Nachbarlandes von Ordsmot. Ordsmot war eine Freie Stadt mit eigenem gewähltem Rat und Kodifex, der im Wechsel aus jedem der acht Bezirke gestellt wurde.

»Er hat große Pläne, Dray! Ihm gehört viel Land, das er erschließen möchte. Wenn mich mein Geschäftssinn nicht sehr trügt, werden wir einige gute Abschlüsse tätigen!«

»Opaz möge über dir leuchten, Dorval, mein Freund.«

»Ohne dich wäre ich das Opfer der Menschenjäger von Antares geworden!«

»Denk nicht daran, Dorval. Das ist Vergangenheit.« Draußen entstand Bewegung. Zorcahufe klapperten, Glocken schlugen an, helle Fanfarenstöße erklangen.

Ich folgte Aymlo, der mit wehendem Gewand vorauseilte.

In mir wuchs die Entschlossenheit, mich in dieser Angelegenheit zurückzuhalten. Hier ging es um Geschäfte, und davon hatte ich in meiner Zeit als Strom von Valka und später als Prinz Majister von Vallia genug erledigt – außerdem sagte mir mein Instinkt, daß Aymlo eigene Pläne hatte. Ich stellte mich also seitlich vom Eingang auf, als der Vad von Tungar aus dem Sattel seines Zorca stieg.

Er bot einen eindrucksvollen Anblick.

Ganz in rote Seide gekleidet, mit Gold und Edelsteinen reichlich behangen, das gerade Schwert Havilfars an der Hüfte – Thraxter genannt –, so eilte er mit ausgestreckter Hand die Stufen herauf und rief: »Lahal, Dorval! Lahal! Deine glückliche Rückkehr läßt Freude in mein Herz einziehen!«

Es war Aymlos Geschäft, aber dieser Mann war ein Vad, er stand einen Rang unter einem Kov, war aber dennoch sehr einflußreich. Plötzliche Sorge überkam mich, aber dann wurde jeder andere Gedanke aus meinem Kopf verbannt, als ich Tulema in den Fackelschein treten sah. Tom Durand stand hinter ihr. Tulema sah bezaubernd aus. Sie trug ein lose herabfallendes Kleid aus weißer Seide mit roten Stickereien am Hals und am Saum, der raffiniert geschlitzt war, so daß ab und zu ihre langen Beine sichtbar wurden.

Ich blickte in ihr Gesicht. Sie starrte auf den Vad von Tungar wie ein Risslaca auf ein Loloo-Ei.

Und er hielt in seiner schwungvollen Begrüßung Aymlos wie vom Blitz getroffen inne, starrte verdattert Tulema an und hatte prompt seine Geschäfte vergessen.

So starrten sie sich an, und ich starrte sie an, und ein verhaßtes Krächzen hallte mir in den Ohren nach.

»Wahrlich, Dray Prescot, du bist ein Prinz der Onkers!«

Und die blaue Strahlung erfaßte mich, riß mich hoch, trug mich fort, und ich verschwand . . .

. . . im nächsten Augenblick spürte ich stinkendes Felsgestein unter meinem nackten Körper, nahm den durchdringenden Geruch der Sklaven wahr und wußte, daß ich wieder einmal brutal in die Sklavengehege der Menschenjäger von Faol zurückversetzt worden war.

13

Ich wollte meinen Sinnen nicht trauen. Dies mußte ein grausamer Streich der Herren der Sterne sein, um mich für meine Dummheit zu bestrafen!

Ich hatte Tulema gerettet und lange Zeit mit ihr in Ordsmot verbracht – sie *mußte* die Person sein, welche die Herren der Sterne gerettet sehen wollten. Ich lag im Gestank der Höhle und muß gestehen, daß ich der Verzweiflung noch nie so nahe gewesen war wie in diesem Augenblick.

Dann nahm ich mich zusammen. Es mußte eine Erklärung geben; ich war offenbar zu dumm, um etwas zu erkennen, das klar auf der Hand lag.

Prinzessin Lilah. Pallan Golan. Latimer der Vollermagnat. Und das Tanzmädchen Tulema.

Nun, einer der vier war die Person, die ich hatte befreien sollen.

Im nächsten Augenblick kam mir ein entsetzlicher Gedanke. Tulema hatte gesagt, sie sei die letzte von den Personen, die sich bei meiner ersten Ankunft in der kleinen Höhle aufgehalten hatten. Es gab niemanden mehr, den ich retten konnte – abgesehen von vielen hundert anderen ungewaschenen, jammernden Sklaven.

Das also war die Antwort – ich sollte *alle* befreien.

Ich dachte intensiv darüber nach, denn die Befreiung vieler Sklaven, so wünschenswert so etwas im Prinzip auch ist, kann nur mit Vorbedacht zum Erfolg führen. Wenn ich die armen Geschöpfe einfach so befreite, würden sie kreischend in den Dschungel rennen, und die Menschenjäger würden ihnen in aller Ruhe folgen. Nach kurzer Zeit mußten die Verfolgten am Ende sein und im Dschungel oder auf der Ebene verenden. Wie viele würden wirklich entkommen?

Delia und ich hatten uns geschworen, der Sklaverei auf Kregen ein Ende zu machen, weil ich annahm, daß dies zu den Wünschen der Savanti gehörte. Wie konnte mir dieser Schwur jetzt helfen?

»Bei Hito dem Jäger!« sagte eine Stimme. »Ich dachte, du wärst tot!«

Ich blickte auf, und Nath der Führer stand über mir. Er hatte verwirrt die Stirn gerunzelt. Kein Wunder, daß er mich erkannte, denn ich hatte inzwischen gebadet und mir Bart und Haare schneiden lassen, so daß ich eine gewisse Ähnlichkeit mit dem

Dray Prescot hatte, wie er zum erstenmal hier im Sklavengehege aufgetaucht war.

»Und ich habe dich auch für tot gehalten, Nath!«

Ich bezwang meinen Drang aufzuspringen und mit ihm abzurechnen, denn schließlich war es nicht ihm zu verdanken, daß Prinzessin Lilah und ich hatten fliehen können. »Du warst plötzlich verschwunden, und wir fürchteten schon, ein Leem hätte dich getötet!«

Hastig suchte er sich eine Geschichte zusammen, so daß er zunächst zu sehr mit seinen Lügengespinsten beschäftigt war, um meinen Bericht seltsam zu finden, wonach ich geflohen war, bis seltsame Tiermenschen mich aufgegriffen und schließlich hierher zurückverkauft hatten.

Nath sprach geschickt von seiner Sorge um die Sklaven und wie er es bedauert hatte, von wilden Tieren verschleppt worden zu sein, eher er sie besiegen und sich befreien konnte. Ja, wir waren sehr damit beschäftigt, uns gegenseitig Lügen aufzutischen, und dieser Umstand vermochte meine Laune doch etwas zu bessern.

»Ich möchte wieder hinaus, Nath, diesmal aber richtig!«

»Natürlich! Morgen ist eine Gruppe fällig. Du mußt uns begleiten.« Und vielsagend fügte er hinzu: »Drei Khamorros werden bei uns sein, die sehr wild sind.«

»Gut.«

Ich war entschlossen, mich wieder einer Flüchtlingsgruppe anzuschließen. Ich wollte den Führern ihr Flugboot abnehmen, wie es schon einmal geschehen war. Allerdings mußte ich darauf achten, daß ich nicht Kenntnisse über Dinge verriet, die sich nach meinem Jikai mit Nath hier ereignet hatten – vor allem nicht über das Verschwinden von Inachos dem Führer. Nath und seine Genossen und Nalgre waren hoffentlich sehr verwirrt darüber.

Tollkühne Pläne gingen mir durch den Kopf, ehe ich in tiefen Schlaf sank. Am nächsten Morgen hastete ich mit den anderen in die Eßhöhle. Anschließend sollten wir hinausgebracht und in den Sklavenbaracken auf das Jikai vorbereitet werden. Wieder schmiedete ich fantastische Pläne.

Beim Essen fiel mir ein kleiner Och mit dünnen Armen und Beinen auf, der uns nach Naths Angaben begleiten sollte. Dieser Och, ein Mann namens Glypta, wich zurück, als eine Och-Frau in die Höhle eilte und dabei abwehrend ihren Besen schwenkte. Kreischend wie eine Teufelsfledermaus aus den Höllenhöhlen von

Karsk hastete die alte Miglish-Frau hinter ihr her und hieb mit ihrem Besen auf sie ein. Geschickt setzte sie ihre Schläge, traf die Och-Frau am Kopf und stellte ihr schließlich ein Bein, so daß sie vor uns in den Dreck fiel.

»Laß das! Laß das sein, Mog!«

»Ich sorge dafür, daß Mighshaanu die Allrächende dir die Leber und die Eingeweide herausreißt. Mog legt man nicht herein! Du sollst den Tag bereuen, da du in diese Welt gekommen bist!«

Und wieder traf der Besen sein Ziel.

Es gab noch ein beträchtliches Durcheinander, ehe die kleine Och-Frau durch einen Nebenausgang verschwinden konnte. Mog stützte sich auf ihren Besen, und der seltsame Achatschimmer ihrer Augen, die hinter der Och herstarrten, ließ mir einen Schauer über den Rücken laufen, als ich mich an Tulemas Worte erinnerte, daß die alte Miglish-Frau in Wirklichkeit eine Hexe sei.

»Daran soll sie noch denken!« kreischte Mog die Migla an. »Jawohl!«

Diesmal war Tulema nicht zur Stelle, um mich zurückzuhalten.

Ich starrte Mog an.

Und da kam mir der Gedanke. Ein Gedanke, mit dem ich mich nur widerstrebend beschäftigte. Ich starrte auf die alte Schachtel, auf dieses schmutzige Weib mit den verfilzten Haaren, der gekrümmten Nase und dem entstellten Gesicht, auf dieses Monstrum von einem Halbmenschen – *das die Gesuchte sein mußte.*

Sie war hier gewesen, als ich eintraf. Tulema hatte mir das gesagt. Und sie war noch immer hier.

Mog die Hexe!

Unglaublich! Was mochte den Herren der Sterne an ihr liegen, daß sie dieses Wesen in die Außenwelt Havilfars zurückbringen wollten!

Aber so wenig ich glauben wollte, was ich so spät entdeckt hatte – ich kam nicht um die Schlußfolgerung herum. Und wenn ich alle Sklaven befreite und Mog dabei überging, dann konnte es geschehen, daß ich noch einmal hierher zurückversetzt wurde.

Ich machte mich sofort an die Arbeit, aber die Hexe prügelte nun mit ihrem Besen auch auf mich ein, spuckte mich an, zog ihre schmutzige Decke enger um ihre Schultern, als hätte ich sie belästigt, und forderte mich auf, sie in Ruhe zu lassen.

»Aber Mog«, sagte ich. »Ich kann dir hier heraushelfen!«

»Mir heraushelfen!« lachte sie schrill. »Onker! Nulsh! Die Menschenjäger würden mich benagen!«

»Nein, Mog . . .« Ich preßte die Fäuste zusammen, damit ich nicht etwas tat, das ich später bereuen würde. »Die Führer!« Ich wiederholte den Wahn der armen getäuschten Sklaven. »Die Führer bringen uns in Sicherheit.«

Sie sah mich spöttisch und mit einem verächtlichen Lächeln ihres schiefen und speicheltriefenden Mundes an, und die schwarzen Haare, die aus ihrer Nase hingen, begannen zu zittern. »Onker! Idiot! Nulsh! Die Führer sind . . .« Sie hielt inne und starrte mit glänzenden Augen zu Nath hinüber, der sich mit einem blonden Mädchen unterhielt, lachte noch einmal krächzend wie ein Loloo und zog sich eine Ecke ihrer Tunika vors Gesicht. »Migshaanu die Allherrliche möge deine Eingeweide verzehren!« Und sie hastete aus der Höhle. Ich verlor sie im Zwielicht der Gänge schnell aus den Augen.

Es gab nur eine Lösung für mein Problem.

Ich versuchte etwas Schlaf zu finden, was aber nicht leicht war. Ich hatte in letzter Zeit ziemlich viel einstecken müssen. Und jetzt die alte Frau! Gewiß, sie handelte nach ihrer Natur, wie wir alle. Und die Verhältnisse, in denen sie lebte, waren schlimm genug, um jeden normalen Menschen durchdrehen zu lassen, denn die Tatsache, daß sie Haussklavin war, bedeutete keine Besserstellung im Vergleich zu uns.

Jedenfalls war ich entschlossen, sie am nächsten Morgen mitzunehmen. Ich erwachte, als mich Nath unsanft mit dem Fuß anstieß. Gähnend richtete ich mich auf, tat, als riebe ich mir die Augen. Ich war sofort hellwach und kampfbereit – das Ergebnis langer Jahre auf See, wo man auch zu den unmöglichsten Zeiten geweckt wurde, um irgendwelche Krisen durchzustehen.

Die Szene lief ab wie gewohnt. Auch diesmal führte Notor Trelth die Gruppe der vornehmen Jäger. Sein feistes Gesicht schimmerte in der Morgensonne.

Die Sklavengruppe hatte Aufstellung genommen. Wie üblich wichen wir vor Nalgre zurück – sogar ich, der ich das üble Spiel noch mitmachen wollte. Glypta, der hagere Och, bildete die einzige Ausnahme. Er rührte sich nicht.

Auf seinem Gesicht stand ein seltsam verlorener Ausdruck, und ich wußte, daß ich hier einen Mann vor mir sah, der sich bereits aufgegeben hatte.

»Warum verbeugst du dich nicht vor mir, Och?« fragte Nalgre interessiert.

»Ich habe bereits die unterste Stufe erreicht. Du kannst mir nichts mehr anhaben. Ich habe keine Angst mehr, denn ich bin mit dem Leben fertig.«

Nalgre lachte.

»Aye! Ich habe mir sagen lassen, daß politische Gefangene so reden, Och! Diese Leute stellen sich vor – oh, sie stellen sich so manches vor, die Erniedrigung, die absolute Demütigung der Gefangenschaft. Und sie glauben das überwunden zu haben!« Er lachte, und der Laut ließ mir das Blut in den Adern stocken. »Ich sage dir eins, Och, du hast keine Ahnung von der Hölle, die ich dir bereiten kann. Die Peitsche könnte dir sehr schnell beibringen, daß du das Ende deines Leidenswegs noch lange nicht erreicht hast.«

Zu meiner Erleichterung stellte ich fest, daß Glypta die Wahrheit dieser Worte erkannte und ein wenig aus seiner Starre erwacht war. Er verbeugte sich hastig, und Nalgre lachte.

In diesem Augenblick meldete sich Notor Trelth ungeduldig zu Wort. »Töte den Rast, Nalgre! Wenn sich ein Sklave nicht fügen will, schlag ihm vor allen anderen den Kopf ab, dann verbeugt er sich ein für allemal, wie sich's gehört!«

Eine Frau in Trelths Begleitung, die Perlen im Haar trug und ihre plumpe Figur in enge Jagdkleidung aus Leder gezwängt hatte, lachte schrill.

»Er soll ruhig laufen, Ranal! Ich werde ihn schon zum Hüpfen bringen.« Und sie griff nach ihrem Thraxter.

Renal Trelth lachte leise. »Er soll dir gehören, Lavia, dir allein, mein Schatz!«

Mir entging nicht, daß sie sich mit roter Zunge über die breiten Lippen fuhr.

Als wir zu den Sklavenbaracken gebracht wurden, hörte ich, wie Nalgre in dieser Sache das letzte Wort behielt. »Aber, Notor Trelth, wenn du einem frechen Sklaven den Kopf abschlägst, leidet er doch nicht mehr!«

Es führte bestimmt zu nichts, wenn ich meine Leidensgenossen davon überzeugen wollte, daß Nath der Führer ein Verräter war. Dazu setzten sie viel zu große Hoffnungen in ihn. Ich befand mich nicht in derselben Gefahr wie bei Inachos, denn diesmal hatte ich nichts von meinem Verdacht erzählt. Ich mußte nur den richtigen

Augenblick abwarten, zuschlagen und mich dann auf meine Kräfte verlassen. Eins war mir klar: Von den Herren der Sterne hatte ich außer spöttischen Bemerkungen ihres Boten nichts zu erwarten.

Im Obergeschoß der Sklavenhütte fanden wir zwei andere Sklavengruppen vor, die zum Abmarsch bereit waren, und eine vierte schloß sich an. Unsere Gruppe zählte sechzehn Köpfe, davon waren neun Halblinge. Von den Menschen schienen sich die Khamorros untereinander nicht besonders gut zu vertragen. Außerdem sah ich zwei Mädchen, das blonde Mädchen und ein Mädchen mit kurzgeschnittenem dunklem Haar. Sie hatten beide sichtlich Angst vor den Khamorros, die anderen ebenfalls. Auch Nath nahm sich in Gegenwart dieser Männer zusammen, und ich dachte an den sinnlosen Kampf, den Lart im Erdgeschoß der Hütte ausgefochten hatte.

Glypta, den nun wieder neue Ängste peinigten, mußte erneut beruhigt werden, und Nath verbrachte einige Zeit in seiner Gesellschaft. Das war mir nur recht. Ich zog mich in die dunkelste Ecke zurück und aß allein. Die Khamorros schienen in ein Streitgespräch verwickelt zu sein; zwei redeten auf den dritten ein. Soweit ich mitbekam, ging es um die Tatsache, daß sie Khams verschiedener Lehren angehörten, daß sie unterschiedliche Syples hatten, wobei der Streit nicht die Vor- oder Nachteile der jeweiligen Richtung betraf.

Das Glück war mir treu. Als die Sonne unterging, hatte ich zwei Stunden Zeit, da nur die kleineren Monde am Himmel stehen würden. Ich faßte mich in Geduld und wartete den richtigen Augenblick ab.

Als es stockdunkel geworden war, tastete ich mich vorsichtig die Holztreppe hinab. Unter mir saßen die Wächter im Schein von Fackeln, die an der Wand neben dem Tor mit dem riesigen Holzriegel steckten. Lart hatte Mühe gehabt, den Riegel anzuheben.

Wie ein Leem der Ebene kroch ich hinter den ersten Wächter, brachte ihn sorgsam zum Schweigen, schlich hinter den anderen und versorgte ihn auf gleiche Weise. Dann sah ich mich nach weiteren Wächtern um, da ich annahm, daß man im Lager Vorsorge gegen die gefährlichen Männer treffen würde, die so hervorragende Kenntnisse in der unbewaffneten Verteidigung besaßen.

Ich nahm mir die Zeit, die grüne Tunika eines Wächters überzustreifen, dessen Schultern fast so breit waren wie die meinen.

Ich setzte auch seinen Helm auf. Dann nahm ich eine der Fackeln von der Wand und stieß einen lauten Fluch aus.

Der Deldar kam aus dem Wachzimmer. Er und seine Begleiter trugen gespannte Armbrüste. Aber ich war bereit; ich versetzte ihm einen Schlag in den Nacken und zerrte ihn in den Schatten. Drei weitere Männer erledigte ich auf gleiche Weise, so daß schließlich sechs bewußtlose Wächter im festgetretenen Lehm der Sklavenbaracke lagen. Schließlich hob ich den Lenkbalken zur Seite und ging ins Freie.

In die vergitterte Höhle zu kommen, war kein Problem. Kein Wächter hielt mich auf, denn ich war ja wie sie gekleidet und erregte keinen Verdacht. Und seit vielen Jahren war niemand mehr aus den Höhlen der Menschenjäger von Faol geflohen.

In der Höhle zerrte ich mir die grüne Uniform vom Leib und tastete mich weiter. Mog die Migla lag schlafend auf ihrer schmutzigen Pritsche, umgeben von abgenagten Knochen und gesprungenen Schalen; ihr großer stachliger Reisigbesen lehnte an der Wand. Ich legte ihr ein Stück Decke über den Mund, nahm sie hoch, warf sie mir über die Schulter und schleppte sie hinaus, ehe sie einen Schrei ausstoßen oder sich wehren konnte.

Ein Wächter senkte seinen Speer, als ich durch das Gittertor ins Freie trat.

»Beim üblen Fernal! Was soll das?«

Hätte er weniger geredet und eher an seinen Speer gedacht, hätte er eine Antwort auf diese Frage finden können. Ich trat in den Stoßkreis seines Speers, packte ihn mit der freien Hand und brach ihm das Genick. Doch er hatte noch Zeit, einen Schrei auszustoßen.

Ich nahm sein Schwert und seinen Speer an mich, dann raffte ich die grüne Uniform und den Helm auf und hastete schwer beladen in die Dunkelheit hinaus.

Ich folgte dem Pfad, den die Sklaven einschlagen würden, wenn sie das Lager verließen. Ein gutes Stück entfernt fand ich eine passende Stelle in den unteren Ästen eines Baums und fesselte Mog mit schnellen Bewegungen an den Stamm. Ihre zerrissene Tunikadecke lieferte mir einen Knebel und die Fesseln. Mog starrte mich an, und ich bemerkte kein Entsetzen in ihren Augen, sondern nur grenzenlose Entrüstung und abgrundtiefen Haß. Ich brachte eine Dornenpalisade an, die sie vor wilden Tieren schützen würde, und hastete zurück.

Ich wußte, daß die Flugboote vorsichtshalber nicht in der Nähe der Sklavenhöhlen untergestellt waren. Allerdings war mir nicht bekannt, wo ich sie hätte suchen müssen. Die Jikai-Villen standen in einiger Entfernung und waren bestimmt gut bewacht. Wenn ich das Lager jetzt aufschreckte, mochte es am nächsten Tag keine Jagd geben. Ich hatte die Gittertür offengelassen. Der tote Wächter lag daneben. Das reichte fürs erste.

In die Sklavenbaracke zurückgekehrt, zog ich dem Wächter wieder seine Sachen an, versetzte dem stöhnenden Deldar einen Tritt und hastete die Treppe hinauf. Oben war alles still. Ich kroch in meine Ecke und legte mich hin. Im nächsten Augenblick bewegte sich ein Schatten, und ein Mann näherte sich langsam.

»Du hast fliehen wollen, Dom«, sagte eine leise Stimme. »Du bist zurückgekommen. Warum?«

Ich erkannte einen der Khamorros.

»Wenn du es wissen willst, brauchst du dich unten nur umzusehen.«

Er lachte leise. »Ich werde morgen fliehen. Ich möchte nicht, daß mir das jemand verdirbt. Ich hoffe, daß du es nicht schon getan hast.«

»Leg dich schlafen.«

Ich war darauf gefaßt, daß er mich anspringen würde. Aber er legte sich wieder auf seinen Strohsack. Seine tiefe, dunkle Stimme brummte durch die Dunkelheit. »Du bist ein seltsamer Mann. Morgen werden wir weitersehen.«

Am nächsten Vormittag lief alles wie gewohnt ab.

Der einzige Unterschied, den ich auf den toten Wächter zurückführte, war eine starke Abteilung Wächter, die in die Sklavenhöhlen marschierte, wahllos Gefangene auspeitschte, und schließlich wieder herauskam. Offenbar hatte man nichts gefunden. Die Sklaven, die heute auf die Jagd geschickt werden sollten, wurden zweimal sorgfältig gezählt. Der Deldar, der als erster erwacht war, mußte den seltsamen Schlaf verheimlicht haben, in den er und seine Männer gesunken waren. Aber da keiner der Sklaven fehlte, war ja nichts passiert. Wenn jemandem die Abwesenheit der alten Mog auffiel, würde er wohl kaum annehmen, daß sie einen Wächter getötet hatte und im Dschungel verschwunden war, mochte sie auch hundertmal als Hexe gelten.

Der Khamorro Turko, der sich in der Nacht mit mir unterhalten hatte, warf mir einen vielsagenden Blick zu. Ich kümmerte mich nicht um ihn. Es ist heute ein seltsames Gefühl, an jenen Tag zurückzudenken und mich zu erinnern, wie ich Turko den Khamorro zur Hölle wünschte! Seltsam sind die Wege des Schicksals!

Kurz darauf begann unser Marsch. Nath der Führer spielte seine Rolle als Retter und Mentor unserer Gruppe gekonnt. Er hatte beschlossen, daß wir nach Norden gehen sollten – mit denselben Argumenten, die schon Inachos verwendet hatte, überzeugte er uns, daß dies das beste für uns wäre.

Als wir die Stelle erreichten, an der ich Mog zurückgelassen hatte, eilte ich voraus und befreite Mog mit dem Thraxter des toten Wächters. Sie rutschte mir förmlich in die Arme.

»Nulsh! Migshaanu die Allherrliche wird dir das Gehirn rösten und dir die Zunge ausreißen, und ... und ...«

»Wenn du deine Zunge nicht im Zaum hältst«, sagte ich drohend, »reiße ich sie dir aus – dazu brauche ich Migshaanu nicht!« Dabei starrte ich sie wütend an. Ihre hellschimmernden Augen musterten mein Gesicht, und sie verstummte. Nicht zum erstenmal setzte ich auf die seltsame Wirkung, die mein Gesicht auf andere Menschen hat. Ich bin nicht stolz auf mein wildes Antlitz, aber manchmal ist es mir sehr nützlich!

Erregt drängte sich Nath durch die Gruppe. »Was soll das? Was macht sie hier! Mog ... Dray Prescot ... was ...?«

Einer der drei Khamorros, ein riesiger häßlicher Bursche, brüllte wütend: »Die Alte kann nicht laufen! Sie darf nicht mit – du mußt sie hierlassen, Cramph!«

»Notfalls trage ich sie«, sagte ich.

Als sie mir in die Arme fiel, war mir der überraschend kräftige Griff der alten Frau aufgefallen.

»Wir warten nicht ...«

Turko drängte sich nach vorn. Sein bronzefarbenes Gesicht war furchtlos. Er war ein gutaussehender junger Mann.

»Laß gut sein, Chimche«, sagte er. »Dray Prescot trägt die Alte, wie er sagt – oder er bleibt eben auch zurück.«

Chimche begann sich aufzuregen, und Nath sagte hastig: »Wir sollten weitergehen. Schuhe und Nahrung und Wein warten auf uns – und Messer.«

Ich mußte an mich halten. Den Wein kannte ich!

Wir eilten also über den Pfad, und Chimche drehte sich immer wieder aufgebracht nach mir um. Aber ich gab ihm keinen Anlaß zum Eingreifen mehr und behielt Mog im Auge. Nach ihrem ersten vergeblichen Fluchtversuch hatte sie sich laut wimmernd in ihr Schicksal ergeben, und jetzt brauchte ich ihr nur noch ab und zu einen Stoß zu versetzen. Ich beobachtete sie genau, denn ich hatte den Eindruck, daß sie mehr schauspielerte, als sie zu erkennen gab. Ihr hoppelnder Gang änderte sich auf dem Waldpfad unmerklich zu festeren, raumgreifenden Schritten. Sie war bestimmt nicht die erste Frau, die sich in der Gefangenschaft möglichst alt, ungepflegt und häßlich herausstaffiert hatte.

Aber sie war ein Halbling, und bei Zair, ungewöhnlich häßlich!

Als wir das Versteck mit Nahrung und Kleidung erreichten, freute sich Mog besonders über die Ruhepause. Wir legten die grauen Tuniken an, nahmen die Messer an uns und schnürten die Schuhe um – und alle diese Tätigkeiten sollten uns zu der Überzeugung bringen, wir hätten die Menschenjäger hereingelegt. Wir sollten Hoffnung schöpfen! Wir sollten fliehen!

Mog weigerte sich, die Schuhe zu tragen, die Nath ihr anbot.

Schließlich mußte ich die Alte tatsächlich tragen; ich warf sie mir über die Schulter, und ab und zu versetzte sie mir mit einem schmutzigen Bein einen Tritt, damit ich sie ja nicht vergaß!

Als wir in einem Baum unser Lager aufschlugen und eine Palisade aus Dornen errichteten und Nath es sich unter uns bequem machte, wußte ich, daß die Zeit gekommen war. Nath hob die gefüllten Weinflaschen auf den Baum. Ich sah Mog an. Sie war festgebunden. Ich wußte, daß sie den Willen und den Mut hatte, durch den Dschungel zurückzumarschieren. Als Nath ihr Wein anbot, fuhr sie furchtsam zurück.

»Nein, nein, Nath, ich will den Wein nicht!«

»Dann gib ihn mir!« brüllte Chimche mit wütend gerötetem Gesicht.

»Warum willst du nicht trinken?« beharrte Nath. Er hielt die Öffnung der Weinhaut über Mogs Mund und wollte ihr die Flüssigkeit einflößen.

»Nein!« Sie war außer sich vor Entsetzen. »Nein, der Wein enthält ein Schlafmittel! Wir schlafen alle ein, und die Herren des Waldes fressen uns!«

Turko begann zu lachen, aber Nath versetzte Mog einen Schlag ins Gesicht. »Schlafmittel!« brüllte er wütend. »Du lügst!« Und wieder schlug er zu.

Ich packte Naths Arm und bog ihn zurück. »Sie lügt nicht,

Nath. In dem Wein ist wirklich ein Schlafmittel, damit du dich in der Nacht davonschleichen und uns zur hilflosen Beute der Menschenjäger machen kannst!«

Er starrte mich an, und ein schwaches, gepeinigtes Lächeln kroch über das ehrliche Gesicht. Wir alle sahen es. Wir alle sahen das Schuldbewußtsein, das diesen Mann erfüllte.

»Beim Muskel!« brüllte Chimche und drängte sich vor. »Es stimmt!«

Der andere Khamorro, Janich, langte nach Nath dem Führer.

»Der Wein enthält ein Schlafmittel, und die Führer sind eine einzige Lüge!« kreischte Mog. Ihre hellen Augen blitzten.

Janichs Vorstoß und Naths verzweifeltes Zurückweichen führten dazu, daß mir der Führer entwischte. Im nächsten Moment hastete er den Ast hinauf. Von dort starrte er auf uns herab. Er sah die Wut in unseren Augen und kreischte uns an.

»Es stimmt! Es stimmt! In dem Wein ist ein Mittel, und ihr widerlichen Yetches werdet morgen sterben! Die Menschenjäger von Faol zerreißen euch und verspritzen euer Blut im Dschungel!«

Geschrei wurde laut, als die Sklaven Nath zu fangen versuchten. Er hob sein Messer. In diesem Augenblick erkannte er wohl, daß sein Schicksal besiegelt war, denn die Khamorro sind hervorragende Kämpfer, und trotz all seiner Waldkenntnisse vermochte er ihnen nicht zu entkommen. Aber er wollte nicht ohne Gegenwehr sterben. Man konnte fast Mitleid mit ihm haben – aber er hatte uns schließlich verraten wollen.

»Ihr seid alle schon so gut wie tot!« kreischte Nath der Führer. »Und die Hexe stirbt als erste!«

Mog die Migla war der Grund, warum ich mich in dieser fürchterlichen Situation befand, und es war meine Aufgabe, sie zu retten! Mit der Geschwindigkeit eines zustoßenden Leem schleuderte Nath sein Waldmesser.

Die Klinge zuckte wie ein Silberstreifen durch die Dämmerung des Waldes auf Mogs ungeschützten Hals zu.

14

Mog fuhr zurück, während alles andere zu erstarren schien.

Das Schwert, das ich dem Wächter abgenommen hatte, scharrte aus der Scheide. Der alte Krozairtrick, heranfliegende Pfeile mit dem hervorragenden Krozair-Langschwert zur Seite zu schlagen, mußte mir jetzt gelingen – und ehe ich den Gedanken zu Ende bringen konnte, geschah alles so schnell, daß ich nur einen verwischten Eindruck davon hatte. Mein Thraxter zuckte vor, und das Messer wirbelte davon.

Nath der Führer kletterte wimmernd weiter den Baum hinauf.

Von weiter unten warf ein Rapa sein Messer. Es fand sein Ziel. Mit ausgebreiteten Armen stand Nath der Führer da, starr, mit angstvoll verzerrtem Gesicht – dann stürzte er durch die Äste und klatschte in den schlammigen Dschungelboden.

Der Messerwerfer, der sich Rapechak nannte, kletterte nach unten, um sein Messer zurückzuholen.

»Was machen wir nun?« fragte Chimche unterdessen.

Mog blieb stumm. Die Halblinge stimmten ein lautes Geschrei an, das Janich mit gewalttätigen Drohungen zum Schweigen brachte.

»Nur Dray Prescot wußte, daß der Führer ein Betrüger war«, sagte Turko. »Die Hexe ebenfalls. Was machen wir mit den beiden?«

»Hast du es gewußt, Hexe?« brüllte Chimche.

»Nur Gerüchte!« erwiderte Mog mit schriller Stimme. »Migshaanu die Ewigstrahlende soll mein Zeuge sein! Wir haben nur Gerüchte gehört, aber wir durften nichts sagen, sonst hätten uns die Führer umgebracht. Der Wein sollte gefährlich sein, die Schuhe mit Duftstoffen angereichert – die Haussklaven hatten Angst!«

Janich wollte sie schlagen, aber Turko hielt ihn zurück und sagte: »Laß die alte Nul in Ruhe. Sie hat auch Angst um ihr Leben.«

»Aye.« Janich blickte auf Turkos Hand, die seinen Arm umspannte. »Das steht ihr gut an. Aber dir auch. Nul-Syple.«

Turko nahm seine Hand fort. Dabei bewegte er sich durchaus nicht hastig. Ich ahnte, was hier vorging. Die Syples waren die unterschiedlichen Schulen der Khamorro-Ausbildung – und ein Nul war jedenfalls alles andere als ein Khamorro. Es war also sicher eine große Beleidigung, als Khamorro Nul-Syple genannt zu werden. Aber Turko verzichtete auf eine heftige Erwiderung.

»Wenn ihr euch hier die ganze Nacht streiten wollt, bitte sehr!« sagte ich. »Was mich angeht, ich werde diesen Makki-Grodno-Führern ein Flugboot abjagen!«

Noch immer hielt ich den Thraxter in der Faust. Ich löste Mogs Fesseln und warf mir die Alte über die Schulter. Sie kreischte und versuchte mich zu beißen, woraufhin ich ihr mit der flachen Schwertklinge einen kräftigen Hieb versetzte.

Dann glitt ich den Baum hinab. Unten richtete sich Rapechak auf, der eben an Naths Lendenschurz sein Messer gereinigt hatte. »Du hast von einem Flugboot gesprochen.«

»Ja. Hier entlang. Und seid leise.«

In Begleitung des Halblings setzte ich mich in Bewegung, während Mog über meiner Schulter hing. In kurzer Entfernung folgte mir die Gruppe der Halbmenschen.

Ich hatte keine Mühe, die Lichtung wiederzufinden, und setzte Mog ab.

Ich wußte nicht, ob ein besonderes Signal erforderlich war, um das Flugboot herbeizurufen. Inachos hatte sich auf die Lichtung gestellt und gewinkt; das konnte ich nicht tun, dazu war das Mondlicht zu hell.

Nach einigen Minuten trafen auch die drei Khamorros auf der Lichtung ein, und ich drehte mich um. »Turko«, sagte ich. »Wenn du dich auf die Lichtung stellst und zum Himmel winkst, landet wahrscheinlich das Flugboot. Du mußt dann sofort hierher zurückkommen.«

Mit zweifelndem Blick ging Turko auf die Lichtung und schwenkte die Arme. Auf der Bühne hätte er niemanden überzeugt, aber hier funktionierte der Trick.

Das Flugboot kam lautlos herab und näherte sich langsam der Lichtung inmitten der verfaulenden Vegetation, der umgestürzten Bäume und der langen Bodenranken. Ein Führer blickte heraus und rief etwas von verdammten Sklaven-Yetches – und im nächsten Augenblick bohrte sich Rapechaks Messer in seinen Hals, so daß er zuckend über der Bordwand hing, ehe Chimche ihn erreichte und ihn mit einer einzigen Handbewegung erledigte.

Ich hatte hier einige kampfstarke Bundesgenossen gefunden, die ich vorsichtig behandeln mußte.

»Ich kann ein Flugboot bedienen«, sagte Janich stolz.

»Wir müssen ziemlich zusammenrücken«, sagte ich. »Der Platz dürfte gerade ausreichen.«

Chimche und Janich starrten mich an, als hätte ich den Verstand verloren. Dann lachten sie. »Du? Ein stinkender Nul? Wir nehmen dich nicht mit an Bord unseres Vollers!«

Und Janich lachte und fügte hinzu: »Aber die beiden Shishis nehmen wir mit! Denen wollen wir es mal richtig besorgen. Ich kann mich gar nicht mehr erinnern, wann ich's das letzte Mal einer besorgt habe!«

Die beiden Mädchen begannen daraufhin zu weinen und wichen angstvoll zurück. In diesem Augenblick fragte Turko mit ruhiger Stimme: »Und ich?«

»Du?« Janich warf den Kopf zurück und lachte. »Du Nul-Syple! Du bleibst natürlich bei den anderen; auch dich sollen die Menschenjäger zerreißen! Es tut mir nur leid, daß ich nicht dabei zuschauen kann!«

Ich trat vor. Das Schwert blitzte im rosafarbenen Mondlicht in meiner Hand. »Ich glaube nicht, daß du uns zurückläßt, Janich. Das Flugboot gehört uns allen. Wir alle sind Sklaven.«

Mir ging durch den Kopf, was ich über die Khamorros wußte. Ich dachte an den Kampf, den Lart gegen die Wächter geführt hatte. Tulema hatte mir von der Furchtlosigkeit dieser Männer erzählt, die sich angeblich sogar mit Schwertkämpfern einließen.

Ohne Vorwarnung stürzte sich Janich auf mich zu.

Er hatte offenbar die Absicht, mich in einen Griff zu nehmen, der mir den Hals brechen mußte. Ich kannte diesen Griff aus meinem Training mit den Krozairs von Zy, von denen die Khamorros sicherlich noch nie gehört hatten. Geschmeidig wich ich zur Seite und schlug mit dem Schwert zu, allerdings ziemlich halbherzig. Er ließ den Hieb an sich abgleiten und stieß die Flachseite der Klinge mit dem Ellenbogen zur Seite.

»Hast du das gesehen, Chimche!« brüllte er lachend. »Der dumme Nul hält sich für einen Schwertkämpfer!«

»Ich kämpfe nicht gern gegen Unbewaffnete, Janich!«

Daraufhin rief Turko: »Ein Khamorro ist niemals unbewaffnet, Dray Prescot!« Wenn das als Warnung gedacht war, half sie mir nicht weiter; durfte ich die Worte aber als Hinweis verstehen, daß er nicht eingreifen würde, mochte es nützlich sein. Ich wußte nicht, wie sehr die verschiedenen Khamorro-Gruppen in Herrelldrin verfeindet waren.

Janich umkreiste mich wie ein Leem. Im hellrosa Licht der Zwillinge sah ich seine Muskeln spielen. Die Khamorros sind herrlich gebaute Menschen. Er umkreiste mich und hatte nicht die geringste Angst vor meinem Schwert, und ich erkannte bekümmert, daß dieser Kampf nur ein Ende haben konnte – ich würde Janich den Khamorro erschlagen müssen!

Während wir uns belauerten, sah ich Turko unmittelbar hinter Rapechuk stehen. Der Arm des Rapas war nach hinten verdreht, und in seinem Lendenschurz steckte kein Messer.

Im nächsten Moment mußte ich mich auf Janich konzentrieren. Ich gebe offen zu, daß mich die nun folgende Szene bekümmerte, denn trotz allem war Janich ein mutiger Kämpfer mit viel Erfahrung, dem ich ungern etwas antat.

Er verspottete mich. »Ich werde dir den Arm brechen, Prescot, und dir die Fingernägel in die Augenhöhlen treiben! Ich werde dir den Kopf herumdrehen, damit du dir deine Schulterblätter ansehen kannst! Ein Khamorro unterliegt niemals!«

Warum ich ihm so antwortete, weiß ich nicht; vielleicht hatte ich den dummen Zwischenfall bereits satt. Wir sollten längst im Voller sitzen und in die Freiheit fliegen, anstatt uns hier herumzustreiten!

»Unbewaffnete Kämpfer, Janich, sind ungemein tapfer, aber Menschen, die einen solchen Kampfstil entwickeln, müssen Sklaven und ohne Freiheit sein – Wesen, die von einem überlegenen Volk mit Waffengewalt bezwungen worden sind, mit wirklichen Waffen. Ein Mann kämpft nur dann mit seinen Händen oder einem Knüppel, wenn er ein Unterlegener ist und keine Stahlwaffe tragen darf.«

Nun begann sich Janich wirklich aufzuregen – aber noch immer verlor er die Beherrschung nicht. Vorsichtig duckend und tänzelnd näherte er sich, mit schnellen Bewegungen, um mich mit einem anderen Griff auszuschalten, den ich ebenfalls rechtzeitig erkannte. Und wieder wich ich ihm aus und empfand ein gewisses Widerstreben, ihn mit dem Schwert so einfach niederzustrecken.

»Mit dir ist es aus, Dray Prescot!« rief Turko.

Naja, das alles ist inzwischen sehr lange her, und Turkos Stimme spornte mich auf eine Weise an, die ich damals nicht verstand.

Janich spottete weiter, und ich ging noch einmal darauf ein.

»Gegen einen Mann mit einem Schwert kommst du nicht an,

Janich – auch wenn du ein großartiger Kämpfer bist! Ich möchte dich nicht umbringen . . .«

Diese Worte beantwortete er mit zahlreichen Flüchen, die mir zum Teil unbekannt waren, die ich aber später noch genauer kennenlernen sollte. Ich spürte, daß er verwirrt und ärgerlich war, weil er meine Klinge nicht längst unterlaufen und mir den Hals umgedreht oder das Rückgrat gebrochen hatte. Und wieder griff er an und gebrauchte dabei einen Trick, den die Krozairs von Zy niemals untereinander anwenden – wenn sie ihn auch mit Freuden bei einem Oberherrn von Magdag einsetzen – und diesmal erwischte er mich fast, so daß ich heftig ausweichen und seine stahlharten Zehen an mir vorbeisausen lassen mußte. Mein Körper reagierte auf das Training, endlich befreit von den hinderlichen Fesseln des Verstandes, und die Klinge sauste herab. Janich der Khamorro taumelte mit blutüberströmtem Gesicht zurück. In der nächsten Sekunde stieß Turko einen Schrei aus, und ich wirbelte durch die Luft. Chimche war von der Seite in mich hineingelaufen. Irgendwie brachte ich es fertig, den Thraxter nicht zu verlieren, hob ihn hoch und sah Chimche und Turko im Kampf umklammert. Plötzlich wirbelte Turko hoch und landete mit dumpfem Laut auf dem Boden. Chimche blickte zu Janich hinüber, der tot war, dann auf mich, und stimmte ein wildes Wutgebrüll an.

»Stinkender Nul! Dafür stirbst du!«

Er stürmte los. Ich richtete mich taumelnd auf; ich hatte mich an einem Holzsplitter verletzt und war noch nicht ganz bei mir. Ich ließ die Klinge kreisen, zielte auf sein Handgelenk und schlug ihm eine tiefe Wunde, woraufhin er wütend zurücktaumelte.

»Du hast die Lektion noch nicht begriffen, Chimche«, brachte ich heraus. »Ein Schwert macht dich allemal fertig, Cramph!« Und ich nahm die Verfolgung auf.

Turko stemmte sich schweratmend auf einen Ellbogen hoch. Sein Gesicht war verzerrt und von Schmerz gezeichnet. Wieder ließ ich den Thraxter kreisen – und in diesem Augenblick warf Chimche wohl zum erstenmal einen Blick auf mein Gesicht.

Er machte kehrt, hechtete in den Voller, und im nächsten Moment stieg das Flugboot über den Bäumen auf und verschwand im rosa Mondlicht.

Ich muß zugeben, daß ich Chimche dem Khamorro einige unfreundliche Dinge nachrief. O ja, ich war wütend. Ich hatte die ganze Sache wie ein grüner Onker angepackt!

Wo, fragte ich mich, steckt der Dray Prescot der Klansleute von Felschraung, der mutigen Kämpfer von Zenicce, der Dray Prescot von den Krozairs von Zy? Hatten die Herren der Sterne und ihre wirren Forderungen mich völlig durcheinandergebracht?

Ich wandte mich um und half Turko auf die Beine.

»Nun sag bloß nicht, daß ich mich mit Khamorros nicht hätte einlassen dürfen. Du hast selbst gesehen, wie ich mit den Kerlen fertigwerde. Und jetzt, bei Makki-Grodnos verseuchter Achselhöhle, müssen wir nur noch mit den Menschenjägern und den parfümierten Dummköpfen fertigwerden, die sich einbilden, auf einem großartigen Jikai zu sein. Wir stecken beide im Dreck!«

Turko starrte mich an und rieb sich die schmerzende Hüfte.

»Wir marschieren mit den Monden!« rief ich den Halblingen zu. »Wir nehmen den Weg, der von den Sklavengehegen fortführt. Aber zuerst . . .« Und am Beginn des Pfades, den wir einschlagen wollten, stellte ich einen langen angespitzten Pfeil auf und verhüllte ihn mit Blättern. »Möge ein Menschenjäger sich daran aufspießen!«

Wieder warf ich mir Mog die Migla über die Schulter und stützte Turko mit dem anderen Arm – und dann machte ich mich auf den Weg, gefolgt von einer verwirrten Schar von Halblingen und zwei verängstigten Mädchen – machte mich auf den Weg, den Menschenjägern von Antares zu entkommen.

15

Auf unserer Spur hinterließen wir einige sehr raffinierte Fallen.

Ich hatte keine Zeit, um Gruben zu graben, doch jedesmal wenn wir ein natürliches Loch fanden, das wir mit wenig Mühe umgestalten konnten, machten wir uns an die Arbeit, spickten den Boden der Grube mit spitzen Pfählen, deckten die Vertiefung zu und legten unsere Fährte.

Dabei gingen wir nach verschiedenen Methoden vor, um ein frühzeitiges Entdecken unserer Hinterhalte unmöglich zu machen. Bei dieser Arbeit zeichnete sich Rapechak besonders aus, da sich Turko noch ziemlich schonen mußte. Zu meiner Freude stellte ich fest, daß er offenbar keine Knochenbrüche erlitten hatte.

Mog hatte zuerst immer wieder gestöhnt und geschrien, doch

jetzt war sie still. Ab und zu bedachte sie mich mit den Worten: »Niemand entkommt den Menschenjägern, du Nulsh! Wir sind alle so gut wie tot!«

Woraufhin ich Turko beauftragte, nach der alten Frau zu sehen und sie zum Schweigen zu bringen.

Unsere Fallen führten hoffentlich dazu, daß einige Menschenjäger ihr Leben aushauchten; am liebsten hätte ich aber auch einige Mitglieder der hochherrschaftlichen Jagdgruppe in der Falle gesehen, aber das durften wir nicht erhoffen. Die Jäger setzten die Jiklos ein, um ihnen die Beute zuzutreiben, dann erst machten sie sich mit ihren kostbaren Armbrüsten und mit ihren Schwertern und Speeren ans Werk.

Einmal kreischte mir Mog zu: »Du Dummkopf, Dray Prescot! Die Schuhe enthalten einen Duftstoff! Die Menschenjäger nehmen die Fährte auf einen Dwabur Entfernung wahr! Warum zieht ihr die Schuhe nicht aus?«

Aber wir wußten, was wir taten. Wir wollten zunächst noch eine klare Spur legen. Die Zwillingsmonde und die Frau der Schleier spendeten genügend Licht, während der Gegner schnell ermüden würde. Unser großer Feind war die Müdigkeit. Ein Fristlemann hatte bereits seine Frau über die Schulter genommen. Ich hoffte, daß ich den beiden Menschenmädchen nicht helfen mußte, denn ich hatte mit Mog schon genug zu tun – und auch Turko machte mir Sorgen. Er hatte große Schmerzen, wenn auch kein Wort der Klage über seine Lippen kam.

Als ich zu dem Ergebnis kam, daß wir uns ungebührlich verausgaben würden, wenn wir noch weiterwanderten, befahl ich allen, die Schuhe auszuziehen. Wir suchten uns einen großen Baum, stiegen in die unteren Äste hinauf, bauten dort eine Dornenpalisade und zogen uns in unser Lager zurück. Wir verzehrten den Rest der Vorräte und tranken Wasser aus einem nahen Fluß. Dann musterte ich meine kleine abgekämpfte Truppe.

»Rapechak«, sagte ich und wandte mich an einen Brokelsh: »Und du, Gynor. Seid ihr schon erschöpft, oder habt ihr noch Lust zu einem Spaziergang?«

Sie begriffen meine Frage nicht. Als ich meinen Plan erläuterte, stimmten beide begeistert zu.

Kurz darauf liefen wir den Pfad entlang, der nun einem Fluß folgte. Wir hatten spitze Pflöcke vorbereitet, mit denen der Pfad zu einer Todesfalle gemacht werden sollte, wenn man sich nicht sehr in acht nahm. Nach etwa einer Bur erreichten wir eine Schlucht, in die der Fluß hinabstürzte. Hier warfen wir alle Schuhe fort, nachdem wir sie am Ufer gehörig abgerieben hatten.

»Die Menschenjäger sollen zu den Eisgletschern von Sicce eingehen!« sagte Gynor.

Wir kehrten ins Lager zurück, und Turko hob den Kopf und sagte: »Mog ist noch da, Dray Prescot.« Ich nickte, und wir legten uns schlafen, nicht ohne Wachen einzuteilen.

Beim ersten Morgenlicht folgten wir dem kleinen Weg, der zur anderen Seite führte. Hier bauten wir keine Fallen auf, sondern versuchten nur möglichst schnell voranzukommen. Die Humpelnden erhielten Lappen, die sie sich um die Füße wickeln konnten – und so mühten wir uns durch das unwegsame Gelände, halbnackt, schweißüberströmt, keuchend. Langsam sahen wir wirklich wie Flüchtlinge aus.

Als wir nach unserer nächsten Ruhepause weitermarschieren wollten, forderte mich Turko auf, ihn liegenzulassen.

»Ich kann nicht mehr, Dray Prescot. Ich bin fertig.«

Ohne auf seine Worte einzugehen, stemmte ich mir den kräftigen Mann auf den Rücken.

Mog lachte schrill, als Rapechak sie auf mein Geheiß weitertrieb.

»Ein Dummkopf ist er, dieser Khamorro!« sagte die alte Hexe. »Migshaanu die Gnadenlose hat es selbst gesehen. Er griff den großen Kham Chimche an, als Chimche dich, Prescot, wie ein Schilfrohr durchbrechen wollte! Und sieh ihn dir an!«

»Ja, du hast Chimche angegriffen, Turko«, sagte ich zu dem Khamorro, »und dafür danke ich dir. Aber jetzt rede hier nicht wie ein Säugling – ich lasse dich nicht liegen!«

»Also gut, Dray Prescot!«

Ich wollte ihm nicht sagen, daß auch Chimche ein toter Mann gewesen wäre, wenn er weitergekämpft hätte – auch ohne Turkos Hilfe.

An diesem Tag legten wir eine ziemlich große Strecke zurück, und die Stärkeren unserer Gruppe halfen den Schwächeren. Ich bemerkte, daß die beiden Mädchen, die sich als Töchter reicher Kaufleute ausgaben, in meiner Nähe blieben. Außer daß die Blonde Saenda hieß und die Dunkelhaarige Quaesa, wußte ich nicht viel über sie.

Wegen der beiden idiotischen hitzköpfigen Khamorros waren

meine schönen Pläne schiefgegangen. Turko war schwer verletzt, hatte große Schmerzen und drohte unsere Flucht zu verzögern. Doch als er erkannte, daß ich ihn nicht zurücklassen wollte, bemühte er sich nach besten Kräften.

Unterwegs wurden wir von einer gefährlichen Risslaca-Art angegriffen, ganz Schuppen und klickende Klauen und zuckende Zunge – aber ich vermochte den Thraxter in ein Auge zu bohren und dem Wesen schließlich den weißen Bauch aufzuschlitzen. Turko verfolgte den Kampf mit zusammengekniffenen Augen.

Später sagte er: »Du kennst dich offenbar mit dem Schwert aus.«

»Ja.«

»Der Trick mit dem Messer, als Nath die alte Hexe umbringen wollte – der war raffiniert.«

Ich will ehrlich sein – auch ich fand den alten Krozairtrick nicht übel, zumal ich ihn mit einer völlig fremden Klinge geschafft hatte. »Ein kleiner Kniff, Turko. Jetzt mußt du dich aber ausruhen.«

Nach einer Weile schob sich Rapechak an meine Seite. Er hatte es offenbar satt, Mog zu beaufsichtigen.

»Ich möchte gern Turko den Khamorro tragen, wenn er nichts dagegen hat – und dafür diese . . .« Rapechak rieb sich die dünnen Arme und starrte die alte Frau an. »Sie ist der reinste Teufel von den Eisgletschern Sicces, bei Rhapaporgolam, dem Plünderer der Seelen!«

»Und was sagst du dazu, Turko?«

Damit steckte der Khamorro in der Klemme. Erst viel später sollte ich mehr über die Khamorros und die große Macht ihrer Khamster-Heiligkeit erfahren und erkennen, daß die Berührung durch einen Rapa für einen Khamorro etwas Ehrenrühriges war, das er unter keinen Umständen dulden durfte.

»Rapechaks Schienbeine sind schon grün und blau von den Tritten der alten Hexe«, sagte ich ahnungslos. »Ich lasse nicht zu, daß sie mich so übel zurichtet. Rapechak soll dich ein Weilchen tragen, lieber Freund.«

Turko stimmte zögernd zu. Er brummte leise etwas vor sich hin.

Wir eilten weiter, denn nun waren uns die Menschenjäger von Antares auf der Spur, und die Fallen würden sie nur so lange aufhalten, wie sie dumm genug waren, uns blind weiter zu folgen. Als ich durch ein Loch im Laubdach eine Schar Fluttrells vorbeischweben sah und meine Gruppe sofort in Deckung schickte, ahnte ich, daß die Reiter da oben zur Suchgruppe der Menschenjäger gehörten.

»Fluttrells und Vollers«, lachte Mog. »Die erwischen dich, du Nulsh, die werden dir den Hals aufreißen, und uns zum Spaß mit Pfeilen spicken!«

»Kann sein«, erwiderte ich gelassen. »Aber es soll ihnen leid tun, daß sie uns gefunden haben, das verspreche ich dir!«

Wir legten nun immer öfter Pausen ein, die auch immer länger wurden, und versuchten trotzdem voranzukommen. Ich fing ein kleines Dschungelpaly, das wir hungrig verzehrten. Inzwischen waren Far und Havil untergegangen, und die Zwillinge erschienen. Erschöpft schlugen wir unser Lager auf. Wir brauchten dringend eine ganze Nacht Ruhe.

Im Lager nahm ich mir die Zeit, einen Bogen zu bauen. Oh, es war ein armseliges Ding mit einer Saite aus Lianenfasern und jämmerlicher Schußkraft – aber mit feuergehärteten Spitzen und Vogelfedern an den Pfeilen hoffte ich doch eine gewisse Wirkung zu erzielen. Wir mußten die Gegner dringend auf Abstand halten.

»Waffen«, sagte Turko. Er hob die Hände und drehte sie im Licht des abgeschirmten Feuers, das ich in einer Astgabel entzündet hatte. »Ich habe seit frühester Jugend gelernt, daß die Hände eines Mannes – und seine Füße und sein Kopf – stärker sind als künstliche Waffen.«

»Manchmal trifft das zu, Turko. Aber was ich Janich gesagt habe, stimmt auch. Ich weiß, ihr rühmt euch der Fähigkeit, Pfeilen auszuweichen, und sicher könnt ihr auch einen Schwertkämpfer überwinden, der mit seiner Waffe nicht besonders gut umzugehen weiß, aber . . .«

»Aye, Dray Prescot. *Aber.*«

»Nun schlaf erst einmal, lieber Freund. Morgen müssen wir den verfluchten Menschenjägern zeigen, wie falsch sie die Situation einschätzen!«

Turko hatte eine schlimme Nacht. Er erwachte stöhnend, und ich holte Wasser, wusch ihm das heiße Gesicht und gab ihm ein wenig zu trinken, denn ich fürchtete innere Verletzungen. Mog erwachte und bedachte mich mit ihren Flüchen. Sie mußte längst erkannt haben, daß ich ein besonderes Interesse an ihr hatte, und suchte bestimmt fieberhaft nach einer Erklärung. Daß sie keine vernünftige Antwort finden konnte, war mir klar. Auch ich hatte keine Ahnung, warum mir die Herren der Sterne eine solche alte Hexe aufbürdeten.

»Ruh dich aus, du Nulsh!« schimpfte sie jetzt. »Warum verschwendest du deine Kräfte auf den Khamorro? Der stirbt morgen, das sehe ich auf den ersten Blick, denn ich habe große Heilkräfte. Mit ihm ist es aus.«

Turko sah mich an, und seine Lippen zitterten.

Ich packte die alte Mog am Hals und starrte sie drohend an. »Bist du sicher, daß Turko morgen stirbt?«

»Ja«, ächzte sie.

»Du kennst dich in medizinischen Dingen aus?«

Sie begann mit ihren Geheimnissen zu prahlen, mit der Hilfe, die ihr Migshaanu die große Heilerin gab – und plötzlich hielt sie entsetzt inne, eine Hand vor den Mund erhoben.

Ich nickte. »Du bist also in der Lage, im Wald Kräuter, Gräser und Pilze zu sammeln, du kannst auch aus Dornen Nadeln machen – du wirst meinen Freund Turko heilen. Wenn nicht, Mog die Migla, scheuche ich dich zu den Menschenjägern!«

»Du hast mich aus den Sklavengehegen entführt, Dray Prescot. Du verfolgst damit doch eine ganz bestimmte Absicht – für dich oder deine Herren. Du wirst mich nicht töten, du wirst mich nicht den Ungeheuern überlassen.«

»Heile Turko, oder wir jagen dich in den Wald!«

Inzwischen waren wir so weit von den Sklavenhöhlen entfernt, daß sie den Rückweg aus eigener Kraft bestimmt nicht mehr geschafft hätte. Sie jammerte und weigerte sich, doch ich blieb fest. Warum ich so handelte, ist mir heute klar – ich wollte den Herren der Sterne meine Unabhängigkeit beweisen!

Mog fauchte mir Verwünschungen zu und brummelte vor sich hin, doch schließlich machte sie sich daran, die benötigten Dinge zusammenzusuchen und ihre Heilmittel zu brauen. Sie steckte Dornen in Turkos Körper, und ich bemerkte, wie sicher sich ihre Finger dabei bewegten. Sie betastete ihn am ganzen Leib und erklärte, daß nichts Wichtiges gebrochen sei. Dann gab sie ihm das Mittel zu trinken. Mit der letzten Nadel, die ihm unter die Haut drang, waren seine Schmerzen verschwunden – so wirksam ist die Kunst und Wissenschaft der Akupunktur auf Kregen! Bald schlief er ein, und Mog kroch zu ihrer Lagerstelle zurück mit der Bemerkung, sie habe getan, was möglich wäre, und es gehe ihm den

Umständen entsprechend gut. Nun liege alles in den Händen Migshaanus der Großen Heilerin.

Turko hatte mich zu retten versucht, indem er Chimche angriff, der zweifellos ein höherer Kham war als er und ihn also mit ziemlicher Sicherheit besiegen konnte. Er hatte sich seine Verletzungen zugezogen, als er mir helfen wollte. Nun mußte ich wirklich alles Menschenmögliche tun, um ihn zu retten.

Ich war schon einmal über dieses Gebiet geflogen – mit Tulema und Dorval Aymlo und den anderen – und konnte nur ungefähr schätzen, wie weit es noch bis zur Küste war. Dort konnten wir hoffentlich ein Boot stehlen und diese gastliche Insel verlassen.

Wir waren ein trauriger Haufen. Als wir am nächsten Morgen von unserem Baum kletterten und uns erschaudernd im Zwielicht des Dschungels umsahen, erkannte ich, daß wir so nicht weiterkamen. Die Füße der beiden Mädchen waren trotz der dicken Lumpen verkratzt. Mit einigen Halblingen stand es noch schlimmer, obwohl sie sich bewundernswert gut hielten; aber mein Stolz verlangte irgendwie, daß wir alle durchkommen müßten. Inzwischen hatte ich wirklich genug vom Dschungel – aber wenn ich daran etwas ändern wollte, lag es allein an mir.

»Bleibt hier. Ich bin bald zurück«, sagte ich energisch.

Die meisten ließen sich einfach zu Boden sinken, froh, daß sie sich nicht schon wieder in die dampfende Hölle stürzen mußten. Ich ließ die Gruppe allein und schritt vorsichtig über den kaum noch erkennbaren Pfad. Ringsum bewegte sich das gefährliche Leben des Waldes. Bald erreichte ich eine kleine Lichtung, die meinen Vorstellungen entsprach. Es dauerte ziemlich lange, die anderen nachzuholen und sicher im Schutz von Palisaden in den Bäumen zu verschanzen. Aber schließlich waren wir bereit.

Turko öffnete die Augen und starrte mich an, und ich hätte schwören können, daß ein schelmisches Funkeln in seinen Augen stand.

»Turko, mein Freund«, sagte ich. »Jetzt können die Menschenjäger kommen! Sie sollen es bereuen, daß sie uns gefunden haben!«

»Ja, Dray Prescot! Ich glaube, daß du es schaffst.«

Nur wenige Minuten später huschte eine Gruppe Krieger auf Fluttrells über unsere Lichtung dahin. Ich verhielt mich still. Ich wollte einen Voller haben.

Far und Havil krochen langsam über den Himmel. Die Temperatur stieg, und wir begannen zu schwitzen. Weitere Fluttrells kreisten über uns, so daß ich schon zu überlegen begann, ob wir die Tiere nicht irgendwie auf den Boden locken konnten, damit jeder von uns einen Sattelvogel bekam. Schließlich glaubte ich die Wahrheit zu erkennen und stieß einen wütenden Fluch aus – aber nachdem wir nun so tief in den Wald eingedrungen waren, um eine vornehme Jagdgruppe samt Voller in die Falle zu locken, kam es auf ein paar Burs mehr oder weniger nicht an.

Als die nächsten Fluttrells über uns in Sicht kamen, trat ich auf die Lichtung hinaus und schwenkte die Arme.

»Nimm dich in acht, Dray Prescot!« rief Turko. »Denk daran, die Burschen haben ebenfalls Stahlwaffen!«

Seine Stimme klang schon viel kräftiger.

Die Fluttrells setzten zur Landung an. Es waren fünf, und sie boten vor dem zweifarbigen Schimmer der Sonnen einen herrlichen Anblick. Wieder einmal war ein Augenblick gekommen, da ich ein großes Risiko einging. Ich hoffte, die Fluttrells würden nach unserer Entdeckung weiterfliegen und den Menschenjägern Meldung machen. Die hochherrschaftliche Jagdgesellschaft saß in diesem Augenblick sicher tatenlos herum und wartete auf Nachricht über unseren Verbleib.

Doch ich hatte mich getäuscht.

Die ersten vier Fluttrells vollendeten die Landung; der fünfte schlug die mächtigen grünen Flügel, bewegte die stromlinienförmige Windflosse und entschwebte über den Wipfeln, ehe seine Artgenossen den Boden berührten.

Die Männer auf den Fluttrells gehörten einem Typ an, den ich sehr gut kannte. Ich hatte sie in den Boulevards Zenicces herumstolzieren sehen, hatte sie als Aufseher in den Sklavenbezirken Magdags erlebt und als Aufseher der Bootssklaven des Herrschers von Vallia. Harte, rücksichtslose Sklavenmeister waren sie, Wesen wie die Aragorn, die ich aus Valka vertrieben hatte. Sie sprangen aus den Sätteln, lösten die Clerketer, hoben ihre Waffen und waren zum Kampf bereit.

Sie trugen ein Fluggewand und prunkvolle Umhänge, die aus lindgrünen Fluttrellfedern bestanden. Gefiederte Flugkappen schmiegten sich eng an ihre Köpfe und waren mit einer Vielzahl bunter Stoffstreifen geschmückt.

Mein Bogen fühlte sich sehr klobig an in meiner Faust. Jetzt durfte ich nicht zögern. Die Befehle der Herren der Sterne waren für mich ausschlaggebend.

Der erste Pfeil traf einen Mann in den Hals. Der nächste Pfeil, der eine Winzigkeit zu spät kam, traf das Gesicht des zweiten Mannes, der schon ausweichen wollte. Ich hatte seine Duckbewegung berücksichtigt, aber trotzdem waren meine Geschosse natürlich nicht so gut wie die blaugefiederten Pfeile aus Erthyrdrin. Als der dritte Pfeil unterwegs war, schlugen rings um mich die Armbrustbolzen ein.

Die Männer schossen schlecht. Sie hatten Mühe, mich im Halbdämmer des Dschungels zu erkennen, während mein dritter Pfeil sofort sein Ziel fand. Der vierte Reiter starrte verwirrt auf seine Begleiter – und machte kehrt und eilte auf seinen Fluttrell zu.

Sosehr es mir widerstrebte, einem Mann in den Rücken zu schießen – in diesem Fall kam ich nicht darum herum.

Als alles vorbei war, krähte Mog höhnisch: »Ein großes Jikai, Dray Prescot! Du schießt ausgezeichnet aus dem Hinterhalt. Hai! Jikai!«

Was mir so sehr mißfiel, daß ich die alte Frau laut verfluchte.

»Das sind Flutsmänner, Dray Prescot!« rief Rapechate. Er zog einen meiner Pfeile aus einem Toten, drehte ihn mit dem Fuß um und nahm den Thraxter des Mannes an sich. »Ich habe vor langer Zeit mit solchen Männern gedient. Gute Soldaten, aber geldgierig und rücksichtslos. Auf dem Rücken ihrer Fluttrells halten sie sich für etwas Besseres als die einfachen Soldaten. Sie sind nicht sehr beliebt, aber sie verdienen sich ihr Geld.« Er schwenkte den Thraxter ein wenig herum, und ich spürte, daß er sich mit der Waffe nun gleich wohler fühlte.

Ich erfuhr, daß die Flutsmänner eigentlich keine Rasse oder Nation waren – sie waren vielmehr eine Art Söldnerschar der Lüfte, in der ähnlich denkende junge Männer aus vielen Gebieten Kregens zusammenkamen. Echte Söldner waren sie, Männer, die sich zuerst um ihre eigene Gruppe und dann um den Vorteil der Flutsmänner kümmerten – und erst in dritter Linie um den Mann, der sie bezahlte. Gynor der Brokelsh näherte sich. »Wir haben jetzt vier Fluttrells, Dray Prescot. Wollt ihr Apims sie nehmen und uns Halblinge hier zurücklassen?«

Apim ist die verächtliche Slangbezeichnung der Halbmenschen für einen ›normalen‹ Menschen.

»Ein guter Einfall, Gynor – ich wäre gar nicht darauf gekommen!«

»Vielleicht sprichst du sogar die Wahrheit«, sagte er ernst. »Du bist ein seltsamer Mann. Was soll geschehen?«

»Wir müssen uns einen Voller verschaffen . . .« Im nächsten Augenblick stürzten die beiden Mädchen hysterisch schluchzend herbei. »Du mußt uns mitnehmen, Dray!« jammerten sie. »Fliehe mit uns!«

Ich schob sie fort. »Ich möchte ebenso wie ihr aus diesem verfluchten Dschungel heraus!« sagte ich wütend. »Aber haltet den Mund, im Namen der gesegneten Mutter Zinzu!«

Sie wußten natürlich nicht, wer Mutter Zinzu war – die Schutzheilige aller Trinker von Sanurkazz –, aber hier durfte jeder im Namen seiner eigenen Götter fluchen. Beim Anblick meines wütenden Gesichts wichen sie erschrocken zurück.

»Seht!« sagte ich und deutete auf zwei Lamnias und das Fristlepaar, die ziemlich am Ende waren. Ich eilte hinüber. »Doriclish«, sagte ich zu dem Lamnia, der sein laypomgelbes Fell zu glätten versuchte. Kannst du einen Fluttrell reiten?«

»Ich habe seit meiner Jugend nicht mehr im Sattel gesessen . . .«

»Aber das verlernt man nicht! Und du? Und du?« wandte ich mich an die anderen.

Es stellte sich heraus, daß sich fast alle Havilfarer irgendwie in der Luft zu bewegen wußten, auf dem Rücken eines Fluttrells oder anderer Sattelvögel oder an Bord eines Vollers. Damit konnte ich einen weiteren Teil meiner Verantwortung abgeben. »Also gut. Ihr nehmt die vier Fluttrells und verschwindet.«

Wenn ich mit dem Widerstand der anderen Halblinge gerechnet hatte, wurde ich angenehm enttäuscht. Nur Saenda und Quaesa reagierten schmollend, und ich mußte sie mit der Ermahnung zum Schweigen bringen, daß sie doch noch sehr gut zu Fuß waren im Vergleich zu den anderen Mitgliedern unserer Gruppe.

Ich sorgte dafür, daß die vier Halblinge angeschnallt wurden, und schickte die vier riesigen Vögel mit einem kurzen Kommando in die Luft. Mit kräftigen Flügelschlägen erhoben sie sich über den Dschungel. Ich nahm an, daß sie eine reelle Chance hatten, denn es ließen sich keine weiteren Fluttrellpatrouillen sehen, bis kurze Zeit darauf der Voller eintraf. Zweifellos hatten die vornehmen Jäger noch schnell etwas getrunken, ehe sie losgezogen waren.

Wir verfügten nun über vier Armbrüste und fünf Thraxters. Es tat mir leid, daß wir keine Speere fanden – ähnlich den Toonons, die bei den Ullars gebräuchlich waren –, aber Rapechak schnaubte verächtlich durch die Nase und sagte, die Flutsmänner seien hier nur für leichte Patrouille ausgerüstet und nicht für den Kampf. Wenn es in die Schlacht ging, sahen sie angeblich wie fliegende Festungen aus.

Ich betrachtete die erbeuteten Armbrüste. Es waren herrlich gearbeitete Waffen. Nicht so prunkvoll wie die Bögen der Jäger, aber doch Waffen von Profis. Ich war sehr zufrieden. In aller Ruhe tauschte ich den Thraxter des Wächters gegen das Schwert eines Flutsmannes ein; die neue Waffe war hervorragend ausbalanciert, lag mir gut in der Hand und hatte eine Klinge, die mich an den Stutzsäbel meiner Jugend erinnerte.

Gynor sagte, er kenne sich mit einer Armbrust aus. Und Rapechak war ein alter Söldner. Die beiden anderen Halblinge bekundeten ebenfalls ihr Interesse, gegen die Menschenjäger zu kämpfen. Also warteten wir wie Leems, während der Voller zur Landung ansetzte.

Anstelle einer Jagdgesellschaft aus ahnungslosen Edelleuten sprangen jedoch acht Menschenjäger aus dem Flugboot. Jaulend und hechelnd machten sie sich auf die Jagd.

»Ihr dürft nicht vorbeischießen, meine Freunde!« rief ich mit einer Stimme, die entschlossen und aufmunternd klingen sollte. Im Rückblick muß ich sagen, daß dieser Ruf vermutlich nicht nötig war; aber damals hatte ich das Gefühl, am Rande einer Katastrophe zu stehen.

Die Jiklos nahmen sofort unsere Witterung auf und hasteten los. Ihre spitzen Zähne blitzten, als sie ein blutrünstiges Geheul anstimmten.

Vier Armbrustpfeile fanden ihr Ziel. Ich spannte meinen Bogen und schoß ein zweitesmal. Schon waren sechs Menschenjäger nicht mehr am Leben – und dem siebenten fuhr der Pfeil an der Flanke entlang, und im nächsten Augenblick stürzte er sich auf mich.

Scharrend kam mein Thraxter aus der Scheide, und ich ließ mich mit dem Menschenjäger nach hinten abrollen, dessen gefährliche Zähne wütend zusammenklickten, als er sich in meinen Hals zu verbeißen suchte. Das Schwert hatte sich tief in seinen Leib gegraben, und meine linke Hand umfaßte den Hals und drückte die Reißzähne außer Reichweite. Blut und Speichel spritzten mir ins Gesicht. Wilde, blutunterlaufene Augen starrten mich an, die Zunge streckte sich immer weiter heraus, und zu meiner Erleichterung verloren dann die wilden Augen ihren Glanz, und das Wesen sank über mir zusammen. Ich rappelte mich auf und warf das tote Geschöpf von mir, so daß ich mit der rechten Hand den Thraxter freibekam.

Drüben am Voller erhoben sich Stimmen.

Gynor und Rapechak und die anderen beiden Halblinge hatten inzwischen den achten Menschenjäger getötet. Ich wandte mich ab und starrte haßerfüllt zu den Jägern hinüber.

Die Leute im Voller waren unsicher. Sie riefen ihre Menschenjäger – aber dazu war es zu spät.

Ich wies die Halblinge an, mir mit den Armbrüsten Feuerschutz zu geben. Turko war nicht damit einverstanden, daß ich allein gegen das Boot vorgehen wollte.

Er versuchte aufzustehen und mich zu begleiten, aber seine Beine knickten ein. Ich wartete nicht mehr ab, sondern rannte im Zickzack auf das Boot zu.

Es war ein verrückter Angriff, aber mir blieb keine andere Wahl. Mein Leben verdanke ich der Tatsache, daß die Jäger so schlechte Schützen waren.

Der einzige, von dem ich etwas zu befürchten hatte, war der Führer der Gruppe – ein Mann, der den Sklavenführern ähnelte. Als ich das Flugboot erreichte, waren drei Jäger schon den Armbrustbolzen meiner Freunde zum Opfer gefallen. Als ich nun über den Rand des Vollers starrte, blickte der Führer verächtlich auf mich herab – der Anflug von Angst, den er zu empfinden schien, galt offenbar seinen Kunden. Er richtete sich auf, um auf mich anzulegen, da traf ihn Rapechaks letzter Armbrustpfeil mitten ins Gesicht.

Die Jäger zogen ihre Thraxter. Es waren fünf – und ich muß einen Schleier des Vergessens vor die nächsten Minuten ziehen. Ich brachte sie nicht alle um, denn drei waren unbewaffnet, doch im nächsten Augenblick waren meine Halblinge heran, und ehe ich noch etwas tun konnte, war kein Jäger mehr am Leben. Ich konnte es den ehemaligen Sklaven nicht verdenken, daß sie sich auf diese Weise rächten. Auch hätte ich keine andere Wahl gehabt, als die überlebenden Jäger im Dschungel zurückzulassen. Auf diese Weise hätte sich ihr Tod nur noch mehr in die Länge gezogen, wenn sie nicht rechtzeitig gefunden worden wären.

»Behalte den Voller im Auge«, sagte ich zu Rapechak. »Wir gehören trotz unserer Gegensätze alle zusammen – das Flugboot ist unser Schlüssel zur Freiheit!«

Ehe ich zu Turko und Mog zurückkehrte, spannte ich den schönsten Bogen, den ich finden konnte – die Waffe des toten Führers.

Mit Mog, Turko, den beiden Mädchen und dem alten Xaffer kehrte ich zum Flugboot zurück. Wir nahmen den Toten die Kleidung ab, reinigten die Sachen und zogen sie an. Da sich keine passende Tunika fand, mußte ich mich mit einem Lendenschurz aus dem einzigen roten Stoff zufriedengeben, den ich fand. Dann gingen wir an Bord, und erleichtert zog ich den Voller in den klaren blauen Himmel Kregens.

17

»Du bist ein Onker, Dray Prescot! Ein Tor, ein Nulsh! Ich kehre auf keinen Fall nach Yaman zurück, und wenn du mir alles Elfenbein von Chem schenkst!«

Das sagte Mog, die Migla-Hexe, als wir die Menschenjägerinsel Faol verließen und über das Meer dahinflogen.

Der Voller war größer und schöner als das Flugboot, in dem ich zuletzt geflohen war, und in der bequemen Achterkabine konnte Turko auf einem Sessel liegen, Wein trinken, den wir an Bord gefunden hatten, und sarkastische Bemerkungen über Mog machen. Die Mädchen hatten sich wieder etwas erholt und plapperten über die großartigen Abenteuer, von denen sie später bei Partys erzählen konnten.

Als sie Mogs Worte hörten, blickten die Mädchen auf.

»Wir sind uns einig, Dray Prescot«, sagte Saenda in ziemlich schroffem Ton. »Quaesa und ich fliegen nach Dap-Tentyrasmot, meine Heimatstadt, wo sie in allen Ehren empfangen wird. Anschließend können die Halblinge nach Hause zurückkehren, wenn sie wollen.«

Die Dreistigkeit der Mädchen war nicht zu überbieten. Sie hatten sich sehr schnell von ihrem Sklavendasein erholt, und ihre Haltung war um so trauriger, als die Halblinge das gleiche Schicksal erlitten hatten wie sie.

»Wir besuchen Mogs Heimatstadt, Saenda«, sagte ich.

Quaesa warf mir einen Seitenblick zu. »Wenn du willst, fliegen wir in meine Heimat Methydria, in das Land Havil-Faril, wo mein Vater viele Kools Weideland besitzt und wo du willkommen sein wirst.«

Mit Havil-Faril meinte sie ›Das von Havil geliebte Land‹, ein von der grünen Sonne geliebtes Land. Das war für mich, einen Krozair von Zy, nicht gerade die allerliebste Farbe.

»Yaman«, sagte ich. »Darüber gibt's keine Diskussionen.«

Ich hätte genausogut erst meine Passagiere nach Hause bringen und anschließend nach Yaman fliegen können, aber ich hatte genug von Mog und wollte schleunigst zu meiner Delia zurück – und der schnellste Weg war, die Alte dort hinzubringen, wo die Everoinye sie haben wollten. Wir konnten natürlich unterwegs schon Leute absetzen, wenn sich die Möglichkeit ergab. Turko sagte tonlos, daß er nach Herrelldrin nicht zurückkehren könne. Ich bedrängte ihn nicht. Vielleicht hatte er einige seiner Syple-Schwüre gebrochen, oder er wurde in seiner Heimat verfolgt. Die Erklärung lag wahrscheinlich in dem Argument, das ich in meinem Kampf gegen die Khamorros angeführt hatte – daß sich ein Volk nur dann mit der unbewaffneten Verteidigung beschäftigt, wenn es von einem anderen Volk unterdrückt wird. Zunächst aber mußte ich feststellen, was mit Mog los war.

»Mein Volk ist versklavt, du Nulsh«, sagte sie.

Ich versuchte die Ruhe zu bewahren. »Ich halte mich nicht für einen Nulsh, Mog. Ich nenne dich ja auch nicht Rast oder Cramph – jedenfalls nicht oft. Schon möglich, daß ich ein Onker bin – aber hüte deine Zunge, oder wir werden erfahren, was Migshaanu die Stinkende dazu zu sagen hat.«

Turko lachte. Ihm ging es inzwischen viel besser, was eine große Erleichterung für mich war.

Mog atmete tief ein. Sie trug noch immer ihre stinkende zerschlissene Sklaventunika, und in ihrer Gesellschaft war es nicht gerade angenehm. Ich schwor mir, sie bei erstbester Gelegenheit gründlich abzuschrubben. Jetzt erklärte sie mir in ziemlich zusammenhängenden Sätzen und mit einem bemerkenswerten Mangel an Beleidigungen, was mit der Stadt Yaman im Lande Migla nicht stimmte.

Ihre Geschichte interessierte mich nur soweit, wie ich überhaupt an allem Neuen auf Kregen interessiert bin. Vieles war mir schon bekannt, aber soweit die Details nicht zu meiner Erzählung passen, habe ich sie noch nicht berichtet.

Die Miglas war eine ruhige, verinnerlichte, friedliebende Rasse, die sehr der Religion zugetan war. Mog sagte, sie sei Hohepriesterin der Miglish-Religion gewesen, wobei sie zahlreiche fremde Ausdrücke verwendete, die ich an geeeigneter Stelle in meinen Bericht einflechten werde. Mogs Volk war von einer kriegerischen Rasse unterdrückt worden, die von der Insel Canopdrin im havilfarischen Nebelmeer stammte, wo fürchterliche Erdbeben ganze Städte und fruchtbare Täler vernichtet hatten und das Land verwüstet dalag.

»Es waren nur wenige Canops, aber sie stellten sich sehr schlau an. Sie zerstörten meine Religion. Sie nahmen mich gefangen, fesselten mich und entehrten mich vor den Augen meines Volkes. Sie töteten die ganze Königsfamilie. Aber unsere Unterwerfung erfolgte durch unseren Glauben an Migshaanu die Allherrliche.« Sie wirkte jetzt seltsam leblos und bekümmert, und meine Gefühle gegenüber Mog der Hexe veränderten sich drastisch. »Mein Volk glaubte an die Lügen der Invasoren. Es verehrte die fremden Götter. Es opferte, nachdem wir seit tausend Jahren nicht mehr geopfert hatten. Die Canops machten ein Spottbild aus Migshaanu. Und wenn ich zurückkehre, Dray Prescot, werden sie mich vor allen Yamanern töten.«

Ich fragte mich, worauf die Anordnungen der Herren der Sterne hinausliefen.

»Keine Opfer?« fragte ich. »Aber du drohst mir doch ständig die schlimmsten Dinge an, die Migshaanu mit mir anstellen wird!«

Sie starrte mich mit ihren leuchtenden Achataugen an. Ihr Hexengesicht war tränenüberströmt, sie greinte, ihre Hakennase lief. Sie sah abscheulich aus, aber sie hatte etwas Mitleiderregendes, und zum erstenmal sah ich Mog die Hexe wirklich als Mensch.

»Migshaanu die Allherrliche ist friedlich und sanft, und ihre Liebe leuchtet über allem. Nur die Canops tun jene schrecklichen

Dinge, von denen ich gesprochen habe! Ich erwähne sie nur, um . . . um . . .«

Sie brauchte nicht weiterzusprechen.

»Ich habe sagen hören, daß man keine Religion völlig unterdrücken kann. Es gibt doch sicher Menschen, die die Hohepriesterin wieder im Land haben möchten.«

»Ja. Einige wenige. Da und dort, schwache Gruppen, die sich verstellen müssen, die sich den verdammten Canops beugen müssen, während die Verzweiflung an ihren Herzen nagt.«

»Nun, dann ist die Sache klar. Ich bringe dich zu deinen Freunden.«

Sie schien plötzlich keine Energie mehr zu haben, sie hockte in der Achterkabine und begann den Oberkörper hin und her zu bewegen und begann laut vor sich hinzusummen. Saenda rief ihr zu, sie solle den Mund halten, aber die alte Frau hörte nicht auf sie. Ich hörte sie zwischen den einzelnen Abschnitten ihres Singsangs sagen: »Oh, Mag, Mag, wo bist du jetzt?« Und dann ging das Jammern und Wippen weiter, und Saenda fluchte und setzte sich zu mir an die Kontrollen.

Ich achtete nicht auf ihr munteres Geplapper – dazu machte ich mir zu große Sorgen um Mog. Ich hatte mir vorgenommen, daß ich sie retten und in ihre Heimat bringen würde – und das würde ich auch tun. Sie hatte nicht mitgewollt. Ich hatte das ihrer Angst zugeschrieben. Als Hohepriesterin war sie entehrt und in die Sklaverei verkauft worden. Wenn sie jetzt zurückkehrte, würden die Canops nicht zögern, sie umzubringen.

Als wir über die ersten winzigen Inseln flogen, die diesem Teil der Havilfar-Küste vorgelagert waren, verstärkte sich mein Verdacht, daß Mog, die Hohepriesterin der Miglas, noch manche andere Überraschung für mich auf Lager hatte. Zumindest die Reaktion des kleinen Xaffer ließ außer Zweifel, daß er schon von der Macht der Priesterschaft der Migla gehört hatte.

Ich rief Rapechak zu mir und bat ihn eine Zeitlang an die Kontrollen. Zu meiner eigenen Überraschung verließ ich mich fast blindlings auf diesen Rapa, obwohl mir seine Rasse bisher nie ganz geheuer gewesen war. Er verzog sein Schnabelgesicht zu einer Grimasse, die wohl ein Lächeln bedeuten sollte, und sagte: »Ich hoffe, daß ich bald in meine Heimat zurückkehren kann, eine Insel im Südwesten von Havilfar. Ich bin dort seit fast sechzig Jahren nicht mehr gewesen.«

Mir fiel auf, daß er den Namen der Insel nicht nannte, ging aber nicht darauf ein. Seine Geheimnisse gingen mich nichts an.

Rapechak setzte sich an die Kontrollen, und ich ging nach achtern, um mich ernsthaft mit Turko zu unterhalten.

Mog war dabei, ihm ein Mittel einzuflößen. Sie hatte ihren Hokuspokus beendet und blickte zu mir auf, als ich mich bückte, um in die Kabine zu klettern.

»Ich habe beschlossen, nach Yaman zu meinen Freunden zu gehen und mich aus allem Ärger herauszuhalten. Bei Migshaanu, wenn du darauf bestehst, mich in meine Heimat zu bringen, will ich mich nicht sträuben – aber danken werde ich es dir nicht!«

Meine Laune besserte sich sofort. Diese Einstellung erinnerte mich doch mehr an die gute alte Mog.

»Einverstanden, Mog. Dann ist also alles abgemacht.« Sie stand auf, wischte Turko noch einmal mit einem sauberen Tuch über die Lippen und ließ uns allein.

Turko lehnte sich auf dem bequemen Sitz zurück und musterte mich mit einem Blick, der mir etwas zu spöttisch-weise erschien. »Also, Turko, wir müssen beschließen, was aus dir werden soll.«

»Größten Spaß würde mir machen, dich mit nach Herrelldrin zu nehmen, Dray Prescot, um zu sehen, wie du dich dort gegen ein paar Khamorros durchsetzt – ohne Waffen!«

Oho! dachte ich. *Das* bekümmert den Guten also. Wenn die Herren der Sterne einverstanden waren, mochte sich sein Wunsch eines Tages erfüllen, obwohl ich es sehr bezweifelte.

»Vielleicht treffen wir Khamorros in Havilfar – dann mag es Gelegenheit geben, dich zu erfreuen.«

»Was das angeht, so dürfen wir zwar nicht . . . aber ja, du hast recht, wir reisen durch das Land als Wächter und Bedienstete. Ich wurde dem König von Sava verkauft. Dessen Karawane wurde überfallen, und ich kam nach Faol. Eisenketten sind nicht so leicht zu durchbrechen, auch nicht mit den Syple-Lehren.«

»Ich weiß«, sagte ich und dachte an meine eigene Vergangenheit.

Die Form Havilfars ist interessant. Der Kontinent hat eine gewisse Ähnlichkeit mit einem an den Ecken abgerundeten Rechteck, aus dem stellenweise große Stücke herausgebissen oder -gehackt worden sind. In die Südostrecke ragt weit der Golf der

Wracks hinein, fast bis zu dem großen Binnensee, der Nebelmeer genannt wird. Im Nordosten liegen viele Königreiche, Prinzentümer und Kovnate, im Westen unerschlossene Gebiete; nur an der Westküste befinden sich alte Königreiche – den Philosophen zufolge wurde Havilfar hier zwischen der Westküste und dem Nebelmeer zuerst besiedelt. Die ganze Nordostecke des Kontinents nimmt der mächtige Staat Hamal ein. Hyrklana ist eine größere Insel, wenn sie auch nicht zu den neun großen Inseln Kregens gezählt wird – und erstreckt sich in einem sehr angenehmen gemäßigten Klima vor der mittleren Ostküste Havilfars. Im fernen Westen und unmittelbar unterhalb einer großen schnabelgleichen Halbinsel, die sich von Loh südwärts aus in die Meerenge erstreckt, liegt Herrelldrin – dort schmiegt sich Pellow in eine große Bucht.

»Wenn nicht nach Herrelldrin, Turko, wohin dann?«

»Du fliegst doch nach Migla, nicht wahr? Das Ziel ist mir recht.«

Ich war verblüfft. Migla, das an der Westküste des Nebelmeers liegt, besteht aus drei großen nordostwärts gerichteten Halbinseln und einem Gebietsstreifen im Hinterland. Das Nebelmeer hat seinen Namen von der Vulkantätigkeit der Gegend, die den ersten Bewohnern Havilfars ein großes Rätsel gewesen sein muß.

Ich sollte an dieser Stelle vielleicht erwähnen, daß sich die Nordküste Havilfars parallel zu Südloh bis fast zum Äquator erstreckt. Ordsmot und der Orangefluß liegen nördlicher als Ng'groga in Loh. Und Loh hat, wie Sie wissen, die Form einer urzeitlichen Handaxt, mit der Spitze nach Norden – und diese Spitze ist Erthyrdrin.

»Gut, dann fliegen wir nach Migla am Nebelmeer und lassen dich dort bei Mog und ihren Freunden zurück.«

»Wenn es Morro dem Muskel gefällt, Dray Prescot.«

Eine Zeitlang flogen wir nach Süden, um der Landmasse auszuweichen. Der Voller raste durch die untere Atmosphäre – mit einer ruhigen, gleichmäßigen Bewegung, die so gar keine Ähnlichkeit hatte mit dem Stampfen und Rollen eines Schiffs auf dem Meer. Turko erklärte mir, was den rothaarigen jungen Mann, der sich Nath aus Thothangir nannte, bekümmert hatte. Irgendwo in den Wäldern des nordwestlichen Havilfar gab es ein Gebiet, das Voller nicht überfliegen durften, weil dort eine unbekannte Gefahr lauerte. Jedenfalls wurde das Gebiet gemieden. Wir rasten auf Südkurs an der Küste entlang und wollten nach Südosten abbiegen, sobald wir uns gegenüber von Ng'groga befanden, um dann über den schmalen Hals des Kontinents auf Migla zuzuhalten.

Im Westen Hamals erstreckt sich eine Bergkette von Norden nach Süden, die es nach den Beschreibungen mit den Stratemsk aufnehmen konnte. Es gab viel zu lernen über Havilfar, den vierten Kontinent Kregens unter der Doppelsonne Antares.

Wir hatten eine große Strecke zurückzulegen, und der Voller war ein ideales Reisegefährt. Voller Verachtung dachte ich an die ungefügen Dampfschiffe, die um diese Zeit auf den Ozeanen der Erde aufzutauchen begannen, und an ihre Abhängigkeit von der Kohle. Die Vollers wurden durch den Mechanismus der zwei Silberkästen gelenkt; sie brauchten nicht aufgetankt zu werden und flogen, solange es nötig war. Natürlich mußten wir irgendwann landen, um Lebensmittel an Bord zu nehmen, und ich pries uns glücklich, daß die vornehmen Jäger einen guten Vorrat goldener Deldys in ihrer Kleidung stecken hatten. Diese Münzen waren verschiedener Herkunft und stammten aus einer Vielzahl havilfarischer Länder, doch als Deldys hatten sie auf dem ganzen Kontinent Gültigkeit. Gold und Silber und zuweilen auch Bronze scheinen die bevorzugten Metalle bei der Münzfertigung zu sein; die Kreger bildeten da keine Ausnahme. Natürlich habe ich auf meinen Reisen auch andersgeartete Geldsysteme gefunden, von denen ich zu gegebener Zeit berichten werde.

Und dann kam es zu einem Zwischenfall, der uns klarmachte, daß wir nicht auf einem vergnüglichen Picknickausflug waren.

Der Voller raste aus einer tiefen Wolkenbank ins Sonnenlicht hinaus, und aus dem Wald unter uns stieg etwas auf, das ich zuerst für Vögel hielt. Es war ein ganzer Schwarm von Lebewesen. Turko, der längst wieder auf den Beinen war, gab Alarm.

»Volleem! Volleem!«

Mehr brauchte er nicht zu sagen. Die Mädchen kreischten auf, die Männer begannen zu fluchen. Die Leem, die gefährlichen achtbeinigen Raubtiere Kregens, katzenhaft, heimtückisch, mit keilförmigen Köpfen und gewaltigen Reißzähnen, mit denen sie Lenkholz durchbeißen können, finden sich in einer Vielzahl von Gattungen überall auf dem Planeten. Es gibt Meeresleem, Schneeleem, Sumpfleem und auch Leem in der Wüste und in den Bergen. Die Volleem indes beherrschten die Lüfte.

Die Wesen flogen mit riesigen dünnen Flügelmembranen, die sich zwischen dem zweiten und dritten Beinpaar jeder Seite erstreckten, und sie wußten sich in ihren Element zu bewegen. Ihr Fell war auf dem Rücken grellrot gefärbt, während ihr Bauch etwas dunkler war. Die Flügel schimmerten im Licht, die langen fingerähnlichen Klauen lagen wie schwarze Netze vor dem Schimmer.

»In die Kabine!« brüllte Turko, schob den alten Xaffer hinein und brachte uns alle in Sicherheit. Turko mochte sich ja in dieser Gegend und mit der Gefährlichkeit der Volleem auskennen, aber die überstürzte Flucht in eine Kabine entsprach nicht meinem Stil. Ich weiß, daß das töricht war, aber ich befürchtete auch, daß die Volleem das Flugboot beschädigen würden.

»Sie werden uns mit ihren Reißzähnen in Stücke reißen«, sagte ich.

»Wir steigen auf«, sagte Turko. »Sie entfernen sich niemals weit vom Wald.«

Und damit behielt er recht.

Wegen dieses Zwischenfalls beschlossen der Xaffer und die beiden anderen Halblinge bei nächster Gelegenheit auszusteigen. Gynor der Brokelsh schloß sich dieser Gruppe an, und wir machten uns daran, die verbleibenden Deldys aufzuteilen – was nicht ohne hämische Kommentare von Saeda und Quaesa abging. Schließlich sagten wir unseren aussteigenden Kameraden Remberee.

Rapechak sah mich nachdenklich an. Als der Voller weiter nach Südosten raste, auf das Nebelmeer zu, sagte er:

»Irgendwo dort unten liegt meine Heimat, Dray Prescot, gar nicht weit von Herrelldrin entfernt, wo Turko zu Hause ist. Es ist sehr kalt dort.«

»Ich würde dein Land gern einmal kennenlernen, Rapechak«, sagte ich. »Wenn wir Mog losgeworden sind.«

»Vielleicht«, sagte er und berichtete, daß der südliche Teil des Kontinents Thothangir genannt wurde. Ich dachte an den rothaarigen Nath und war mehr denn je überzeugt, daß er nicht aus dieser Gegend stammte.

Nach einiger Zeit sahen wir Wolken vor uns aufsteigen, dann schimmerte Wasser tief unter uns. Das gemäßigte Klima war uns nach der Hitze Faols sehr willkommen. Mog rappelte sich auf und gab uns ihre Anweisungen.

»Du mußt bei dunkelster Nacht landen, du Onker. Die verdammten Canops haben überall Patrouillen; Wächter, Söldner und Spione.«

»Gut, Mog, das soll geschehen. Und wir passen auf.«

Yaman lag oberhalb der Mündung eines Flusses, der sich in die zweite der großen Buchten ergoß, die die drei Halbinseln trennte. Wir warteten, bis Far und Havil untergegangen waren und die Frau der Schleier am Himmel stand. Mog bestand darauf, daß wir den Voller in einer Baumgruppe in den Außenbezirken der Stadt versteckten. Sie meinte, die Bäume wären Sidraarga heilig. Wir nahmen unsere Waffen aus dem Boot, rückten uns die Kleidung zurecht und machten uns auf den Weg zum Haus eines gewissen Weinhändlers Planath. Dem Mann gehörte eine Taverne, in die man getrost auch seine junge Braut mitnehmen konnte, wie Mog mir lachend erklärte. Die Heimkehr hatte sie sichtlich munter gemacht. Wenn wir auf eine Canops-Patrouille stießen, lief sie bestimmt nicht davon, dessen war ich sicher.

Wieder einmal wanderte ich durch die Straßen einer fremden Stadt in einem Teil Kregens, der völlig neu für mich war. Links und rechts erhoben sich die Häuser, seltsame Umrisse vor der sternenübersäten Dunkelheit. Nur wenige erleuchtete Fenster waren zu sehen und ganz wenige dahineilende Fußgänger, die uns ebenso bereitwillig aus dem Weg gingen wie wir ihnen. Eine Atmosphäre der Rätselhaftigkeit, ein unheimlicher Schrecken lag über der Stadt, etwas Unsägliches. Yaman schien förmlich verzaubert zu sein.

Ich spürte, wie die Erregung in mir wuchs. In wenigen Minuten würde Mog die Migla bei ihren Freunden sein, und dann war ich frei! Ich war längst davon überzeugt, daß Mog die Frau war, deren Freiheit den Herren der Sterne am Herzen lag. Dasselbe Gefühl hatte mich schon bei Tulema erfüllt, hatte sich aber als trügerisch erwiesen. Aber das passierte mir nicht noch einmal.

Trotzdem rechnete ich jeden Augenblick mit der verhaßten blauen Strahlung oder der riesigen durchsichtigen Gestalt des Skorpions. Ich war ihnen ausgeliefert, war ihr Werkzeug.

Wir schritten durch die Straßen Yamans, und die dunklen Fronten von Häusern und Läden zogen vorbei, die gespenstische Leere von Plätzen und Gassen. Ich sah das rosa Mondlicht auf dem trägen Wasser des Magan-Flusses, die schemenhaften Umrisse von Inseln, die wie Wale im Wasser lagen, und das unruhige

Auf und Ab der Flußboote an den Kais. In meinen Ohren hallten die bekannten leisen Nachtgeräusche einer völlig unbekannten Stadt wider. Wir eilten weiter; Mog führte uns an schmalen Straßen und breiten Treppen vorbei, die zu den Kais führten, durch immer schmalere Gassen und über glitschige Stufen, an deren Ende sich Barken im schmutzigen Wasser bewegten.

Endlich erreichten wir die Taverne von Planath dem Weinhändler.

Ein seltsamer Ort für den Anhänger einer verbotenen Religion. Ein verwachsener Baum neigte sich über das schräge Dach der Taverne. Die Fenster starrten uns blind an. Mog sah sich nach allen Seiten um, ging um das Haus und klopfte ein kompliziertes Signal an die Tür.

Die Tür wurde aufgerissen, und eine heisere Stimme flüsterte: »Herein, herein, im Namen Migshaanu der Tugendsamen, ehe wir alle verhaftet werden!«

Und wir drängten uns ins Haus, wobei sich Mog fluchend die Füße am Türpfosten stieß, und wir erreichten einen dunklen Flur, in dem offenbar Menschen darauf warteten, daß die Tür geschlossen wurde, damit sie Licht machen konnten.

Um die folgende Szene im Hinterzimmer des *Getreuen Canoptic* möglichst genau zu schildern, muß ich verschiedene gleichzeitig ablaufende Dinge darstellen.

Zuerst fiel mir etwas auf, das mich beschäftigt hatte, seit ich von den Herren der Sterne auf Mog aufmerksam gemacht worden war – die körperliche Erscheinung der Miglas.

Es waren keine Apims.

Die etwa zwanzig Wesen, die hier versammelt waren und auf Bänken an der Wand saßen, so daß die Mitte des mit gebohnertem Lenkholz ausgelegten Raums freiblieb, besaßen zwei Arme und zwei Beine und einen Kopf mit Gesichtszügen. Aber diese Gesichtszüge hatten wenig Ähnlichkeit mit denen eines Menschen – soweit dieser Begriff auf Kregen überhaupt noch anzuwenden ist. Die alten Frauen sahen etwa so aus wie Mog, obwohl sie nicht ganz so gekrümmt und boshaft und raffiniert wirkten. Die alten Männer dagegen wirkten dickbeinig, dickarmig und etwas idiotisch. Wenn Sie so wollen, wie Zwerge mit zu großen Köpfen, gedrungenen Körpern, grinsenden Gesichtern, mit Ohren wie Fledermausflügel, die sich ständig bewegten – sie alle starrten Mog voller Ehrfurcht, Entsetzen – und Überraschung an.

Die jüngeren Leute wirkten zwar alle weitaus anziehender, was die Körperproportionen anging, hatten aber Schlappohren und ein idiotisches Grinsen auf dem Gesicht, das wirklich nicht sehr ermutigend war. Dabei waren sie alles andere als schwachsinnig!

Sie trugen knöchellange, ärmellose Umhänge mit ausgestellten Kragen, die einheitlich rostrot gefärbt waren. Ihr Haar war dunkel und kurzgeschnitten, sogar bei den Mädchen. Als die Lampe entzündet wurde, stand ich hinter Saenda und Quaesa, während Mog vortrat. Turko stellte sich neben mir auf, und Rapechak näherte sich von der anderen Seite.

Die Miglas stimmten plötzlich ein lautes Geschrei an. Die Frauen preßten ihre Kinder an sich, und die Mädchen drängten zu den alten Leuten am anderen Ende des Zimmers hinüber. Der Lärm überfiel mich mit der Plötzlichkeit einer Explosion. Die Migla-Männer tasteten suchend hinter den Bänken herum.

Dann fuhren sie hoch und drängten sich an Mog vorbei, die sie verzweifelt aufzuhalten versuchte.

»Wißt ihr denn nicht, wer ich bin? Ich bin Mog, eure Hohepriesterin!«

Die Männer – acht an der Zahl – standen entschlossen vor uns; ihre Frauen und Kinder jammerten und kreischten im Hintergrund.

Die acht boten einen ziemlich komischen Anblick – auf den Gesichtern mit den großen Ohren zeichneten sich Erregung und Angst ab. Sie hatten Speere an sich gerissen – doch mir fiel auf, daß sie offenbar nicht besonders damit umzugehen wußten.

»Hört ihr nicht, Migladorn? Das sind meine Freunde. Es sind Freunde der Hohepriesterin Migshaanus!«

»Du bist die Mächtige Mog!« sagte der stämmigste der Männer. »Aber das sind unmöglich deine Freunde! Sie haben dich hereingelegt! Zwei Apim-Krieger, ein Rapakämpfer und zwei Shishis! Sie müssen sterben!«

Die acht Speerspitzen hoben sich. Mit erstaunlichem Tempo – eine entschlossene und völlig unerwartete Reaktion – schleuderten die Migla-Männer ihre Waffen.

Und dieser Wurf hatte absolut nichts Amateurhaftes. Mit entsetzlicher Genauigkeit flogen die tödlichen Spitzen auf uns zu.

18

Unsere Gruppe bestand aus einem Rapasöldner, einem Khamorro und einem Erdenmenschen, der Kregen zu seiner zweiten Heimat gemacht hatte. Und wir reagierten ganz unterschiedlich. Turko bückte sich vor dem Speer, der sich hinter ihm in die Tür bohrte. Rapechak sprang zur Seite. Nur ich, Dray Prescot, mußte den Prahlhans spielen, wenn ich den Kozairtrick auch ausgezeichnet beherrschte: Ich fing den Speer in der Luft auf und drehte ihn um.

Mog erhob ihre Stimme über das Geschrei. »Senkt die Speere! Ich bin die Allmächtige Mog, Hohepriesterin Migshaanus! Diese Apims und dieser Rapa haben mir geholfen und mich hierhergebracht!«

Dann sah mich die alte Frau vielsagend an. Allmächtige Mog – bei Makki-Grodnos wurmzerfressener Leber! Die alte Mog! Unglaublich und lachhaft! Wenig später saßen wir am Tisch und aßen und tranken und tauschten Informationen aus, und Mog erfuhr, was seit ihrem Verschwinden in Yaman geschehen war.

Irgendwie hatten es die beiden Mädchen geschafft, sich links und rechts von mir niederzulassen, und sie drängten sich immer wieder an mich. Ich konnte es ihnen nicht verdenken; auch ich mußte den Schrecken erst verdauen.

Allerdings kümmerte ich mich nicht weiter um sie. Mog war zu Hause bei ihren Freunden! Die Migla hatten sich hier eingefunden, um einen verbotenen Migshaanu-Ritus abzuhalten, und die Nachricht von der Rückkehr der Hohepriesterin würde sich um so schneller in der Stadt verbreiten. Ich hatte meine Arbeit also getan. Ich wollte nach Hause zurückfliegen.

Ja, zu diesem Entschluß war ich gekommen. Es war auch später noch Zeit, mehr über Flugboote oder Aphrasöe zu erfahren. Ich unterschätzte die Bedeutung dieser beiden Projekte nicht, doch ich sehnte mich danach, Delia und meine Kinder in die Arme zu schließen. Ich erschauderte bei dem Gedanken an die blaue Strahlung, doch ich war fest überzeugt, daß ich die Wünsche der Herren der Sterne diesmal erfüllt hatte. Die beiden Mädchen redeten auf mich ein. Obwohl ich kaum zuhörte, weil ich mich mehr für Mogs und Planaths Berichte interessierte, spürte ich, daß sich beide Mädchen immer intensiver mit mir beschäftigten. Beide wollten mich nun in ihre Heimat mitnehmen; offenbar hatten sie vergessen, daß die eine als Gast bei der anderen aufgenommen werden sollte. Sie warben um mich und versuchten sich gegenseitig zu übertrumpfen, während ich den Berichten Planaths lauschte.

»Die Totrixes meines Vaters sind in ganz Südost-Havilfar berühmt!«

»Die Firma meines Vaters hat Niederlassungen in ganz Havilfar!«

»Die verfluchten Canops haben letzte Woche Mackili verhaftet und bei den Ruinen des Tempels gepfählt.«

»Methydrin ist ein herrliches und reiches Land.«

»In Dap-Tentyra könnten wir so glücklich sein!«

»Wir verhungern, wenn wir nicht arbeiten, und Arbeit bekommen nur die, die den Silberleem verehren.«

»Lieber Dray, ich würde deine Hilfe sicher zu schätzen wissen.«

»Man ist so gut wie tot, wenn man auf der Straße mit einer Waffe erwischt wird.«

Ich beugte mich vor, um eine Frage über die schweren Speere zu stellen, die die Migla benutzt hatten.

»Dray! Du hörst mir ja gar nicht zu!«

»O doch, ihr beiden, ich weiß eure Freundlichkeit zu schätzen. Aber ich besuche euch trotzdem nicht.«

Daraufhin fuhren sie zurück, und ihre Wangen röteten sich zornig. Aber der Wettstreit ging weiter, und sie rückten bald wieder näher. Ich stand auf und ließ sie miteinander flüstern, während ich zu Planath dem Weinhändler hinüberging.

»Sag mir eins, Horter Planath. Eure Speere, die tragt ihr nicht offen?«

»Wie könnte man die unter der Kleidung verbergen?« schaltete sich Turko spöttisch ein.

»Richtig, Horter Prescot! Der Wurfspeer, der Stux, ist unsere traditionelle Waffe – wir sind ja ein friedliches Volk und wissen wenig über Schwerter und Bögen, und bis jetzt haben wir uns nur um uns selbst gekümmert. Wir jagen mit dem Stux die Vosks, die es zu Millionen in den Bergen und Wäldern gibt.«

»Eine gute Waffe. Und die Canops?«

Mog quittierte die Frage mit einem Schwall wüster Beschimpfungen, die sich die Miglas höflich anhörten. Als sie fertig war, sagte Planath der Weinhändler: »Die Canops sind brutal und rücksichtslos. Sie haben uns mühelos unterdrückt. Wir hätten uns vielleicht gewehrt, obwohl wir sicher besiegt worden wären, wenn da nicht . . .« Er stockte.

»Ja! Wenn da nicht eure Religion in den Schmutz gezogen worden wäre! Wenn die Invasoren eure Hohepriesterin nicht geschändet hätten! Ah, es gab genug Gründe!«

Nun begannen alle durcheinanderzureden. Ich dachte an den Stux, der gegen eine wohlgeordnete Kampftruppe nicht viel ausgerichtet hätte. Vielleicht waren sie so doch besser dran. Wenigstens lebten sie noch.

Das Gespräch dauerte nun nicht mehr lange; dabei fiel einmal der Name Mag, den ich mir merkte. Kurz darauf standen die Miglas auf und verabschiedeten sich. Ihre Speere nahmen sie nicht mit; die Waffen blieben in den Verstecken hinter den Bänken zurück.

Wir wurden in einem Giebelraum unter dem schrägen Dach untergebracht und schliefen wie auf unserer Flucht mehr oder weniger zusammen. Nur Mog wurde fortgeführt. Morgen früh, so sagte ich mir vor dem Einschlafen, morgen wollte ich nach Hause fliegen.

In der Nacht bekam ich Besuch von den beiden Mädchen, die nacheinander ihr Glück mit allen möglichen Zärtlichkeiten bei mir versuchten; aber ich schickte sie wieder fort. Am nächsten Morgen sprachen sie nicht von den nächtlichen Bemühungen, doch ich ahnte, daß ihr Groll auf mich wuchs.

Als ich herausfand, daß die Mädchen in Ländern des dichtbesiedelten Streifens an der Ostküste des Nebelmeers zu Hause waren, konnte ich sie getrost vergessen. Die beiden brauchten nur eine Passage an Bord eines Vollers oder eines Schiffs zu buchen und das Nebelmeer zu überqueren – schon waren sie zu Hause.

Planath der Weinhändler betrachtete meinen roten Lendenschurz und den roten Umhang und schnalzte mit den Lippen.

»Rot ist die Farbe Migshaanus der Gesegneten! Wir tragen sie nur bei Festen – aber die Farbe ist natürlich verboten.« Er trug eine braune Tunika mit Weinflecken darauf. »Wenn du verzeihst, Horter Prescot, aber ich glaube, die Canops werden etwas gegen deine Farbe einzuwenden haben.«

Ich sagte ihm, Rot sei die Farbe Strombors und die Farbe Zairs, aber ich überlegte mir die Sache, dachte an Delia und die Zwillinge und zog schließlich einen schlechtgeschnittenen dunkelbraunen Sack über, den Planath Robe nannte.

Aber darunter behielt ich den Lendenschurz um, wenn ich auch das Schwert ablegte.

Nach dem Frühstück wandte sich Rapechak an mich. »Ich bin Söldner«, sagte er. »Ich könnte mich bei den Canops verdingen. Wenn sie genug zahlen.«

»Das könntest du tun«, sagte ich überrascht.

»Ich glaube nicht, daß ich alt genug bin, um nach Hause zurückzukehren. Außerdem ist es da unten zu kalt. Ich habe mich an die Hitze gewöhnt. Und ich habe mein Glück noch nicht gemacht.«

»Das betrübt mich zu hören.«

Rapechak deutete auf den Khamorro, der grinsend zuhörte. »Turko hat kein Ziel.« Er rieb sich den Schnabel. »Du hast noch nicht gesagt, wohin du fliegen willst, Dray Prescot.«

»Das ist richtig. Ich habe es noch nicht gesagt.«

Schweigen trat ein im Hinterzimmer des *Getreuen Canoptic*.

Die beiden Mädchen riefen, daß ich sie begleiten würde, was ich aber mit dem Hinweis auf die günstigen Verkehrsverbindungen ablehnte.

So zurückgeblieben und arm das Land Migla auch sein mochte, gab es doch sicher Transportunternehmen, die zahlungskräftige Passagiere beförderten.

Migla war ein typischer Fall, ein religiöses Land, das von einer kleineren Gruppe rücksichtsloser Wesen besiegt worden war. Die anderen Nationen am Nebelmeer sahen keine Veranlassung einzugreifen; wahrscheinlich waren sie erleichtert gewesen, daß sich die Canops nach dem vulkanischen Untergang ihrer Inselheimat Migla und nicht ihren Ländern zugewandt hatten.

Die Miglas lebten in Todesangst vor den Canops und wagten es nicht, ihre Befehle zu mißachten, aus Furcht vor der Rache der Canopdrin. Die winzige Gruppe, die es wagte, Migshaanu zu verehren, mußte wahrlich einen ungeheuren Mut aufbringen, um ihrem Gott treu zu bleiben.

Plötzlich trat eine Halbling-Frau in das Hinterzimmer der Taverne – ganz in Rot gekleidet. Ihr Gewand war goldbestickt, an ihren Fingern schimmerten kostbare Ringe, und eine Krone aus Gold und Silber und geschmückt mit Rubinen ruhte auf ihrem

Haupt. Das Gesicht der Frau leuchtete. Ihre Lippen waren dünn, die Nase gekrümmt, das spitze Kinn vorgereckt, wie es für eine Migla typisch war. Sie trug einen großen vergoldeten Stab, und überall an ihrem Körper funkelten Edelsteine.

Eine Mischung aus Ehrfurcht und Stolz zeichnete sich auf Planaths Gesicht ab; seine Frau Ploy folgte der eindrucksvollen Erscheinung ins Zimmer.

Saenda und Quaesa verstummten. Rapechak zupfte an seinem großen Schnabel und stieß ein Zischen aus.

»Sei gegrüßt!« rief Planath heiser. Auch er trug seine rote Robe, hatte zusätzlich einen schimmernden Gurt aus Goldtuch umgebunden und umklammerte eine kleine silberne Nachbildung des Stabes in der Hand der Miglafrau. »Sei gegrüßt!« sagte Planath noch einmal. »Sei gegrüßt, Hohepriesterin Migshaanus der Herrlichen!«

Niemand brachte ein Wort heraus. Mir ging diese Szene nicht besonders nahe, denn all meine egoistischen Gedanken galten Delia und Valka, aber ich spürte, daß die Versammelten mich ansahen. Ohne nachzudenken erhob ich die Stimme und sagte: »Mein Gruß, Mächtige Mog!«

Was ich wohl für einen passenden ironischen Kommentar hielt, bei der Gesegneten Mutter Zimzu!

Die alte Hexe verstand mich sofort. »Du kannst mich ruhig verspotten, Dray Prescot! Aber ich bin, was ich bin. Eines Tages, wenn Migshaanu will, werde ich zurückkehren und meinen Tempel wieder aufbauen; dann können die Yamaner endlich wieder ihre rechtmäßige Göttin verehren.«

»Das hoffe ich von ganzem Herzen, Mog«, sagte ich.

Bei diesen Worten machte Mog kehrt, als habe sie erreicht, was sie erreichen wollte, und zog sich zurück. Ich blickte ihr nach. In dieser Frau steckte wahrlich mehr, als man auf den ersten Blick sah – das wußten auch die Herren der Sterne, die sich nicht mit einfachen Menschen abgaben.

»Was für ein Auftritt!« sagte Saenda. »Man könnte fast glauben, sie sei eine Königin!«

Ich wandte mich an die beiden Mädchen. »Was Mog angeht, so möchte ich euch beiden eines sagen – ihr würdet mir einen großen Gefallen tun, wenn ihr eure Zungen hütet. Sonst habe ich keine Skrupel, euch mein Mißfallen zu beweisen!«

»Wenn du jetzt auf der Hazienda meines Vaters wärst . . .«, begann Quaesa, wurde aber sofort von Saenda unterbrochen. Die beiden stürzten sich wieder einmal in einen heftigen Streit und vergaßen mich dabei völlig. Die Mädchen wußten nicht mehr, wie sie zu Sklaven geworden waren. Sie lebten zwar in verschiedenen Ländern, doch die Umstände ihrer Gefangennahme schienen mir verdächtig ähnlich zu sein. Sie waren zu einer Party gegangen und erinnerten sich danach an nichts mehr – sie erwachten und waren schon auf dem Weg nach Faol. Vermutlich hatte der Kov von Faol Entführer losgeschickt, die ihm hübsche Mädchen für seine Jikais verschaffen sollten. Ich nahm mir vor, diesen Kov von Faol eines Tages einmal zu besuchen.

Wir schritten durch die sonnigen Straßen Yamans. Ringsum gingen die Miglas ihrer Arbeit nach; sie wirkten bedrückt.

Die Herren der Sterne setzten mich nie ohne Grund ein. Wenn ich vier Lebewesen aus der Sklaverei gerettet hatte, die die Herren der Sterne eigentlich nicht haben wollten, hätten sie mich kaum gewähren lassen. Von allen hatte Lilah, die erste, bei unserer Trennung noch in der größten Gefahr geschwebt, und ich war halb entschlossen, einen Abstecher nach Hyrklana zu machen, um festzustellen, ob sie gut angekommen war. Die Herren der Sterne lenkten mich; was ich heute tat, mochte sich in zwanzig Jahren positiv auswirken. Daß diese Vermutung zutraf – darüber sollen Sie später mehr erfahren.

Vor uns war plötzlich ein Durcheinander; Miglas begannen über die Straße zu hasten.

»Was ist los?« fragte Saenda mit schriller Stimme.

»Beschütze mich, Dray!« rief Quaesa und umklammerte meinen Arm. Der kleine Onker hängte sich doch tatsächlich an meinen Schwertarm! Zwar hatte ich im Augenblick keine Waffe bei mir, aber im Ernstfall wäre ich jetzt unangenehm behindert gewesen.

Ringsum liefen Miglas durch die Straßen. Ich zerrte die Mädchen in den Schutz eines Vorbaus. Die Miglas-Häuser waren schmal und hoch und hatten schräge, spitze Dächer, vermutlich um das Landen von Sattelvögeln zu erschweren.

Neben uns rettete sich eine Migla in ein Gebäude und knallte die Tür hinter sich zu. Wir konnten für die Panik nicht verantwortlich sein, denn wir waren nicht die einzigen Apims in der Stadt – wir hatten auch schon andere Menschen und Rapas gesehen, außerdem einige Ochs, einen Brokelsh und einige Xaffer.

Plötzlich entdeckten wir eine Gruppe Männer in der Mitte der Straße. Sie marschierten im Gleichschritt. Sie trugen Rüstungen, die im Sonnenlicht schimmerten. An ihrer Hüfte baumelten Thraxters, und über den Schultern wippten präzise ausgerichtete Armbrüste. Ihre Sandalen hatten feste Sohlen, und das Klicken von metallbeschlagenen Absätzen hallte durch die Straße. Die Helme ragten hoch auf und trugen eine Krone aus bunten Federn des Pfeifenden Faerling – des kregischen Pfaus. Die Männer wirkten selbstbewußt und außerordentlich kampferprobt.

An der Spitze marschierten vier Mann mit Trompeten, die sie allerdings nicht angesetzt hatten. Hinter dieser Reihe kam der Standartenträger, der prunkvoll gekleidet war. Die Standarte war ein funkelnder Mast, in Silberdrähte gewickelt – daran flatterte ein buntes Banner, und an der Spitze befand sich die Skulptur eines springenden Leem.

Seltsam, dachte ich mir, wie Menschen den Leem zu ihrem Symbol erwählen können!

Dann sah ich die Gesichter der Männer. Brutal, herablassend, intolerant. Aber ich kenne viele Männer, die diese Züge aufweisen, und muß zu meiner Schande gestehen, daß auch ich zuweilen so aussehe. Aber diese Männer hatten noch etwas anderes an sich, etwas Sadistisches.

Die Miglas verschwanden von der Straße, verbargen sich vor den Blicken der schrecklichen Truppe. Die alte Miglafrau steckte den Kopf aus dem Fenster neben uns und zischte: »Senkt die Köpfe! Verbeugt euch, ihr Onker, sonst werdet ihr es bereuen!« Und klappernd schloß sich das Fenster wieder.

Rapechak, der ein erfahrener Söldner war, verstand ihre Warnung sofort.

Auch ich begriff, was sie meinte, wollte aber in meinem idiotischen Stolz nicht nachgeben, konnte mich nicht überwinden, die Demutsgeste zu machen. Turko entstammte einem versklavten Volk, und auch er neigte den Kopf, als der Silberleem, das Abbild Leems, vorbeigetragen wurde.

Der Offizier – ein Hikdar, der in einer Rüstung voller silberner und goldener Medaillen die Hauptgruppe anführte, wandte den Kopf.

Turko streckte beide Hände aus und drückte die Köpfe der Mädchen nieder. Mich konnte er aber nicht erreichen – und hätte wohl auch nicht versucht, mich anzufassen.

Der Hikdar starrte mich an und brüllte: »Nulsh! Verbeuge dich vor dem Herrlichen Leem!«

Ich, Dray Prescot, sollte mich vor einem Leem verbeugen?!

Der Hikdar gab einen Befehl, und die Abteilung blieb stehen. Nun kam der Anführer auf mich zu. Er zog seinen Thraxter, und auf seinem dunklen Gesicht schimmerte eine Freude, die mich an seinesgleichen immer wieder verwirrt hat.

»Verbeuge dich, Nulsh, ehe es zu spät ist!«

»Ihr seid Canops?« fragte ich.

Er wich zurück, als hätte ich ihm einen Schlag ins Gesicht versetzt.

»Dreckiger Nul! Natürlich sind wir Canops! Ich bin Hikdar Markman ti Coyton vom Dritten Regiment der Canoptischen Infanterie. Und du bist ein toter Nulsh!«

Ich reagierte zu langsam auf das Entsetzliche der Situation! Diese bösartigen Canops waren Menschen wie ich! Diese Erkenntnis ließ mich schwach werden. Ich sah, wie der Thraxter zum tödlichen Stoß erhoben wurde.

»Ihr seid also die Canops!« sagte ich. »Ich mag dich nicht, Hikdar Markman, und ich verachte deine Kleesh-Rasse!«

Und ich versetzte dem canoptischen Hikdar einen fürchterlichen Tritt in den Unterleib.

19

Dabei vergaß ich natürlich die Rüstung nicht und achtete genau auf mein Ziel.

Ehe er sich erbrechen und mich womöglich beschmutzen konnte, zerrte ich ihn an mich, nahm ihm den Thraxter ab, versetzte ihm einen Faustschlag auf die Nase und sagte zu Turko, Rapechak und den Mädchen: *»Lauft!«*

Hinter uns lag ein Labyrinth von Gassen und kleinen Straßen, und ich hoffte darauf, daß die Männer des Dritten Infanterieregiments ungern ihre Formation aufgeben würden, um uns durch das Gewirr der Straßen zu verfolgen. Ich wußte auch, daß sich in den nächsten Sekunden Armbrustpfeile auf die Jagd nach uns machen würden. Turko und Rapechak zögerten nicht. Jeder der beiden griff sich ein Mädchen und verschwand in der Mündung einer

Gasse, über die sich die schmalen Häuser förmlich zu berühren schienen.

Ich betrachtete abschätzend meinen Gegner. Ich kannte den Typ. Es handelte sich nicht um Söldner, wie ich ihnen in anderen Gegenden Kregens oft begegnet war. Diese Männer gehörten zu einer nationalen Armee. Sie besaßen sicher eine vorzügliche Disziplin und sahen weitaus kampferprobter aus als die Armee Hiclantungs. Diese Männer waren gut ausgebildet und kämpften zweifellos nicht für Geld, sondern aus Liebe zu ihrem Land.

Und damit stellten sie mir ein Problem, das viel schlimmer war, als ich geahnt hatte.

Aus der ersten Soldatenreihe löste sich ein Deldar und begann Befehle zu brüllen, die Armbrüste zuckten hoch.

Wenn ich noch einen Moment länger verweilte, war ich bald wie ein Nadelkissen gespickt.

Ich hetzte um die Ecke, stemmte mich dabei blitzschnell mit den Füßen an der Wand ab und floh – ja, ich floh! Hinter mir prallten die Pfeile klirrend von der Mauer ab. Vielleicht waren diese Soldaten entgegen meiner Annahme doch darin geübt, Flüchtlinge durch ein Gassengewirr zu verfolgen – vielleicht hatte das kasbah-ähnliche Labyrinth keine Geheimnisse für sie. Ich rannte so schnell ich konnte – in letzter Zeit war ich ziemlich oft geflohen, und das war vermutlich der eigentliche Grund, warum ich mich nicht vor dem Silberleem verbeugt hatte.

Von meinen Begleitern war nichts mehr zu sehen, und ich vermutete, daß sie sich schleunigst abgesetzt hatten. Ich bog um Ekken, sprang über stinkende Abflußgräben, huschte durch Torbögen und polterte schmale Treppen hinab – in der Hoffnung, sie einzuholen. Ich sah niemanden, aber natürlich beobachteten mich viele Augen auf meiner Flucht.

Als ich die letzte Gasse verlassen hatte und eine breite Treppe erreichte, die zum Hafen hinabführte, erkannte ich, daß ich Turko, Rapechak und die Mädchen verloren hatte.

Zum erstenmal seit langer Zeit war ich ganz allein.

Sosehr ich diese Situation begrüßte, ich mußte schleunigst Abhilfe schaffen. Durch meine Dummheit und meinen Stolz waren die anderen in Lebensgefahr geraten. Ich mußte dafür sorgen, daß sie gerettet wurden.

Eine Verkleidung mochte mir dabei helfen.

Ich war kein Migla und brauchte also eine Gummimaske, um

mich auch nur notdürftig als Einheimischer zurechtzumachen. In einer kleinen Schänke fand ich den Richtigen, der mir dabei helfen konnte.

Es war ein alter Fährmann, der sich bereitwillig von dem dunkelblauen Jersey seines Berufs trennte, zu dem auch eine flache Ledermütze gehörte. Ich gab ihm dafür eine Silbermünze, auf der der König irgendeines havilfarischen Landes abgebildet war. Er riß die Augen auf, als er den Thraxter erblickte, den ich unter meiner alten braunen Robe getragen hatte.

»Wenn dich die Canops mit der Waffe erwischen, bist du tot.«

»Das ist noch nicht heraus – vielleicht sind die Canops als erste dran. Kommst du mit ihnen aus?«

»Wie?« Er hatte sich offenbar schnell ein Urteil über mich gebildet und antwortete mir ganz offen. »Ich hatte ein hübsches kleines Geschäft, ehe *sie* kamen. Kann die Kerle nicht ausstehen – jetzt gibt's nur noch Vorschriften! Ich spiele mit dem Gedanken, zu verschwinden. Gibt genug Möglichkeiten auf der anderen Seite.« Damit meinte er die gegenüberliegende Küste des Nebelmeers. »Ich bin mit den Miglas wirklich gut ausgekommen, aber jetzt können sie mich nicht mehr ausstehen – ich erinnere sie an die Canops! Dabei habe ich an den besonderen Migshaanu-Feiertagen mit ihren Kindern Ausflüge gemacht!«

Ein wenig gutes Zureden schien geboten zu sein, und wir tranken einen Krug miteinander. Er erzählte mir von den guten Geschäften, die er früher gemacht hatte. Die Miglas exportierten Voskleder, das sie vorzüglich zu gerben verstanden. Aber dieser Handel war jetzt ziemlich eingeschlafen, und die Canops bemühten sich, andere Wirtschaftszweige zu fördern. »Dummköpfe!« sagte der Fährenwächter, der sich Danel nannte.

Ich sagte ihm Remberee, wickelte den Thraxter in meine alte braune Robe und wanderte langsam zum *Getreuen Canoptic* zurück. Ich war mir der Ironie dieses Namens durchaus bewußt – ausgerechnet in dieser Taverne trafen sich die Anhänger der Migshaanu-Religion. Am Ziel angekommen, erfuhr ich, daß meine Reisebegleiter noch nicht wieder aufgetaucht waren. Planath war ziemlich außer sich, denn die Neuigkeit hatte sich mit Windeseile in der ganzen Stadt verbreitet. Ein Hikdar der Canoptischen Armee war auf offener Straße niedergeschlagen und getreten worden! Patrouillen kämmten sämtliche Viertel durch und suchten den Wahnsinnigen, der diese Tat begangen hatte. Ich leerte einen Becher Wein, der kaum besser war als der Wein, den ich mit Danel getrunken hatte, und wartete unruhig. Schließlich kam ich nicht mehr um die traurige Schlußfolgerung herum, daß Quaesa und Saenda und Rapechak und Turko nicht in den *Getreuen Canoptic* zurückkehren würden.

Als die Frau der Schleier hinter den schwarzen Hügeln Miglas versank und der Himmel von dem unruhigen Licht der Zwillinge erfüllt wurde, brachte mir Planath die schreckliche Neuigkeit, vor der ich mich gefürchtet hatte.

»Man hat sie gefangen, Horter Prescot. Eine Patrouille hat sie erwischt, und jetzt liegen sie in den Verliesen von Mungul Sidrath!«

Ich saß am Tisch, den Weinbecher in der Hand, und hätte am liebsten Flüche ausgestoßen, die den nervösen kleinen Halbling vor Entsetzen gelähmt hätten.

Mungul Sidrath, so erzählte er mir, war eine Zitadelle, in die man nicht einbrechen konnte. Das Gebäude erhob sich auf einem steilen Felsvorsprung im Maganfluß und ragte hoch über der Stadt auf. Vor langer Zeit hatte dort die Königsfamilie mit ihrer Söldnergarde gewohnt, und sie hatten auf Yaman herabgelächelt und hatten die tägliche Verehrung Migshaanus willkommen geheißen. Jetzt lebte dort der Stadtkommandant, der mit Entsetzen über Yaman herrschte. Viele Soldaten standen unter seinem Kommando, außerdem Söldnerverbände aus wilden Stämmen des Binnenlandes, die wenig Ähnlichkeit mit den treuen Söldnern des früheren Königs hatten. Nun, ich mußte Mungul Sidrath irgendwie bezwingen! Eigentlich brauchte ich diese tollkühne Tat gar nicht zu vollbringen! Die Herren der Sterne hatten mir befohlen, Mog zu befreien, und das hatte ich getan; sie war in Sicherheit. Nun stand es mir frei, nach Hause zurückzukehren. Diesmal würde mich keine blaue Strahlung aufhalten, davon war ich überzeugt. Ich konnte das Flugboot aus dem heiligen Hain Sidraargas holen und nach Valka fliegen.

O ja, das konnte ich tun – niemand würde mich aufhalten.

Turko und Rapechak und die Mädchen waren in den Verliesen der Canops angekettet, doch sie gingen mich im Grunde nichts an. Sie hatten Pech gehabt. Und was kümmerten mich die Geplänkel der Canops? Aber meine Flüche nützten nichts! Ich stand auf.

»Ich muß in die Festung, Horter Planath. Gibst du mir zu essen und zu trinken?« Ich zog goldene Deldys aus der Tasche.

Aufgebracht schob Planath das Geld von sich.

»Ploy!« rief er. »Beeil dich, Frau, bereite eine Mahlzeit vor. Horter Prescot hat Hunger!«

Nachdem ich gegessen und getrunken hatte, wischte ich mir die Lippen ab und sah mich im Kreis der Miglas um. Schweigend war die alte Mog ins Zimmer getreten. »Du bist und bleibst ein Dummkopf, Dray Prescot«, sagte sie. Ihre Stimme hatte alle Schärfe verloren. »Ein Onker! Aber du bist ein Mann und ein Freund Migshaanus, das weiß ich jetzt! Sie wird dich bei deinem verzweifelten Abenteuer begleiten.«

»Das ist gut . . .«, sagte ich. »Ich nehme die Hilfe Migshaanus der Herrlichen gern an, Mächtige Mog.«

Ihre harten Achataugen starrten mich an, dann aber entspannte sie sich. Sie schien zu erkennen, daß ich sie nicht mehr verspottete – wenigstens nicht im Augenblick.

In dem alten blauen Jersey des Fährmanns, seine flache Ledermütze tief in die Stirn gezogen, näherte ich mich der Zitadelle Yamans. Ich kam ohne Waffen und hielt mich im Schatten. So erreichte ich die äußere Steinmauer der Festung, die sich im rosaschimmernden Mondlicht vor den Sternen Kregens erhob.

Das Bauwerk war sehr alt, denn in Havilfar ist viel aus tiefer Vergangenheit erhalten, und obwohl man die Zitadelle mit Sorgfalt errichtet hatte, wies sie doch da und dort die Spuren des Alters auf. Ein Arm des Magan umschloß die Festung wie ein Burggraben, und die Brücken wurden von energischen und offensichtlich gut ausgebildeten Infanteristen der Armee von Canopdrin bewacht.

Während ich in den Schatten lauerte, sah ich plötzlich etwas, das mir auf Kregen bisher noch nicht begegnet war.

Ich starrte hinüber, und eine Sekunde lang war die Dringlichkeit meiner Mission vergessen; ich starrte auf die Soldaten, die diese gewaltige Burg bewachten.

Die Fußsoldaten trugen eine Rüstung wie die Männer des Dritten Infanterieregiments, das ich auf der Straße gesehen hatte, und auf den Köpfen Bronzehelme mit buntem Federschmuck. Die Bewaffnung bestand aus einem Stux und einem Thraxter. Armbrüste waren nicht zu sehen. Doch was die Männer für mich einzigartig machte, war die Tatsache, daß die Soldaten Schilde trugen, etwas auf Kregen völlig Unübliches.

Die Schilde waren oval wie die Fenster des *Getreuen Canoptic,* sie waren auch ziemlich groß und reichlich verziert. Die Männer schienen zu wissen, wie man mit einem Schild umgeht. In Segesthes und Turismond hatte ich vergeblich nach diesen Hilfsmitteln eines Kriegers Ausschau gehalten; dort hielt man jede Art von Schild für die Waffe eines Feiglings.

Nun schlich ich vorsichtig um das Fundament einer Bastion herum – die Türme waren viereckig – und wanderte weiter. Die schnelle Bewegung der kleineren Monde am Himmel spornte mich zur Eile an.

Der Mann, der in meine Pläne paßte, lehnte auf seinem Stux und öffnete gerade eine Packung aus weichen Blättern, um an eine Rolle Chem heranzukommen. Ich versetzte ihm unter der Kante seines Helms einen Schlag in den Nacken, und er sank auf dem Pflaster zusammen.

Ich zerrte ihn in den Schatten einer Mauer und zog ihn aus, was mich einige Zeit kostete. Obwohl ich gut aufgepaßt und mir den richtigen Mann ausgesucht hatte, war seine Rüstung ziemlich eng.

Als Soldat der Armee von Canopdrin trat ich wieder in den Mondschein hinaus und ließ den echten Soldaten gefesselt und geknebelt zurück. So marschierte ich kühn auf die Brücke zu.

Es mag richtig sein, daß der Zwang zu Disziplin und Organisation eine Armee der anderen sehr ähnlich macht, aber es muß auch große Unterschiede zwischen den verschiedenen Streitkräften geben, Einzelheiten, die für jede Kampftruppe typisch sind. Ich war zuversichtlich, daß ich die ersten Hürden mit meinem Bluff überwinden konnte, aber dann mußte ich mich doch auf mein Glück verlassen. Eine andere Möglichkeit, mir so schnell Zugang zur Festung zu verschaffen, gab es nicht.

Der gesunde Menschenverstand sagte mir, eine Brücke zu suchen, die möglichst weit von der Gegend entfernt war, in der der bewußtlose Wächter Dienst getan hatte. Auf meinem Schild befand sich unter dem eingravierten Bild des springenden Leem das stilisierte Abbild eines Fluttrells, dazu die Zahlen Sechs und Fünf. Aus dem Größenunterschied schloß ich, daß es sich um das sechste Regiment und die fünfte Einheit dieses Regiments handelte, deren genaue Bezeichnung ich noch nicht kannte, denn Planath hatte von militärischen Dingen keine Ahnung. Die Männer an der Brücke, die ich mir aussuchte, hatten nicht nur andere Farben an ihren Schulterpanzern, sondern trugen unter dem Silberleem auf ihren Schilden das blaugemalte Bild eines Zorca mit einer Acht und einer Zwei.

Ich marschierte entschlossen weiter und hob grüßend meinen Stux, wie ich es schon beobachtet hatte. Ohne anzuhalten ging ich durch das Tor. Ein Ob-Deldar blickte mir nach und rief: »Durchfall wie alle in diesem Drecksland, was, Soldat?«

Ein Ob-Deldar ist der niedrigste Rang über einem gemeinen Soldaten. Ich antwortete heiser: »Kann man wohl sagen, Deldar.«

Der Ob-Deldar lachte boshaft, und ich trat in die dunklen Schatten von Mungul Sidrath.

Nun konnte ich mich nicht mehr auf meine Beobachtungen verlassen, die mir über Verhalten und Angewohnheiten des Wachpersonals Aufschluß gegeben hatten.

Planath der Weinhändler hatte kopfschüttelnd von Verliesen gesprochen. Ich mußte also irgendwie nach unten, und dazu mußte ich eine Treppe finden. Ich konnte mir denken, wo sich in einer Festung die Treppen befanden, und stellte fest, daß der unbekannte Erbauer Mungul Sidraths die gleichen Überlegungen angestellt hatte. Die Treppe war ungewöhnlich schmal und drehte sich in die falsche Richtung – das heißt, sie war so angelegt, daß ein sich nach unten durchkämpfender Mann den Vorteil der Krümmung auf seiner Seite hatte. Was weiterhin bedeutete, daß der Architekt die Möglichkeit eines Eindringens unter der Erde in Betracht gezogen und die Ebene des Haupttors zum Angelpunkt der Verteidigung gemacht hatte. Auch war offensichtlich nicht vorgesehen, daß die Verteidiger sich bei einem erfolgreichen Angriff durch das Haupttor nach unten zurückzogen. Auf dem Weg nach oben in die Türme wirkte die Krümmung der Wendeltreppen sicher gegen den Hinaufstürmenden.

Unten endete die Treppe in einem Gang. Die Decke war sehr niedrig, und ich setzte den hohen Helm ab. Weiter hinten verbreiterte sich die Passage, und zwei Wächter, deren Stuxe an der Wand lehnten, hockten am Boden und würfelten. Sie blickten auf, als ich näher kam, sahen, daß ich ein einfacher Soldat war, und machten mir Platz. Weiter hinten mochte es noch mehr Wächter geben; so verschonte ich die beiden und ging weiter.

Sie hatten kein Wort gesagt. Die Sprache des Ob-Deldars hatte sich kaum vom universalen Kregisch unterschieden; vermutlich handelte es sich um Canoptisch, die Umgangssprache der Canoptrin. Das Rauschen von Wasser vor mir und eine spürbare Abkühlung der Luft trieben mich zur Eile an.

In einer von Menschenhänden erweiterten Felshöhle schoß durch eine breite Öffnung dicht unter der Decke Wasser herein, strömte in gewaltigem Bogen durch eine breite Wanne und verschwand als schimmernder Bogen in einer gewölbten Öffnung in der gegenüberliegenden Wand. Der Weg setzte sich auf einer schmalen Holzbrücke fort, die das schäumende Wasser überspannte. Stufen führten zu einer raffinierten Vorrichtung, einem riesigen Rad, mit dem das Wasser gehoben wurde, bis es in der Öffnung eines Schachts verschwand. Eimer hingen vor der Schachtöffnung. Hier ließen Wächter ihre Peitschen knallen, und Sklaven aller Rassen bewegten die Maschinerie, eine Stufe nach der anderen, und hoben das Wasser in die Festung, damit die mächtigen Herrscher der Stadt trinken und sich waschen und das Wasser verwenden konnten, das so viel Schweiß und Mühe gekostet hatte.

Die Räder quietschten, Wasser plätscherte, Peitschen knallten, Männer schrien, und Aufseher brüllten Befehle, um die Arbeit zu beschleunigen.

Ich grüßte den befehlshabenden Deldar und trat in einen dunklen Gang, wo es keine Feuerglasreihen gab wie in der großen Wasserhöhle. Hier brannten nur einige primitive Fackeln.

Aus einem Nebengang, der mit einer Eisentür verschlossen werden konnte, trat mir ein Hikdar entgegen. Er trug einen Schild wie den meinen, nur waren der Fluttrell und die Ziffern Sechs und Fünf in silbrigem Relief herausgearbeitet. Er starrte mich mit seinem abweisenden, mahagonidunklen Gesicht mißtrauisch an. Das Mißtrauen wurde sichtlich zur Gewißheit.

»Ich kenne jeden Mann der Achtzig in der Fünften Pastang! Du gehörst nicht zu meinen Leuten, und eine Desertion hat es auch nicht gegeben – beim großen Knochenknackenden Leem! Du bist Dray Prescot!«

Sein Thraxter wirbelte aus der Scheide, der Schild wurde herumgezogen, und er stürzte sich ohne zu zögern auf mich.

Ich war erschüttert von der Erkenntnis, daß die Canops meinen Freunden offenbar Informationen abgezwungen hatten – sonst hätte dieser Hikdar meinen Namen nicht gekannt. Er griff sehr geschickt an und stieß dabei laute Rufe aus, um weitere Männer anzulocken. Ich mußte ihn schnell erledigen. Der Einsatz eines

Schilds kam mir zuerst seltsam vor, aber ich hatte nicht vergessen, was ich meinen alten Voskschädeln in Magdag beigebracht hatte. Thraxters trafen klirrend auf Schilde. Ich setzte einen tiefen Hieb an und es gelang mir, ihn an der Hüfte zu erwischen. Er stürzte zu Boden. Das Geräusch von beschlagenen Absätzen auf Stein hallte von den Wänden wider.

Es gab nur einen Weg für mich, den ich ohne zu zögern einschlug. Ringsum befanden sich vergitterte Türöffnungen, hinter denen Zellen lagen. Haarige Gesichter drängten sich an die Gitterstäbe, und ein wilder Chor von Stimmen hallte durch den dämmrigen Raum. Es gab viele Gefangene hier, vermutlich kleinere Straftäter und Militärgefangene, die auf ihr Urteil warteten. Meine Freunde befanden sich wahrscheinlich weiter unten, in den tieferen Verliesen. Ein Armbrustpfeil sirrte an mir vorbei, und eine Stimme erhob sich, die hohl durch den Gang gellte.

»Tötet ihn nicht, Nulshs! Er muß gefangengenommen und verhört werden!«

Aber das vermochte den Pfeil nicht mehr zu beeinflussen, der mich am Kopf traf. Ich glaube nicht, daß mir der hohe Bronzehelm in diesem Augenblick viel genützt hätte. Ich spürte den Schlag, sah funkelnde Sterne und versank in Dunkelheit.

Aber meine Bewußtlosigkeit konnte nicht lange gedauert haben. Der Pfeil hatte mich zum Glück nur gestreift, und als ich die Augen öffnete, spürte ich die klebrige Nässe von Blut im Gesicht. Hände legten mir eine primitive Bandage um und steckten die Enden fest, was ziemlich schmerzhaft war. Ich versuchte den Grobian zu treten, aber er wich dem Hieb aus und sagte: »Der Nul ist bei Bewußtsein.«

Die Canops benutzten dasselbe Wort wie die Khamorros, wenn sie eine Person meinten, die nicht zu ihnen gehörte.

Man hatte mir die Rüstung und die weiße Tunika und das kurze, kiltähnliche Kleidungsstück ausgezogen, das einem schildtragenden Krieger als Uniform genügen mußte. Ich trug nur noch meinen alten roten Lendenschurz, während ich am Haar durch den Gang geschleift wurde, und man prügelte auf mich ein, als ich die Hände zu beißen versuchte, die mich gepackt hielten.

Die Kammer, in die man mich brachte, war offenbar ein Wachraum. Ich sah sieben canoptische Soldaten und einen Hikdar, außerdem einen Khamorro. Um den Kopf dieses Mannes zog sich ein breiter Lederstreifen, an dem verschiedene Gegenstände hingen, die mir damals noch nichts bedeuteten. Er gehorchte jedem Befehl der Soldaten, und ich vermutete, daß er in den Diensten der Canopdrin stand, wie es mir Turko angedeutet hatte – nicht als Sklave, sondern als gutbezahlter Leibdiener.

Der Hikdar hatte bereits seinen Offizieren Bescheid geben lassen, daß ich gefangen war. Man würde mich also bestimmt bald vorführen lassen, wenn man sich nicht sogar die Mühe machte, in den Keller zu kommen, um sich meine Bestrafung anzusehen. Vermutlich würde sich Hikdar Markman ti Coyton dabei besonders hervortun.

Ich wurde mit Lederschnüren gefesselt und in eine Ecke geworfen, wo ich auf meine Peiniger warten sollte.

Ich nutzte die Gelegenheit. Vorsichtig bewegte ich Hände und Arme und richtete mich dann mit einem Ruck auf. Meine Fesseln fielen ab. Mit weit aufgerissenen Augen fuhren die Soldaten herum. Sie waren bei weitem nicht so gefährlich wie der Khamorro. Nachdem ich dem ersten Wächter einen wuchtigen Tritt versetzt und dem zweiten den Hals gebrochen hatte, nahm ich einen Thraxter an mich und stieß ihn dem Khamorro zwischen die Rippen. Beim nächsten Hieb brach die Klinge ab, und ich hatte nur noch einen Schwertstumpf in der Faust, mit dem ich den vierten Wächter niederschlug. Der Hikdar tobte vor Wut und schwenkte sein Schwert. Er befahl seinen Bogenschützen, auf meine Beine zu schießen. Gleichzeitig befahl er den Schwertkämpfern, anzugreifen. Als er sich endlich im klaren war, was er zuerst wollte, hatte er keine Männer mehr, denen er befehlen konnte. Die sieben Soldaten und der Khamorro lagen am Boden.

Daraufhin stürzte sich der Hikdar mutig auf mich – doch er kämpfte ohne Schild. Dieser Umstand sollte sich als verhängnisvoll für ihn erweisen, und er ging bald zu Boden.

Ich nahm zwei Armbrüste und zwei Thraxter an mich. Auf Schilde oder Rüstungsteile verzichtete ich und stürmte sofort hinaus, um prompt auf eine Abteilung von Wächtern zu stoßen, die ihren Dienst beendet hatte. Die drei Soldaten hatten keine Chance. Dem Dwa-Deldar hielt ich die Klinge an die Kehle.

»Wo sind die Gefangenen, Kleesh? Der Khamorro, der Rapa und die beiden Apim-Mädchen?«

Er sagte es mir. Ich versetzte ihm einen Schlag mit der flachen Klinge auf den Kopf und eilte in den bezeichneten Tunnel. Die Verliese waren durch ein Eisengitter abgesperrt. Der dienstthabende Wächter öffnete mir entgegenkommend die Tür. Dahinter kam ein zweites Gitter, aber hier wollte es der Wächter, der offenbar schlechtgelaunt war, auf eine Auseinandersetzung mit mir ankommen lassen. Er hielt meinem wütenden Ansturm nur Sekunden stand, dann eilte ich weiter. Im Innern des Verlieses befanden sich meine vier Reisegefährten.

Man hatte sie entkleidet und mit Ketten an die Wand geschmiedet.

Die beiden Mädchen starrten mich aus weitaufgerissenen Augen an. Sie schienen ihren Sinnen nicht zu trauen, als sie mich blutüberströmt und mit rotem Lendenschurz erblickten – Dray Prescot, den sie hatten betören wollen.

»Sei uns willkommen, Dray Prescot«, krächzte Rapechak.

Ich legte die Armbrüste und die Köcher mit den Pfeilen auf den Boden und wandte mich Turko zu. Er schien in ziemlich schlechter Verfassung zu sein; offensichtlich hatte man gerade ihn, der sich von dem Kampf im Dschungel noch nicht völlig erholt hatte, brutal gefoltert. Er sah mich an und blickte dann hastig hinter mich.

»Lahal, Dray Prescot«, sagte er. »Ja, du bist uns sehr willkommen. Aber ich glaube, du wirst deine Waffen brauchen.«

Ich fuhr herum.

Zehn Schritte vor mir standen zwei Khamorros. Beide waren groß und muskulös und offenbar bestens trainiert, und beide hatten die Hände in die Hüften gestemmt und musterten mich geringschätzig. Auch sie trugen ein Lederband um den Kopf mit seltsamen Gebilden daran.

»Das sind doch nur Khamorros, Turko«, sagte ich spöttisch. Er sollte die Hoffnung nicht verlieren.

»Wilde Ried-Syples«, sagte Turko gepreßt. »Beide sind große Khams. Ohne deine Waffen, Dray Prescot, bist du verloren.«

Vielleicht meinte er es wirklich ernst. Vielleicht las ich nur etwas in seine Worte hinein, das mein eigenes Schuldbewußtsein hören wollte. Jedenfalls reagierte ich sehr hochtrabend, wie es dummerweise manchmal meine Art ist.

»Große Khams, Turko? Ich glaube nicht, daß ich Waffen brauche, um mit den beiden fertigzuwerden.«

Und ich warf meine Schwerter auf den Steinboden. Nun stand ich den beiden Khamorros mit leeren Händen gegenüber.

»Du Narr!« stöhnte Turko, der nun wirklich alle Hoffnungen dahinschwinden sah.

»Bei Rhapaporgolam, dem Plünderer der Seelen! Du bist ein toter Mann, Dray Prescot!« stöhnte Rapechak.

»Du schrecklicher Onker!« kreischte Saenda. »Das verzeihe ich dir nie!«

Die beiden Khamorros starrten mich an, als trauten sie ihren Augen nicht. Der kleinere machte einige schnelle Muskelübungen, um mir sein Können vorzuführen – was ich mit lautem Applaus quittierte.

»Ausgezeichnet, du Nulsh!« sagte ich. »Eine großartige Vorstellung! Nur werde ich dir jetzt den Kopf abreißen, und dann wirst du nur noch halb so imposant aussehen.«

Ja, ich schäme mich, wenn ich an jenen fernen Tag zurückdenke, wenn ich meine ungestüme Leidenschaft und meine Dummheit erkenne. Ich war manchmal ziemlich verrückt in meiner Jugend, ein stolzer, arroganter Mann, der sich prinzipiell gegen jede Autorität auflehnen mußte. Dabei war es schon vorgekommen, daß ich das Knie gebeugt und mich verneigt hatte – und ausgerechnet in Yaman mußte ich eine Dummheit machen, wie es auf zwei Welten keine größere geben konnte.

Die beiden verstanden nämlich ihr Handwerk und nahmen in der Hierarchie der Khamorros einen hohen Platz ein. Sie gehörten einem anderen Syple an als Turko; wären sie aus seiner Gruppe gewesen, hätten sie ihm vielleicht geholfen, aber sie begegneten ihm mit der gleichen Verachtung wie mir.

Sie wollten sich einen Spaß daraus machen und stritten sich durchaus höflich, wer denn den Vortritt haben sollte.

Schließlich baute sich der kleinere vor mir auf. »Ich bin Boro, ich bin ein großer Kham!« Dann beschrieb er seine Taten. Mit jedem Wort stöhnte der arme Turko lauter auf.

Als Boro fertig war, mußte ich ihm natürlich antworten. »Ich bin Dray Prescot, Krozair von Zy«, sagte ich.

Wenn er mich nicht verstand – ebensowenig wie ich seine Titel und Errungenschaften zu deuten wußte – war das sein Problem.

Im nächsten Augenblick stürzte er sich auf mich.

Ich tat, was ich mir vorgenommen hatte ... fast ...

Er war schnell und stark und sehr, sehr gut. Ich spürte seine

Schläge. Ich entglitt seinem Angriff, er legte mir eine Hand um den Arm, und ich mußte eine schnelle Doppelbewegung vollführen und ihm dabei fast die Finger brechen, ehe er losließ. Er trat zurück und sah mich grinsend an.

»Du kennst dich ja in der Kunst des Kämpfens aus, Dray Prescot! Um so mehr Spaß wird es mir machen!«

Diesmal vermochte ich seinen Angriff abzulenken, und in den nächsten Minuten rangen wir Körper an Körper miteinander und taten all die Dinge, die ich eigentlich hatte vermeiden wollen. Was er auch anstellte, ich fand ein Gegenmittel, aber dabei war ich die ganze Zeit in der Defensive – bis auf ein Zwischenspiel, das damit endete, daß Boro durch die Luft geschleudert wurde und heftig auf dem Boden aufprallte. Er brüllte, als ich auf ihn sprang, und ließ sich zur Seite rollen, so daß ich auf den Steinfußboden knallte. Wie ein Leem war er wieder auf den Füßen, und sein Gesicht war jetzt dunkelrot vor Zorn.

»Ich reiße dir die Arme aus . . .«, knurrte er.

»Spar dir den Atem, Prahlhans Boro! Dafür ist keine Zeit!«

Und wieder fielen wir uns an, und wieder setzte er all sein Können, all die Kniffe ein, die einen weniger erfahrenen Gegner im Nu überwältigt hätten. Ich spürte, wie meine Wut über seine Geschicklichkeit wuchs, und ich mußte mich beherrschen. Ich hatte es ja selbst zu dieser kindischen Demonstration kommen lassen, jetzt mußte ich sie auch durchstehen.

Er umkreiste mich, näherte sich nun von der Seite. Ich griff an, und er packte zu. Wir rollten über den Boden, und er versuchte mir den Arm zu brechen, was ich mit einem Gegenzug beantwortete, der ihn schmerzerfüllt aufschreien ließ. Er wich zurück.

»Offenbar ist er doch besser als du, Boro«, sagte der andere Khamorro, woraufhin Boro einen Wutschrei ausstieß. »So leicht entgeht er mir nicht, Morgo!«

Ich ging lauernd im Kreis, denn nun hatten es beide auf mich abgesehen. Boro und Morgo griffen nun gemeinsam an. Ich wich hastig zurück und vermochte mich mit einer Folge von Duck- und Zickzack-Bewegungen, gefolgt von Tritten und Hieben, freizukämpfen. Beim nächstenmal mußte ich mir etwas Drastisches einfallen lassen. Ich erinnerte mich an eine Geschichte über einen Kampf des Krozairs Pur Zenkiren gegen zwei magdagsche Oberherren . . . Ich verehrte Pur Zenkiren, der Erster Abt der Krozairs von Zy war, und hoffte, daß ich ihm das Kopliment machen konnte, seinen Trick nachzuahmen.

Boro und Morgo nahmen mich in die Mitte. Ich wich zurück, wobei mein Fuß gegen einen Thraxter stieß.

»Nimm das Schwert!« beschwor mich Turko. »Beim Muskel, Mann! Die beiden haben bis jetzt nur mit dir gespielt!«

Langsam stieß ich die Waffe zur Seite, und Turko stöhnte entsetzt auf. Die beiden Khamorros ließen ihre Muskeln spielen. Schweiß schimmerte auf ihrer Haut. Sie griffen nun als Team an und bedrängten mich, und in dem Durcheinander schlug Boro mir die Binde vom Kopf. Blut strömte mir über das Gesicht.

»Ihr kämpft unfair!« brüllte ich und blinzelte.

Sie antworteten nicht; beide waren ziemlich außer Atem.

Diesmal, das erkannte ich sofort, war es ihnen ernst. Boro kam als erster, und ich merkte, daß er einen Angriff vortäuschen und sich dann unter mich rollen wollte, damit ich Morgo in die Arme fiel. Als Boro vorstürmte, trat ich zur Seite. Er folgte mir, und unsere Unterarme prallten zusammen. Ich trat zurück.

Einen Sekundenbruchteil lang glaubte er eine Chance zu haben, denn die Strecke, die ich zurückgelegt hatte, schien ihm übermäßig groß zu sein, schien ihm die Chance zu geben, zwei schnelle Schritte zu machen und einen Jagger zu landen. Dabei handelte es sich um einen Fußtritt, bei dem der Körper keine Bodenberührung mehr hat. Er wählte sogar den Doppeljagger, der beide Füße für den Tritt in Anspruch nimmt. Das Manöver gelang ihm vorzüglich und hätte für jeden gewöhnlichen Ringer das Ende bedeutet, denn die stahlharten Fersen hätten sich mir in die Brust gegraben und mir den Atem geraubt. Wahrscheinlich wären mir sämtliche Rippen gebrochen worden.

Turkos Schrei gellte durch das Verlies.

Es passierte in einem herrlichen Bewegungsablauf, der in mir den Wunsch weckte, dabei gewesen zu sein, als Pur Zenkiren diesen Trick erfand. Ich packte mit beiden Händen Boros Fußgelenke, lehnte mich wie ein Hammerwerfer zurück und fuhr herum. Die vorwärtsgerichtete Bewegung des Khamorros wurde in eine seitliche Rotation abgelenkt, die ich mit angespannten Muskeln und zurückgelehntem Körper lenkte. Er wirbelte im Kreis, parallel zum Boden. Ich hob ihn ein wenig höher und peilte mein Ziel an, und wie ein Hieb mit dem Krozairschwert ließ ich seinen Kopf gegen Morgos Schläfe prallen.

Dann gab ich den Mann frei.

Beide Khamorros brachen zusammen. Blut sickerte ihnen aus Nasen und Ohren. Sie waren auf der Stelle tot.

»Beim Muskel!« flüsterte Turko ehrfurchtsvoll.

Quaesa hörte nicht auf zu schreien.

Rapechak sagte nur: »Ich glaube, man muß Hai Hikai zu dir sagen, Dray Prescot. Hai Hikai!«

Und er hatte recht. Die Meister des waffenlosen Kampfes auf Kregen verwendeten nicht den Ruf ›Hai Jikai‹ wie die Schwertkämpfer, sondern sagten: »Hai Hikai!«

Turko der Khamorro sah mich an. Auf seinem Gesicht stand ein Ausdruck des Entsetzens. »Hai Hikai, Dray Prescot«, flüsterte er.

Die Gefangenen zu befreien war nun ein Kinderspiel, denn Khamorro Morgo hatte die Schlüssel bei sich. Meine Freunde waren übel zugerichtet worden und vermochten sich kaum zu bewegen; die beiden Mädchen brachen wimmernd zusammen. Turko nahm die blutdurchtränkte Bandage vom Boden und wand sie mir wieder um den Kopf.

»Als Ried-Syple ist diese blutige Bandage sehr passend, Dray.«

Rapechak, der eine Armbrust und einen Köcher mit Pfeilen vom Boden aufgesammelt hatte, brach die nachdenkliche Stimmung des Khamorro. »Ich glaube, jetzt können wir uns freikämpfen, Dray Prescot«, sagte er mit drohendem Lächeln.

Ich reichte ihm ein Schwert. Am Eisengitter nahmen wir den Wächtern die Kleidung ab, die gerade ausreichte, daß sich die Mädchen einen Lendenschurz daraus machen konnten. Auch die Männer bekleideten sich notdürftig. Plötzlich hielt Turko inne. Er starrte auf den Thraxter, den einer der toten Wächter noch in der Hand hielt. Der Schild lag daneben am Boden. Turkos Gesicht war völlig ausdruckslos, als er sich bückte, dem Toten die Waffe abnahm und den Stahl in der Hand wog. Dann warf er das Schwert wieder hin. Ich wollte mich schon abwenden, als Turko den Schild zur Hand nahm. Er betrachtete ihn, drehte ihn um, schob seinen linken Arm hinein und schwang ihn herum. Dann hielt er den Schild in die Höhe. »Ich bin bereit, dir zu folgen, Dray!« sagte er.

»Gut, Turko. Auf denn – in die Freiheit!«

Aber wir wußten, daß die Flucht nicht einfach sein würde –

schließlich hatte die Festung Mungul Sidrath nicht umsonst einen schlimmen Ruf.

Beide Armbrüste waren gespannt und schußbereit, als wir loszogen; die Mädchen nahmen wir in die Mitte; Turko ging mit erhobenem Schild hinter uns und bildete den Abschluß. So verließen wir den Keller und näherten uns der Wasserhöhle.

Mitten auf der Brücke blieb ich stehen. Im Lärm des rauschenden Wassers, der knirschenden Räder, der klatschenden Peitschen und der schreienden Sklaven würden wir wohl nicht gleich auffallen. Aber die Gefahr lag vor uns. Am anderen Brückenende erschien eine Abteilung Männer – Edelleute und Offiziere auf dem Weg in die Verliese, wo sie offensichtlich Gefangene verhören und vielleicht ihre Späße mit ihnen treiben wollten.

In der ersten Reihe stand Hikdar Markman ti Coyton.

Er stieß einen Schrei aus, deutete auf uns und zog sein Schwert. Seine Worte gingen im Lärm der großen Fehlshöhle unter.

An Markmans Seite stand ein Mann, dessen Rüstung prunkvoll schimmerte. Es schien sich um einen ganz besonderen Würdenträger zu handeln – offensichtlich der Kommandant Yamans. Um der Gerechtigkeit willen widmete ich ihm also den ersten Pfeil. Ich sah, wie sich sein Mund öffnete, als er zu Boden stürzte – hören konnte ich seinen Todesschrei nicht. Auch Rapechak schoß und tötete einen Chuktar unmittelbar hinter Markman. Markman machte kehrt und versuchte sich durch die Gruppe der Offiziere zu drängen. Die hohen Herren, die keinen Widerstand erwartet hatten, wurden natürlich nicht von Bogenschützen begleitet, aber es konnte nicht lange dauern, bis wir unter Beschuß genommen wurden, und dann hatten wir auf der Brücke keine Deckung.

Ich neigte mich zu Turko hinüber. »Spring, Turko! Und den Atem anhalten!« rief ich.

Dann gab ich Rapechak das gleiche Kommando.

Beide wollten nicht darauf eingehen; sie hatten offenbar Angst um die Mädchen. Aber wir hatten keine Zeit zum Nachdenken. Der erste Pfeil sirrte heran. Turko trat vor, und im Nu war sein Schild mit Armbrustbolzen gespickt und sah aus wie ein wütend gesträubtes Fell. Er schirmte uns ab. Ich wußte nicht, wie gut der Rapa schwimmen konnte, und Turkos Zustand ließ es nicht zu, daß er sich auch noch um ein Mädchen kümmerte.

Ich schob beide Männer über die Brüstung, packte die Mädchen um die Hüften und sprang. Ein halbes Dutzend Pfeile zerfranste das Brückengeländer, als wir in der Tiefe verschwanden. Wir klatschten ins Wasser und spürten sofort die drängende Strömung, die uns erschreckend schnell auf die riesige Öffnung zuriß, die in die Dunkelheit führte.

Schwert und Armbrust waren verschwunden; ich hatte die Arme um die beiden entsetzten Mädchen geschlungen. Ich kämpfte mich an die Wasseroberfläche und zerrte sie mit nach oben. Von den anderen keine Spur. »Einatmen!« brüllte ich und kam dann hastig meinem eigenen Kommando nach. Schon wurden wir über die Kante geschwemmt und wirbelten in einer gewaltigen Wasserkaskade in die Tiefe, ringsum nur Dunkelheit, Wasser und Brausen.

Ich war zwar ein guter Schwimmer und vermochte mich lange Zeit unter Wasser zu halten, aber der knappe Atemzug hatte nicht ausgereicht. Ich spürte den Schmerz in meiner Brust zunehmen, feurige Punkte tanzten mir vor den Augen, die ich weit aufgerissen hatte, mit denen ich blind in die dröhnende Dunkelheit starrte. Wir wurden weitergerissen, herumgewirbelt wie Unrat in einem Abflußkanal. Ich hatte zum erstenmal das Gefühl, daß es vielleicht um mich geschehen war. Das Ende war da. Durch diese riesige Öffnung in der Wand verschwanden auch die blutenden, zerschundenen Leichen von Sklaven, die sich zu Tode gearbeitet hatten, hier entledigte man sich der Gefangenen, die man zu brutal verhört hatte. Und immer weiter wurden wir geschwemmt, und ich wußte, daß ich nicht mehr konnte, daß ich keine andere Wahl mehr hatte, als den unerträglichen Schmerz zu beenden und den Mund zu öffnen.

Aber da ich nun mal Dray Prescot war, ein dummer Onker, ließ ich den Mund zu und kämpfte weiter gegen den Schmerz an. Plötzlich berührte die kühle Nachtluft mein Gesicht. Wir schwammen an der Oberfläche des Flusses Magan dahin.

Turko hob einen Arm und brüllte uns etwas zu. Rapechak war nicht zu sehen.

Wir schwammen zum Ufer, legten die Mädchen auf den Boden und brachten sie mit lebhaften Armbewegungen und Beatmungsversuchen wieder zu sich. Das Abenteuer hatte sie sehr mitgenommen, und sie begriffen noch nicht, welchem Unheil wir entronnen waren. Ich ahnte, daß wir nicht viel Zeit hatten. Ein Boot zu finden, war kein Problem; ich wählte ein Fahrzeug aus, das typisch war für die Flußfischer; es hatte einen breiten Bug, einen flachen Kiel und Segel. Wir setzten uns an die Ruder – Ruder! Was für ein seltsames Gefühl nach so langer Zeit! –, fuhren im Kreis und riefen nach Rapechak, so laut wir es wagten. Aber wir fanden den Rapa nicht. Ich war sehr niedergeschlagen.

Schließlich gaben wir die Suche auf und ruderten im nachlassenden Licht der Jungfrau mit dem Vielfältigen Lächeln den Fluß hinab.

Bei Morgengrauen hatten wir ein gutes Stück zurückgelegt. Wir hatten ein paar Kleidungsstücke, keine Waffen und kein Geld. Aber wir waren mit dem Leben davongekommen.

»Ich kann mit dem Boot umgehen«, sagte ich. *Himmel!* Wenn ich, Dray Prescot, mit diesem Boot nicht fertigwurde, war das Ende zweier Welten gekommen! Ich fühlte mich erleichtert, fast beschwingt – und zugleich enttäuscht. Mein Abenteuer war nun zu Ende; im Boot gab es Nahrung, Trinkwasser und Wein, Angelruten und Köder; all dies deutete darauf hin, daß heute eine Anglergruppe hatte hinausfahren wollen. Vielleicht würde man uns verfolgen. Wenn das Boot einem Migla gehörte, bestand allerdings die Chance, daß der Verlust den canoptischen Behörden nicht gemeldet wurde.

»Die Mädchen müßten sich hier auskennen, Dray«, sagte Turko. »Wenn wir Migla verlassen können, finden wir vielleicht Freunde in ihrer Heimat . . .«

Die Mädchen zitterten in der kühlen Brise, während der Morgennebel dicht über dem Fluß lag. Wir konnten bald Segel setzen, denn der Wind frischte auf. »Mein Vater . . .«, begann Saenda und schluckte. »Wenn wir Cnarveyl im Norden erreichen könnten oder Tyriadrin im Süden – dort gibt es Niederlassungen meines Vaters. Wir könnten es auch auf einer der Inseln versuchen – aber dort gibt es viele Piraten.«

»Sucht's euch aus!« sagte ich fröhlich. »Der Wind eignet sich für beide Kurse!«

Jetzt meldete sich auch Quaesa wieder zu Wort. Beide Mädchen hatten ein wenig Wein genossen und sich mit den Fingern die Haare geordnet – ein erster Schritt zur Besserung in ihrem lädierten Zustand – und schon stritten sie sich wieder, welches Land wohl das beste sei, wobei sie natürlich die ausgedehnten Interessen und Niederlassungen ihrer Väter nicht zu erwähnen vergaßen. Turko sah mich an, hob die Augenbrauen und lächelte.

Der Khamorro hatte mit seinem Schild ein halbes Dutzend Armbrustpfeile aufgehalten, während er sich mit mir auf der Brücke stritt. Dann hatte ich ihn ins Wasser gestoßen. An Rapechak wollte ich nicht denken. Er hatte es sicher auch geschafft und war von der Strömung wahrscheinlich nur weiter abgetrieben worden. So mußte es sein.

Also, ob wir nun nach Cnarveyl im Norden oder Tyriadrin im Süden fuhren, wir wollten uns auf jeden Fall mit Kleidung und Geld versorgen, die Mädchen würden an Bord eines väterlichen Schiffes oder Vollers gehen, und ich – ich würde nach Hause zurückkehren, nach Valka. Und Turko würde mich begleiten. Das wünschte er sich. Und ich wollte ihn bei mir haben. Er wußte nicht, was ein Krozair von Zy war, aber er hatte gesehen, daß sich diese Männer ebenfalls auf die waffenlose Verteidigung verstanden, und war bereit, mir alle Khams zuzugestehen, die ihm heilig waren.

Die aufsteigenden Sonnen gaben den Blick auf die Ufer frei, links und rechts stand dichter Wald, ich sah viele seichte Zuflüsse, und dann starrte ich auf Zim und Genodras, die durch den Nebel blinzelten, und nach einigem Überlegen richtete ich das Boot auf das gegenüberliegende Ufer.

»Wir warten den Tag hier ab«, sagte ich. Niemand widersprach.

Wir suchten uns ein Versteck unter dichten Missals, und als der Tag verstrich, sahen wir Boote den Fluß hinabfahren, lange schmale Fahrzeuge, von einer Ruderreihe getrieben, zwanzig pro Ruderbank. Ich konnte mir vorstellen, daß sich dort Miglas unter der Peitsche der Canops abmühten.

Von Zeit zu Zeit rasten Fluttrell-Patrouillen über uns dahin. Auch Vollers suchten nach uns. Niemand konnte uns durch das Laubwerk sehen; die Boote kamen nicht weit genug den Nebenfluß herauf, und die Landpatrouillen, die auf Totrixes oder Zorcas ritten, kamen wegen des sumpfigen Bodens nicht dicht genug an die Ufer heran. Wir warteten also ab und aßen und tranken von unseren bescheidenen Vorräten. Die Mädchen beruhigten sich allmählich und versuchten mich wieder zu umgarnen, was Turko mißbilligend zur Kenntnis nahm.

Kurz vor unserer Abfahrt machte ich einen Spaziergang am Ufer. Ich starrte in den Himmel und dachte daran, daß ich Delia bald wiedersehen würde, Delia aus den Blauen Bergen, meine Delia aus Delphond! Und ich würde die beiden winzigen Menschenbündel umarmen, die wir Drak und Lela getauft hatten. Ja, ich sehnte mich schrecklich danach, endlich zurückzukehren. Ich hatte getan, was die Herren der Sterne von mir verlangt hatten. Keine blaue Strahlung hüllte mich ein, kein scheußlicher Skorpion hatte sich auf mich herabgesenkt, um mich zur Erde zurückzubringen, über vierhundert Lichtjahre fortzutragen.

Im letzten Licht, im letzten Schein der Sonnen von Scorpio kehrte ich zum Boot zurück, um es in die Strömung hinauszuschieben und zur Mündung hinabgleiten zu lassen. Ich wollte das elende Migla ein für allemal hinter mir lassen.

Ich drehte mich um – ein Fuß war schon in der Luft, als über mir Flügelschlag ertönte. Ein rotgoldener Schimmer war zu sehen, und eine verhaßte Stimme kreischte mir entgegen.

Der Gdoinye kreiste am Flußufer. »Du Tor, Dray Prescot! Du unsäglicher Dummkopf!«

»Verschwinde!« schrie ich. Ich hob drohend die Faust, die im Augenblick meine einzige Waffe war.

»Du bildest dir ein, den Herren der Sterne zu gehorchen? Du, der du nichts von ihren Plänen verstehst? Du bist ein Onker, Dray Prescot! Warum hast du die Mächtige Mog in ihre Heimat Migla zurückgebracht, in ein Land, das von den Canops beherrscht wird?«

Als ich hörte, daß der Vogel die alte Migla-Hexe Mächtige Mog nannte, wußte ich Bescheid! Die fürchterliche Erkenntnis traf mich tief, und ich wäre fast auf die Knie gefallen, um den Gdoinye zu bitten, mich in Ruhe zu lassen. Aber ich kannte die Strafe, die einer Weigerung folgte. Ich wußte, daß ich den Herren der Sterne gehorchen mußte, wenn ich nicht wieder vierhundert Lichtjahre weit jenseits des Abgrunds zur Erde verbannt werden wollte, wo ich mich dann jahrelang nach Delia und meinen kleinen Zwillingen sehnen würde, die inzwischen heranwuchsen – ohne mich.

»Was befehlen die Herren der Sterne, du Unglücksbote?«

»Das klingt schon besser, Dray Prescot! Du müßtest eigentlich selbst wissen, daß dein Auftrag noch nicht abgeschlossen ist. Erst wenn Migla von den Canops befreit und Migshaanu in seinen Tempel zurückgekehrt ist, ist deine Arbeit getan – zunächst jedenfalls!«

»Ich bin fast nackt, ich habe keine Waffen und kein Geld. Zwei Mädchen verlassen sich auf mich und das ganze Land sucht nach mir. Ihr seid unbeugsame Herren. Habt ihr nicht selbst genug Macht, um . . .?«

»Nicht zum erstenmal bist du nackt und waffenlos, Dray Prescot. Du wirst den Auftrag erfüllen.«

Mit einem schrillen Laut, einem zornig-triumphierenden Krächzen flog der Raubvogel davon und verschwand in der Abenddämmerung. Zim und Genodras, die ich auf diesem verhaßten Kontinent Far und Havil nennen mußte, versanken in einem letzten bunten Aufflackern am Horizont. Dunkelheit sank über Migla auf dem kregischen Kontinent Havilfar herab.

Niedergeschlagen von dem unbarmherzigen Urteil der Herren der Sterne ging ich zum Boot.

In der Dunkelheit vor dem Aufgang des ersten kregischen Mondes stieß ich das Boot vom Ufer ab und setzte mich stumm an die Ruder.

Wenn ich es tun mußte, half alles Widerstreben nichts.

Oh, mein kleiner Drak, meine kleine Lela!

Und – meine Delia, meine Delia aus Delphond – wann würde ich sie wiedersehen und in den Armen halten?